OUVI ESSA MÚSICA ANTES

MARY HIGGINS CLARK

OUVI ESSA MÚSICA ANTES

Tradução
DÉBORA GUIMARÃES ISIDORO

EDITORA RECORD
RIO DE JANEIRO • SÃO PAULO
2013

CIP-Brasil. Catalogação na fonte
Sindicato Nacional dos Editores de Livros, RJ

Clark, Mary Higgins, 1929-
C544j Ouvi essa música antes / Mary Higgins Clark; tradução de Débora Isidoro. – Rio de Janeiro: Record, 2013.

Tradução de: I heard that song before
ISBN 978-85-01-08306-7

1. Ficção americana. I. Isidoro, Débora. II. Título.

12-0867. CDD: 813
CDU: 821.111(73)-3

TÍTULO ORIGINAL EM INGLÊS:
I heard that song before

Publicado mediante acordo com Simon & Schuster, Inc.

Texto revisado segundo o novo Acordo Ortográfico da Língua Portuguesa.

Editoração eletrônica: Abreu's System

Direitos exclusivos de publicação em língua portuguesa somente para o Brasil adquiridos pela
EDITORA RECORD LTDA.
Rua Argentina, 171 – Rio de Janeiro, RJ – 20921-380 – Tel.: 2585-2000,
que se reserva a propriedade literária desta tradução.

Impresso no Brasil

ISBN 978-85-01-08306-7

Agradecimentos

Escrever é uma atividade essencialmente solitária. Um escritor abençoado é aquele tem pessoas para apoiá-lo e incentivá-lo ao longo do caminho. Quando começo a contar a história, meu eterno editor, Michael V. Korda, e o editor sênior Chuck Adams estão sempre ao meu lado para me animar e aconselhar. Minha infinita gratidão a eles e a Lisl Cade, meu relações-públicas, meu agente Sam Pinkus e diretora associada de edição Gypsy da Silva e sua equipe especial: Joshua Cohen e Jonathan Evans.

Gratidão e amor para minha família, filhos, netos e a Ele, o sempre perfeito John Conheeney; e às minhas ferrenhas incentivadoras Agnes Newton, Nadine Petry e Irene Clark. Vocês formam um time fabuloso, e eu amo todos vocês.

E agora, meus caros leitores, espero que gostem desta história.

Para Marilyn
Minha primogênita e amiga muito querida
Com amor

Prólogo

Meu pai era o paisagista da Carrington. Com 20 hectares, era uma das últimas propriedades particulares desse porte que ainda restavam em Englewood, Nova Jersey, uma luxuosa cidade 5 quilômetros a oeste de Manhattan pela ponte George Washington.

Em uma tarde de sábado de agosto, 22 anos atrás, quando eu tinha 6 anos, meu pai decidiu, embora fosse seu dia de folga, verificar a iluminação externa recém-instalada. Os Carrington ofereceriam naquela noite um jantar para duzentos convidados. Já encrencado com seus patrões por causa do problema com a bebida, meu pai sabia que se a iluminação no jardim não funcionasse adequadamente ele poderia ser demitido.

Morávamos sozinhos, portanto ele não teve alternativa se não me levar para lá também. Ele me colocou sentada em um banco no jardim, o mais próximo do terraço, e me deu instruções claras para ficar ali até ele voltar. Depois acrescentou:

— Talvez eu demore um pouco. Se quiser ir ao banheiro, entre pela porta dos fundos. Você vai ver o banheiro dos empregados assim que entrar.

Essa permissão era tudo de que eu precisava. Ouvira meu pai descrever o interior da imponente mansão de pedras para minha avó, e minha imaginação havia aflorado tentando visualizar o lugar. A casa fora construída em Gales no século XVII e tinha até uma capela escondida onde um sacerdote poderia morar e celebrar a missa em segredo, o que acontecera frequentemente durante a era de Oliver Cromwell e sua sangrenta tentativa de erradicar da Inglaterra todos os traços do catolicismo. Em 1848, o primeiro Peter Carrington mandou demolir a mansão e a transportar pedra por pedra para Englewood, onde ela fora reconstruída exatamente como antes.

Pela descrição de meu pai, eu sabia que a capela tinha pesadas portas de madeira e ficava no final de um corredor secreto no segundo andar.

Eu precisava vê-la.

Esperei por cinco minutos até ele desaparecer no jardim, e então corri para a porta que meu pai havia apontado. A escada de serviço ficava à direita da entrada, e eu subi sem fazer barulho. Se encontrasse alguém, diria que procurava por um banheiro, e até me convenci de que a justificativa era parcialmente verdadeira.

No segundo andar, com crescente ansiedade, percorri na ponta dos pés um corredor carpetado e fui desbravando curvas e mais curvas de um inesperado labirinto. Até que a vi: a pesada porta de madeira que meu pai descrevera, destoando completamente em uma casa inteiramente modernizada.

Encorajada pela sorte de não ter encontrado ninguém até ali, corri os últimos metros e me atirei contra a porta. Ela rangeu e estalou, mas cedeu sob o peso de meu pequeno corpo, abrindo um espaço suficiente para eu entrar.

Estar naquela capela era como voltar no tempo. Era muito menor do que eu esperava. Imaginara o espaço semelhante ao de Lady Chapel na catedral de St. Patrick, onde minha avó sempre parava para acender uma vela para minha mãe nas raras ocasiões em que íamos fazer compras em Nova York. Ela nunca deixava de me contar como minha mãe estava linda no dia em que se casou com meu pai.

As paredes e o piso da capela eram feitos de pedra, e o ar que eu respirava era úmido e frio.

Uma imagem desbotada e lascada da Virgem Maria era o único objeto religioso do recinto, e uma vela votiva alimentada por bateria era mantida diante dela, proporcionando a única luminosidade no interior da capela. Duas fileiras de bancos de madeira permaneciam diante da pequena mesa de madeira que devia ter servido de altar.

Enquanto eu examinava tudo isso com muita atenção aos detalhes, ouvi a porta ranger e soube que alguém a empurrava para entrar. Fiz a única coisa que poderia: corri por entre os bancos e me joguei no chão sob um deles; depois, como um avestruz, escondi o rosto entre as mãos.

Ouvi vozes e percebi que um homem e uma mulher haviam entrado na capela. Os sussurros, ríspidos e furiosos, ecoavam nas paredes de pedra. Eles discutiam sobre dinheiro, um assunto que eu conhecia bem. Minha avó estava sempre provocando meu pai, dizendo a ele que, se continuasse bebendo, logo não haveria um teto sobre a cabeça dela ou a minha.

A mulher exigia dinheiro, e o homem dizia que já havia dado a ela o suficiente. Depois, ela disse:

— Esta será a última vez, eu juro.

E ele respondeu:

— Ouvi essa música antes.

Sei que minha lembrança daquele momento é precisa. Desde que pude compreender que, diferentemente dos meus amigos do jardim da infância, eu não tinha mãe, havia implorado à minha avó para me falar sobre ela, cada pequeno detalhe que ela pudesse lembrar. Entre as recordações que minha avó compartilhou comigo havia uma de minha mãe cantando no coral do colégio. A canção era "I Heard That Song Before", "Ouvi essa música antes".

— Oh, Kathryn, ela cantava tão bem! Tinha uma voz adorável. Todos a aplaudiram muito e gritaram "Bis, bis". Ela teve de repetir a canção. — E minha avó a cantarolava para mim.

Depois do comentário do homem, não consegui ouvir mais nada, exceto quando ela sussurrou: "Não se esqueça", e deixou a capela. O homem permaneceu por mais algum tempo; eu podia ouvir sua respiração agitada. Depois, muito suavemente, ele começou a assobiar a canção que minha mãe havia cantado no coral da escola. Pensando na situação, hoje, suponho que ele tenha assobiado para tentar se acalmar. Depois de algumas notas, parou e saiu da capela.

Esperei pelo que pareceu uma eternidade, depois também saí. Desci a escada correndo e voltei ao jardim, e, é claro, jamais contei a meu pai que havia estado dentro da mansão ou o que escutei na capela. Mas a lembrança nunca se apagou, e até hoje tenho certeza do que ouvi.

Não sei quem eram aquelas pessoas. Hoje, 22 anos depois, é importante descobrir. A única coisa de que tenho certeza, com base em todos os relatos daquela noite, foi que muitos convidados dormiram na mansão, além de cinco empregados, o dono do bufê local e sua equipe. Mas essas informações podem não ser suficientes para salvar a vida de meu marido, se de fato ele merece ser salvo.

1

CRESCI À SOMBRA DO SEQUESTRO DO BEBÊ LINDBERGH.

Com isso quero dizer que nasci e cresci em Englewood, Nova Jersey. Em 1932, o neto do mais proeminente cidadão de Englewood, o embaixador Dwight Morrow, foi sequestrado. Além disso, o pai do bebê era o homem mais famoso do mundo naquela época, coronel Charles Lindbergh, que havia realizado o primeiro voo solo atravessando o oceano Atlântico em seu monomotor, o *Spirit of St. Louis*.

Minha avó, que nessa época tinha 8 anos, lembra as manchetes garrafais, a multidão de repórteres reunida nos limites de Next Day Hill, a propriedade Morrow, a prisão e o julgamento de Bruno Hauptmann.

O tempo passou e as recordações perderam suas tonalidades vibrantes. Atualmente, a residência mais proeminente de Englewood é a mansão Carrington, a estrutura que lembra um castelo de pedras e que eu invadi quando era criança.

Todos esses pensamentos desfilam por minha mente quando, pela segunda vez na vida, passo pelos portões da propriedade Carrington. Vinte e dois anos, reflito, lembrando a curiosa menina de 6 anos que um dia fui. Talvez tenha sido a lembrança de meu pai, demitido pelos Carrington algumas semanas depois daquela noite, mas o fato é que me sinto constrangida e deselegante. A brilhante manhã de outubro mudou, e a tarde que a seguiu é úmida, o que me faz lamentar não ter vestido uma jaqueta mais quente. A que escolhi agora parece leve demais, tanto no tecido quanto na cor.

Instintivamente, estaciono meu carro usado a certa distância da imponente alameda, tentando protegê-lo da curiosidade de olhos desdenhosos. Cento e setenta mil quilômetros no hodômetro empanam de maneira considerável o brilho de um automóvel, mesmo que ele tenha sido lavado recentemente e, milagrosamente, não tenha nenhum amassado.

Eu havia prendido meus cabelos num coque, mas o vento o bagunçava enquanto eu subia a escada para tocar a campainha. Um homem que parecia ter seus 50 anos, com calvície acentuada e lábios finos que davam a impressão de nunca sorrir, abriu a porta. Ele vestia um terno escuro, e eu não saberia precisar se era um mordomo ou um secretário, mas, antes que eu pudesse falar, sem se apresentar, ele me informou que o Sr. Carrington aguardava por mim e que eu deveria entrar.

O hall amplo era iluminado pelos raios de luz que penetravam por janelas de vidro fosco. A estátua de um cavaleiro em sua armadura estava posicionada ao lado de uma tapeçaria medieval retratando uma cena de batalha. Eu queria muito examinar a tapeçaria, mas, em vez disso, segui obediente o homem que me conduzia por um corredor até a biblioteca.

— A Srta. Lansing está aqui, Sr. Carrington — anunciou ele. — Estarei no escritório. — Por esse comentário deduzi que ele era uma espécie de assistente.

Quando eu era pequena, costumava fazer desenhos do tipo de casa em que adoraria morar. Um dos aposentos que eu mais gostava de imaginar era aquele em que eu passaria minhas tardes lendo. Nessa sala haveria sempre uma lareira acesa e estantes de livros. Uma versão incluía um sofá confortável, e eu me desenhava aninhada em um canto, com um livro nas mãos. Não quero dizer que sou uma artista, porque não sou. Eu desenhava figuras de palitos e as estantes eram irregulares, o carpete não passava de uma mancha multicolorida, um esboço da cópia de um tapete que certa vez eu vira na vitrine de uma loja de artigos para decoração. Não conseguia passar com exatidão para o papel a imagem que tinha na mente, mas sabia o que queria. Queria o tipo de sala em que eu me via agora.

Peter Carrington estava sentado em uma ampla poltrona de couro, com os pés sobre uma almofada como aquelas utilizadas para ajoelhar na igreja. A lâmpada sobre a mesa ao lado dele não só iluminava o livro que ele lia, mas realçava seu belo perfil.

Ele usava óculos de leitura, apoiados sobre o meio do nariz e que escorregaram quando ele levantou a cabeça. Removendo-os, ele os deixou sobre a mesa, retirou os pés da almofada e se levantou. Eu o vira rapidamente, sempre de passagem, na cidade, assim como sua foto nos jornais, por isso tinha uma impressão dele, mas estar na mesma sala com aquela espécie de lenda era diferente. Havia uma calma autoridade em Peter Carrington, algo que ele preservava mesmo quando sorria e estendia a mão.

— Sua carta foi muito convincente, Kathryn Lansing.

— Obrigada por me receber, Sr. Carrington.

O aperto de mão era firme. Eu sabia que ele me avaliava da mesma maneira que eu o fazia. Era mais alto do que eu, seu corpo esguio como o de um corredor. Seus olhos eram mais cinzentos que azuis. O rosto fino, de traços harmoniosos, era emoldurado por cabelos de um castanho-escuro, um pouco mais longos do que se podia esperar, mas adequados para ele. Carrington usava um cardigã marrom-escuro com fios cor de ferrugem entremeados. Se eu tivesse de adivinhar sua profissão levando em conta apenas a aparência, arriscaria professor universitário.

Eu sabia que ele tinha 42 anos. Então, devia ter 20 no dia em que invadi aquela casa. Imaginei se ele estava em casa na ocasião da festa. Era possível, é claro — no final de agosto ele podia ainda nem ter ido para Princeton, de onde era aluno. Ou, se já havia começado o curso, podia ter voltado para casa por um final de semana. Princeton ficava a apenas uma hora e meia dali de carro.

Ele me convidou para sentar em uma das duas poltronas idênticas perto da lareira.

— Estava esperando por uma desculpa para acender o fogo — disse. — Hoje o tempo colaborou.

Eu não conseguia deixar de pensar que minha jaqueta verde-limão era mais adequada para uma tarde de agosto do que para o meio do outono. Senti uma mecha de cabelos caindo sobre meu ombro e tentei prendê-la novamente no coque que deveria ancorá-la.

Tenho mestrado em biblioteconomia, uma escolha de carreira muito natural para alguém como eu, apaixonada pelos livros. Desde a formatura há cinco anos tenho trabalhado na Biblioteca Pública de Englewood e estou muito envolvida no projeto de alfabetização de nossa comunidade.

Agora eu estava ali, naquela impressionante biblioteca, "com meu chapéu na mão", como teria dito minha avó. Planejava organizar um evento para angariar fundos para o programa de alfabetização e queria fazer dessa ocasião algo espetacular. Havia uma maneira pela qual eu tinha certeza de poder convencer as pessoas a pagarem 300 dólares para ir a um coquetel, e essa maneira era realizar o evento ali, naquela casa. A mansão Carrington se tornara parte do folclore de Englewood e das comunidades circunvizinhas. Todos conheciam sua história e sabiam que a casa havia sido transportada de Gales pedra por pedra. Eu tinha absoluta certeza de que a possibilidade de estar lá dentro faria toda a diferença em ter um concorrido evento bem-sucedido.

Normalmente eu era muito segura e confiante, mas ali, sentada diante daquela lareira, sentindo os olhos cinzentos que pareciam tomar minhas medidas, eu me sentia agitada e pouco confortável. De repente, tive a impressão de que voltava a ser a filha do paisagista que bebia demais.

Supere tudo isso, disse a mim mesma, parando com a bobagem de me sentir inferior. Depois de uma vigorosa sacudida mental comecei a recitar minha solicitação tão bem-ensaiada.

— Sr. Carrington, como escrevi na carta, existem várias causas boas, o que significa que há muitas razões para as pessoas assinarem cheques. É claro que é impossível apoiar e ajudar todas as causas. Honestamente, hoje em dia, até as pessoas em excelente situação financeira se sentem exploradas. Por isso é essencial para o nosso evento que haja um bom motivo para que as pessoas assinem um cheque para nós.

Depois dessa introdução, fiz o pedido que me levara até ali: o de realizar o coquetel naquela casa. Vi a expressão dele mudar, e vi o "não" se formando claramente em seus lábios.

Ele se expressou de maneira muito graciosa.

— Srta. Lansing... — começou.

— Por favor, me chame de Kay

— Pensei que seu nome era Kathryn.

— Só na certidão de nascimento e para minha avó.

Ele riu.

— Entendo o que quer dizer. — Depois desse momento de simpatia, ele recomeçou a recusa polida. — Kay, eu não hesitaria nem por um minuto em assinar um cheque...

Eu o interrompi.

— Estou mais do que certa disso. Mas, como escrevi na carta, o que me traz aqui é mais do que dinheiro. Precisamos de voluntários para ensinar as pessoas a ler, e a melhor maneira de atrair essa gente para trabalhar em nosso projeto é despertar nelas a vontade de vir e participar de um evento, e depois elas se unirão a nossa causa. Conheço um excelente fornecedor que prometeu reduzir os preços de seu bufê se o evento for realizado aqui. Seriam apenas duas horas, e a ocasião seria muito importante para muitas pessoas.

— Preciso pensar sobre isso — disse Peter Carrington, já se levantando.

A reunião estava encerrada. Eu pensei depressa e decidi que não tinha nada a perder por citar mais um assunto.

— Sr. Carrington, tenho feito uma exaustiva pesquisa sobre sua família. Por muitas gerações esta casa foi uma das mais hospitaleiras em Bergen County. Seu pai, seu avô e seu bisavô apoiavam atividades e eventos beneficentes da comunidade local. Ajudando-nos, agora, não só poderia fazer um grande bem a muita gente, como estaria dando continuidade a uma tradição familiar. Seria muito fácil para o senhor.

Eu não tinha o direito de me sentir tão terrivelmente desapontada, mas me sentia. Ele não respondeu, e sem esperar que ele ou seu assistente me conduzissem à porta, caminhei para a saída. Parei para dar uma rápida olhada para os fundos da casa, pensando na escada de serviço por onde eu havia subido escondida tantos anos trás. Depois parti, certa de que havia feito minha segunda e última visita à mansão.

Dois dias depois o retrato de Peter Carrington estava na capa da *Celeb*, um tabloide semanal de circulação nacional. Ele aparecia na foto saindo da delegacia de polícia 22 anos atrás, depois de ter sido interrogado sobre o desaparecimento de Susan Althorp, então com 18 anos, que havia sumido depois do jantar de que havia participado na mansão Carrington. A manchete, SUSAN ALTHORPE AINDA ESTÁ VIVA?, acompanhava a foto e o texto logo abaixo da imagem: "Industrial ainda é suspeito do desaparecimento da jovem Susan Althorp, que nesta semana estaria celebrando seu 40º aniversário."

O tabloide se dedicara a relacionar detalhes da busca por Susan e, como o pai dela havia sido embaixador, a comparar o caso ao sequestro do bebê Lindbergh.

O artigo incluía um resumo das circunstâncias em torno da morte, há quatro anos, da esposa de Peter Carrington, Grace, que estava grávida. Grace Carrington, conhecida por beber muito, havia organizado uma festa de aniversário para o irmão de criação de Carrington, Richard Walker. Carrington chegara em casa depois de um voo de 23 horas, da Austrália, observara a condição da esposa, tirara o copo da mão dela, derramara o conteúdo no tapete e exigira, furioso:

— Tenha um pouco de misericórdia da criança que leva no ventre!

Depois, alegando exaustão, fora para a cama. Na manhã seguinte, a governanta encontrou o corpo de Grace Carrington, ainda com o vestido de cetim vermelho que ela usara na festa, no fundo da piscina da mansão. Uma autópsia havia comprovado que ela estava três vezes além do limite em que se podia considerar uma pessoa legalmente bêbada. O artigo concluía: "Carrington afirma ter ido dormir imediatamente e alega que não acordou até a polícia responder a um chamado de emergência. TALVEZ. Estamos realizando uma pesquisa. Visite nosso site e conte-nos o que você acha disso."

Uma semana depois, na biblioteca, recebi um telefonema de Vincent Slater, que esclareceu que eu o havia conhecido quando fui à entrevista com Peter Carrington.

— O Sr. Carrington — disse ele — decidiu autorizar o uso da casa para o evento que está planejando. Ele sugeriu que a senhorita organize comigo todos os detalhes da festa.

2

VINCENT SLATER DESLIGOU O TELEFONE E SE RECLINOU, ignorando o suave rangido da cadeira atrás da escrivaninha, um som que começara a aborrecê-lo há tempos, razão pela qual ele se esforçava para lembrar de mandar consertá-la. Seu escritório na mansão foi instalado, originalmente, em uma das salas pouco usadas nos fundos da casa. Além de ser isolada, ele a escolhera por causa das portas francesas que não só permitiam uma visão ampla do jardim, mas também serviam como entrada privativa pela qual podia ir e vir sem ser observado.

O problema era que a madrasta de Peter, Elaine, que residia em outra casa na propriedade, achava que podia entrar e sair de seu escritório sem bater na porta. Naquele momento, ela acabara de repetir o gesto inconveniente.

E Elaine não perdia tempo com cumprimentos.

— Vincent, que bom que o encontrei. Acha que pode fazer Peter desistir de realizar esse evento beneficente aqui? Depois de toda a terrível publicação dos artigos naquela porcaria de revista *Celeb,* na semana passada, com a investigação sobre o desaparecimento de Susan e a morte de Grace, era de se esperar que ele tivesse o bom-senso de atrair o mínimo possível de atenção.

Vincent se levantou, uma cortesia que gostaria de poder ignorar cada vez que Elaine invadia seu espaço. Porém, apesar da intensa irritação causada pela invasão, ele não conseguia deixar de notar sua delicada beleza. Aos 66 anos, Elaine Walker Carrington era uma mulher de cabelos louros, olhos azuis, traços clássicos e corpo delgado, uma pessoa que ainda podia atrair olhares. Ela se movia com a graça e a elegância de uma modelo, o que realmente fora, e sua altivez era admirável mesmo quando, sem ser convidada, ela se sentava na cadeira muito antiga e rara diante da escrivaninha de Vincent.

Elaine vestia um tailleur preto que Slater presumia ser um Armani, seu estilista favorito, como todos sabiam. Suas joias consistiam de brincos de diamantes, um cordão de pérolas e o exuberante diamante de casamento que ela ainda ostentava no dedo, embora o marido, pai de Peter, estivesse morto há quase vinte anos. A fidelidade da viúva à memória do finado marido, Vincent sabia bem, tinha tudo a ver com os termos do acordo pré-nupcial, que permitia que ela morasse ali pelo resto de sua vida, a menos que se casasse novamente, e estipulava uma pensão no valor de 1 milhão de dólares por ano. E, é claro, ela gostava de ser chamada de Sra. Carrington e de desfrutar de todos os privilégios que o sobrenome garantia.

O que não dava a ela o direito de entrar no escritório sem antes se anunciar, agindo como se Slater não houvesse considerado cuidadosamente todos os pontos contrários e favoráveis à realização de um evento público naquela casa. Vincent estava irritado.

— Elaine, Peter e eu já discutimos essa questão exaustivamente — começou ele, revelando a impaciência no tom da voz. — É claro que a publicidade é terrível e constrangedora, e é justamente por isso que Peter precisa agir e mostrar que não está se escondendo. É precisamente essa ideia que precisamos tentar modificar.

— Acha realmente que ter estranhos perambulando pela casa vai mudar a ideia que as pessoas têm de Peter? — perguntou Elaine com sarcasmo.

— Elaine, sugiro que fique fora disso. — Slater se irritou. — Caso tenha esquecido, a empresa da família tornou-se de capital aberto há dois anos, e há um lado negativo em ter de responder aos acionistas. Embora Peter seja de longe o acionista majoritário, existe uma corrente pressionando para que ele abdique das funções de presidente e CEO. Ser uma pessoa "digna de interesse", no caso do desaparecimento de uma mulher e na morte de outra, não é exatamente algo favorável para a imagem do comandante de uma empresa multinacional. Peter não fala sobre o assunto, mas sei que está muito preocupado. Por isso, de agora em diante, ele precisa ser visto atuando nas questões da comunidade e, mesmo que deteste tudo isso, deve tornar de conhecimento público suas generosas ações filantrópicas.

— Realmente? — Elaine se levantou enquanto falava. — Vincent, você é um tolo. Escute o que digo: isso não vai dar certo. O que está fazendo é expor Peter, em vez de protegê-lo. Socialmente, Peter é um zero à esquerda. Pode ser um gênio nos negócios, mas, como você certamente sabe, ele não se sente confortável participando de conversas efêmeras. Longe do escritório, ele se sente muito mais feliz com um livro na mão e a porta da biblioteca fechada do que em uma festa ou evento social. "Nunca se está menos solitário do que quando se está sozinho", diz o ditado. Quando esse evento vai acontecer?

— Na quinta-feira, dia 6 de dezembro. Kay Lansing, a mulher que o está organizando, precisa de pelo menos sete semanas para divulgar o coquetel de maneira satisfatória e tirar proveito dele.

— Existe um limite para o número de convites que podem ser vendidos?

— Duzentos.

— Vou me certificar de comprar um deles. E Richard também. Estou indo à galeria. Ele está organizando uma recepção para um de seus novos artistas. — Com um aceno despreocupado e superficial, ela saiu pelas portas francesas sem dizer mais nada.

Slater a viu deixar a sala e comprimiu os lábios numa linha fina de insatisfação. Richard Walker era filho de Elaine, de seu primeiro casamento. Ela estava pagando por aquela recepção na galeria, certamente. O dinheiro de Carrington era usado para sustentar aquele fracassado do filho dela desde que o imprestável tinha 20 anos. Slater lembrava-se de como Grace ficava furiosa por Elaine presumir que podia entrar e sair da mansão quando quisesse. A única coisa que Peter tivera o cuidado de impedir fora o retorno da madrasta para a casa principal depois da morte de Grace.

Não pela primeira vez, Slater se perguntou se a tolerância de Peter Carrington com os desmandos de Elaine era só isso mesmo, tolerância, ou se havia mais do que o olhar podia alcançar.

3

Eu estava na biblioteca quando recebi o telefonema de Vincent Slater. Era final de manhã de uma quarta-feira e eu já me preparava para organizar o evento beneficente no hotel Glenpointe, em Teaneck, uma cidade vizinha de Englewood. Havia comparecido a outras festas e reuniões no local e sabia que eles realizavam um excelente trabalho, mas ainda me sentia desapontada por meu pedido não ter sido atendido. Não conseguira convencer Peter Carrington. É desnecessário dizer que fiquei completamente eufórica com o telefonema de Slater, e decidi compartilhar minha animação com Maggie, minha avó materna, que me criou e ainda mora na mesma casa modesta em Englewood, no mesmo lugar onde eu cresci.

Viajo para ir do trabalho para casa e vice-versa, mas vivo na contramão. Moro na West 79th Street em Manhattan, em um modesto apartamento no segundo andar de uma casa reformada e convertida em edifício. O lugar é mesmo pequeno, mas tem uma lareira, teto alto, um quarto onde cabem uma cama e uma cômoda, e uma cozinha separada da sala de estar.

Mobiliei o apartamento com peças que adquiri em bazares de garagem nas áreas mais valorizadas de Englewood, e adoro o resultado final de meu projeto de decoração. Também amo trabalhar na biblioteca em Englewood, e, é claro, isso significa que posso ver minha avó com frequência. Margaret O'Neil, minha querida avó, a quem meu pai e eu sempre chamamos de Maggie.

A filha dela, minha mãe, morreu quando eu tinha apenas duas semanas de vida. Aconteceu em um fim de tarde. Ela estava reclinada na cama, me amamentando, quando uma embolia atingiu seu coração. Meu pai telefonou pouco depois e ficou assustado quando ela não atendeu. Ele correu para casa e encontrou o corpo sem vida, os braços ainda me amparando. Eu dormia e sugava seu seio muito satisfeita.

Meu pai era engenheiro. Depois de um ano trabalhando para uma companhia que construía pontes, ele se demitiu e fez da jardinagem, antes uma paixão, sua ocupação. Ele usava a brilhante mente para obter projetos inovadores em propriedades locais, criando jardins com paredões de rochas, quedas-d'água e alamedas sinuosas. E foi por isso que a madrasta de Peter Carrington, Elaine, o contratou. Ela não gostava da rigidez do gosto de sua antecessora com relação ao paisagismo.

Papai era oito anos mais velho que minha mãe, e tinha 32 quando ela morreu. Nesse tempo ele já havia estabelecido uma sólida reputação em sua área. Tudo poderia ter sido muito melhor para nós, mas, infelizmente, depois da morte de minha mãe, meu pai se entregou à bebida. Por causa disso, comecei a passar cada vez mais tempo com minha avó. Ainda posso lembrar a voz dela implorando:

— Pelo amor de Deus, Jonathan, você precisa procurar ajuda. O que Annie pensaria do que está fazendo a si mesmo? E Kathryn? Ela não merece uma vida melhor?

Então, uma tarde, depois de Elaine Carrington demitir meu pai, ele não apareceu na casa de minha avó para me buscar. Seu carro foi encontrado estacionado na margem do rio Hudson, cerca de 30 quilômetros ao norte de Englewood. A carteira, as chaves de casa e o talão de cheques foram encontrados no banco da frente do automóvel. Nenhum bilhete. Nenhuma palavra de adeus. Nada para indicar que ele sabia o quanto eu precisava dele. Fico me perguntando o quanto ele me culpava pela morte de minha mãe, se não acreditava que, de alguma forma, eu havia sugado a vida de seu corpo. Não. Certamente não. Eu o amava intensamente, e ele sempre dera a impressão de me amar da mesma maneira. Uma criança sabe disso. O corpo de meu pai nunca foi resgatado.

Ainda me lembro como, quando chegávamos em casa depois de termos saído da de minha avó, ele e eu fazíamos o jantar juntos. Ele sempre falava sobre minha mãe.

— Como bem sabe, Maggie não é uma boa cozinheira, Kathryn — ele dizia —, por isso sua mãe abria o livro de receitas e ia aprendendo, motivada pelo mais puro desespero. Ela e eu costumávamos experimentar receitas juntos, e agora somos você e eu.

Então, ele falava comigo sobre minha mãe.

— Lembre-se sempre de que ela teria dado qualquer coisa para ver você crescer. Ela manteve o berço ao lado de nossa cama por um mês antes de você nascer. Infelizmente, você vai perder muito por não tê-la, por não poder conhecê-la.

Ainda não consegui perdoá-lo por não ter pensado em tudo isso quando decidiu pôr fim à própria vida.

Todos esses pensamentos passavam por minha cabeça enquanto eu dirigia em direção à casa de Maggie, pensando em contar a ela as novidades. Minha avó tem um lindo bordo vermelho em seu pequeno jardim. A árvore proporciona um ar especial ao lugar. Lamentei ver as últimas de suas folhas sendo levadas pelo vento. Sem essa proteção, a casa parecia, de alguma maneira, exposta, e um pouco empobrecida. É uma casa térrea em Cape Cod, com um sótão por terminar onde Maggie guarda toda a bagunça acumulada em seus 83 anos de vida. Caixas de fotos que ela nunca organizou em álbuns, caixas de cartas e adorados cartões de Natal que ela nunca vai reler, a mobília que ela substituiu pelos móveis da casa de meus pais, mas da qual não teve coragem de se desfazer, roupas que ela não usa há vinte ou trinta anos.

A parte de baixo não é muito melhor. Tudo é limpo, mas Maggie cria entulho simplesmente por entrar em uma sala. Seu suéter está em uma cadeira, os artigos de jornal que ela está sempre planejando ler esperam em outra; há livros empilhados ao lado de uma poltrona reclinável; as persianas que ela abre de manhã estão sempre tortas; os chinelos que nunca encontra estão embaixo de uma cadeira com banco para os pés. É um lar de verdade.

Maggie não corresponderia à ideia de Martha Stewart sobre o que é uma boa administração doméstica, mas tem muitos outros pontos a seu favor. Ela se aposentou do magistério para me criar, e ainda dá aulas particulares a três crianças semanalmente. Como descobri por experiência própria, ela é capaz de fazer do aprendizado uma experiência divertida.

Porém, quando entrei e contei a notícia, ela me decepcionou. Pude ver em seu rosto a expressão de desaprovação assim que mencionei o nome Carrington.

— Kay, você não me contou que estava pensando em pedir permissão para realizar o evento de apoio ao programa de alfabetização naquele lugar!

Maggie havia perdido alguns centímetros de altura nos últimos anos. Ela costuma brincar dizendo que está desaparecendo, mas quando a encarei naquele momento, de repente me pareceu formidável.

— Maggie, é uma grande ideia — protestei. — Estive em alguns eventos em casas particulares, e todos foram muito bem-sucedidos. A mansão Carrington vai atrair muita gente. Vamos cobrar 300 dólares por convite. Não conseguiríamos vender por esse preço em nenhum outro lugar.

Então percebi que Maggie estava preocupada, sinceramente preocupada.

— Maggie, Peter Carrington não poderia ter sido mais gentil quando o visitei para falar sobre o evento.

— Não me contou que se encontrou com ele.

Por que eu não havia contado a ela? Talvez por saber instintivamente que ela não aprovaria minha decisão de ir procurá-lo, e mais tarde, quando ele deu a entender que recusaria meu pedido, não vi motivo para tocar no assunto. Maggie estava convencida de que Peter Carrington era responsável pelo desaparecimento de Susan Althorp, e também acreditava na possibilidade de ele estar envolvido no afogamento da esposa.

— Talvez ele não tenha empurrado a esposa na piscina, Kay — ela me dissera certa vez —, mas aposto que, se a viu cair, não tentou salvá-la. Quanto a Susan, foi ele quem a levou para casa. Aposto qualquer coisa como ela saiu sem informar aos pais que iria encontrá-lo. Fugiu quando todos pensavam que ela dormia.

Maggie tinha 8 anos em 1932, quando o bebê Lindbergh foi sequestrado, e ela se considera a maior autoridade mundial nesse assunto, uma autoridade que ela acredita poder estender ao caso do desaparecimento de Susan Althorp. Desde que eu era pequena, ela sempre me falou sobre o sequestro do bebê Lindbergh, enfatizando que Anne Morrow Lindbergh, a mãe da criança, havia sido criada em Englewood, menos de 2 quilômetros distante de nossa casa, e que o pai de Anne, Dwight Morrow, havia sido embaixador no México. Susan Althorp também havia crescido em Englewood, e o pai dela havia sido embaixador na Bélgica. Para Maggie, os paralelos eram óbvios — e assustadores.

O sequestro do bebê Lindbergh foi um dos crimes mais famosos do século XX. A criança de ouro do casal de ouro, e todas as questões sem resposta. Como Bruno Hauptmann soube que os Lindbergh haviam decidido ficar em sua nova casa de campo naquela noite porque o bebê tinha um resfriado, em vez de retornarem à propriedade Morrow como havia sido planejado anteriormente? Como Hautmann sabia exatamente onde colocar a escada para alcançar a janela aberta do quarto do bebê? Maggie estava sempre encontrando semelhanças entre os dois casos.

— O corpo do bebê Lindbergh foi encontrado por acidente — me dizia ela. — Foi terrível, mas pelo menos a família não teve de passar o resto da vida imaginando se ele crescia em algum outro lugar, com alguém que podia machucá-lo de alguma forma. A mãe de Susan Althorp levanta todas as manhãs imaginando se naquele dia o telefone vai tocar e ela vai ouvir a voz da filha. Sei que eu me sentiria assim se minha filha estivesse desaparecida. Se o corpo de Susan fosse encontrado, ao menos a Sra. Althorp poderia ir visitar seu túmulo.

Maggie não falava sobre o caso Althorp há muito tempo, mas aposto que se ela for ao supermercado e vir a *Celeb* com as fotos de Peter Carrington na capa, ela a comprará. O que explica sua repentina inquietação quando digo que estive com ele.

Eu a beijei no alto da cabeça.

— Maggie, estou com fome. Vamos sair e comer massa? Eu pago.

Quando a deixei em casa, uma hora e meia depois, ela hesitou, mas disse:

— Kay, entre por um minuto. Quero ir a esse evento. Vou fazer o cheque no valor do convite.

— Maggie, isso é loucura — protestei. — É muito dinheiro para seu orçamento.

— Eu vou — anunciou ela com firmeza. Sua expressão determinada não deixava espaço para argumentos.

Alguns minutos depois eu dirigia pela ponte George Washington, a caminho do meu apartamento, levando o cheque de minha avó na carteira. Sabia por que ela insistira em ir ao evento. Maggie se autoproclamara minha guarda-costas pessoal enquanto eu estivesse sob o teto da mansão dos Carrington.

4

Enquanto esperava pela chegada de seu visitante, Gladys Althorp olhava o retrato da filha desaparecida. Havia sido tirado no terraço da mansão Carrington na noite em que Susan desapareceu. Ela usava um vestido ae chiffon branco que destacava o corpo esguio. Os longos cabelos loiros, ligeiramente desalinhados, cobriam os ombros de pele acetinada. Ela nem havia percebido a lente da câmera voltada em sua direção, e sua expressão era séria, pensativa. Em que ela estaria pensando naquele momento?, Gladys se perguntou mais uma vez, enquanto os dedos traçavam o contorno da boca de Susan. Ela teria tido uma premonição de que algo ia acontecer?

Ou, finalmente, percebeu naquela noite que o pai estava envolvido com Elaine Carrington?

Gladys suspirou e se levantou lentamente, apoiando uma das mãos no braço da poltrona para obter mais apoio. Brenda, a nova empregada da casa, havia servido seu jantar em uma bandeja e depois voltara para o apartamento sobre a garagem, onde vivia. Infelizmente, Brenda não era uma boa cozinheira. Não que ela sentisse fome, Gladys pensou enquanto levava a bandeja para a cozinha. A visão da comida intocada a fez sentir uma náusea passageira. Ela a jogou rapidamente no triturador, enxaguou o prato e o colocou na lava-louças.

— Deixe isso comigo, Sra. Althorp — protestaria Brenda aborrecida na manhã seguinte. E Gladys responderia que só precisara de um minuto para deixar tudo em ordem. Em ordem. Era assim que poderia descrever o que estava fazendo agora. Tentando resolver e deixar em ordem o assunto mais importante de sua vida antes de deixá-la.

— Talvez seis meses — determinaram os médicos quando anunciaram o diagnóstico que ela ainda não revelara a ninguém.

Gladys voltou ao estúdio, o favorito dos 17 aposentos da casa. Há anos pensava em se mudar para um lugar melhor, e sabia que Charles realizaria esse desejo quando ela partisse. Sabia por que ela não havia se mudado. O quarto de Susan estava ali, tudo ainda exatamente como ela deixara naquela noite, depois de bater na porta para informar Charles que estava em casa.

Eu a deixei dormir até tarde na manhã seguinte, ela pensou, mais uma vez revendo mentalmente aquele dia. Depois, finalmente, ao meio-dia, fui vê-la. A cama ainda estava arrumada. As toalhas no banheiro não haviam sido tocadas. Ela devia ter saído imediatamente após anunciar que chegara em casa.

Antes de morrer, preciso tentar descobrir o que aconteceu com ela, Gladys pensou. Talvez esse investigador possa encontrar algumas respostas. Nicholas Greco era o nome dele. Gladys o vira na televisão falando sobre os crimes que solucionara. Depois de se aposentar como detetive no Departamento de Polícia da Cidade de Nova York, ele abrira a própria agência e se tornara muito conhecido por resolver crimes que inicialmente pareciam insolúveis.

— As famílias das vítimas precisam de uma resposta definitiva — dissera ele na entrevista. — Não há chance de paz para elas até que encontrem isso. Felizmente, existem agora novas ferramentas e novos métodos em desenvolvimento todos os dias, instrumentos que possibilitam um novo olhar sobre casos que ainda estão sem solução.

Ela havia pedido ao detetive para chegar às 20 horas por duas razões. Saber que Charles estaria fora era uma delas. A segunda era que não queria que Brenda estivesse por perto quando o investigador chegasse. Há duas semanas Brenda entrara no estúdio quando ela assistia a uma entrevista de Greco na televisão.

— Sra. Althorp, creio que os casos verdadeiros de que ele fala são mais interessantes do que aqueles que eles inventam — comentara Brenda. — Olhar para ele é suficiente para saber que o homem é sagaz.

A campainha soou pontualmente às 20 horas. Gladys foi abrir a porta. Sua primeira impressão de Nicholas Greco foi confortante e reanimadora. Pelo que vira na tevê, sabia que ele era um homem de quase 60 anos que se vestia de maneira conservadora, de estatura mediana, com cabelos claros e olhos castanho-escuros. Mas, ao conhecê-lo, ela gostou de sentir o aperto de mão firme e perceber que ele a fitava diretamente nos olhos. Tudo nele inspirava confiança.

Ela se perguntava que impressão teria causado nesse homem. Provavelmente, ele via apenas uma mulher de pouco mais de 60 anos, magra demais, com a palidez de uma doença terminal no rosto.

— Obrigada por ter vindo — disse ela. — Sei que deve ter muitas solicitações de pessoas como eu.

— Tenho duas filhas — respondeu Greco. — Se uma delas desaparecesse, eu não ficaria em paz enquanto não a encontrasse. — Ele esperou um instante, depois acrescentou: — Mesmo que o que descobrisse fosse diferente da notícia que gostaria de ter.

— Acredito que Susan está morta — disse Gladys Althorp calmamente, mas com uma expressão subitamente triste e vazia no olhar. — Mas ela não teria desaparecido por conta própria. Aconteceu alguma coisa com minha filha, e creio que Peter Carrington foi responsável por sua morte. Seja qual for a verdade, preciso conhecê-la. Está interessado em me ajudar?

— Sim, estou.

— Reuni todos os meus arquivos sobre o desaparecimento de Susan para que tenha acesso às informações. Está no meu estúdio.

Nicholas Greco seguiu Gladys Althorp pelo amplo hall e pelo corredor largo, aproveitando para olhar de passagem as pinturas nas paredes. Alguém naquela família era um colecionador, ele pensou. Não sabia se as telas tinham a qualidade de um acervo de museu, mas, certamente, eram boas.

Tudo que podia ver na casa tinha uma aura de bom gosto e qualidade. O tapete verde-esmeralda era espesso e macio sob os pés. O gesso das sancas no alto das paredes imaculadamente brancas era como uma moldura adicional para os quadros. O tapete do estúdio ao qual Gladys Althorp o levou era estampado em tons de vermelho e azul. A tonalidade de azul do sofá era a mesma do tapete, e o estofamento das poltronas também era azul. Ele viu o retrato de Susan Althorp sobre a mesa. Ao lado do porta-retratos havia uma sacola de compras colorida cheia de documentos.

Nicholas caminhou até a mesa e pegou a fotografia. Desde que havia decidido aceitar o caso, fizera uma pesquisa preliminar e vira aquela mesma foto na internet.

— Essa era a roupa que Susan vestia quando desapareceu? — perguntou ele.

— Era o que ela vestia no jantar dançante na casa dos Carrington. Eu não me sentia bem, então meu marido e eu deixamos a festa antes de Susan. Peter prometeu trazê-la para casa.

— Ainda estava acordada quando ela entrou?

— Sim, foi cerca de uma hora depois de termos chegado. Charles assistia o jornal da meia-noite na televisão do quarto. Ouvi quando ela bateu na porta para avisá-lo de que estava em casa.

— Não é um pouco cedo para uma jovem de 18 anos chegar em casa?

Greco observou a compressão imediata dos lábios de Gladys Althorp. A pergunta havia despertado sua raiva.

— Charles era um pai superprotetor. Ele insistia em ser acordado sempre que Susan chegava em casa.

Gladys Althorp era uma de muitas mães devastadas pela dor da perda de um filho, e Greco conhecera muitos pais nessa situação. Mas, diferentemente de muitos outros, suspeitava que Gladys sempre conseguira manter suas emoções na esfera estritamente privada. Sentia que, para ela, contratá-lo havia sido uma decisão difícil, um salto considerável em um ambiente assustador.

Com um olhar profissional, ele observou a extrema palidez no rosto dela, e o ar de fragilidade de todo o seu corpo. Tinha uma forte suspeita de que ela teria alguma enfermidade terminal, e de que essa era a razão para sua contratação.

Quando partiu, meia hora depois, Greco levava a sacola de compras contendo todas as pastas com informações que Gladys Althorp reunira, dados que poderiam fornecer a ele uma noção quase exata das circunstâncias do desaparecimento da filha dela: as reportagens nos jornais, o diário que ela escrevera durante o andamento das investigações e o exemplar da revista *Celeb* com uma foto de Peter Carrington na capa.

Em sua pesquisa preliminar, Greco havia anotado o endereço da propriedade Carrington. Num impulso, decidiu passar por lá. Já sabia que a mansão histórica e famosa ficava perto da casa dos Althorp, mas, mesmo assim, surpreendeu-se ao descobrir quão perto ficavam. Peter Carrington não podia ter levado mais de cinco minutos para deixar Susan em casa naquela noite, se é que realmente a levara, e não mais de cinco minutos para retornar à própria residência. No caminho de volta para Manhattan, enquanto dirigia, Greco percebeu que o caso já o envolvera. Estava ansioso para começar. Um clássico *corpus delicti*, pensou. Em seguida, lembrou o sofrimento nos olhos de Gladys Althorp e sentiu vergonha.

Vou resolver esse mistério para ela, Greco pensou decidido enquanto reconhecia a familiar descarga de energia que o inundava sempre que estava prestes a trabalhar num caso que, tinha certeza, seria fascinante.

5

GLADYS ALTHORP ESPEROU PELO MARIDO NO ESTÚDIO. Ela o ouviu abrindo e fechando a porta da casa pouco depois do início do jornal das 23 horas. Então, desligou a televisão e foi ao encontro dele pelo largo corredor. Ela o viu já na metade da escada.

— Charles, tenho algo para lhe dizer.

Seu rosto, já vermelho, ficou ainda mais corado, e sua voz se tornou mais estridente quando, ao ouvir que ela havia contratado Nicholas Greco, Charles perguntou:

— Sem me consultar? Sem considerar que nossos filhos também serão obrigados a reviver aquele momento horrível? Sem pensar que uma nova investigação vai atrair a atenção da mídia e levar nosso nome de volta aos tabloides? Aquela matéria revoltante da semana passada não foi suficiente para você?

— Consultei nossos filhos e eles apoiaram minha decisão — respondeu Gladys calmamente. — É absolutamente necessário que eu descubra o que aconteceu de fato com Susan. Isso o preocupa, Charles?

6

A PRIMEIRA SEMANA DE NOVEMBRO FOI AGRADÁVEL, MAS logo depois o tempo tornou-se muito frio e úmido, o tipo de clima cinzento que o faz querer ficar na cama ou sair dela só para pegar o café quente e os jornais — e eu não tinha tempo para nenhum desses dois prazeres. Praticamente todos os dias eu me exercito em uma academia na Broadway, depois tomo banho, me arrumo e sigo diretamente para a biblioteca em Nova Jersey. As reuniões para tratar do evento para angariar fundos aconteciam depois do expediente.

Nem preciso dizer que os convites para a festa foram vendidos rapidamente, o que era gratificante, mas a publicação da matéria sobre o desaparecimento de Susan Althorp renovou o interesse da opinião pública no assunto. Depois, quando Nicholas Greco, o investigador particular, revelou para o *Imus in the Morning* que havia sido contratado pela família Althorp para investigar o desaparecimento da filha deles, a notícia ganhou novamente status de novidade. Imediatamente após a declaração de Greco, Barbara Krause, a excelente promotora de Bergen County, relatou à imprensa que receberia com alegria qualquer nova evidência que pudesse levar ao encerramento do caso. Quando questionada sobre Peter Carrington, ela disse com tom crítico:

— Peter Carrington sempre foi um dos suspeitos no caso do desaparecimento de Susan Althorp.

Logo depois dessa declaração as colunas de fofocas começaram a divulgar informações dando conta de que o conselho de diretores da Carrington Enterprises pressionava Peter para que ele deixasse o posto de presidente e CEO, embora fosse acionista majoritário. De acordo com as notícias, os outros diretores acreditavam que, como agora a companhia era de capital aberto, não era apropriado que alguém denominado "digno de interesse" pela polícia, e tivesse seu nome ligado a dois homicídios, continuasse no comando de uma empresa de âmbito multinacional que valia muitos bilhões de dólares.

Retratos de Peter começaram a surgir regularmente nos cadernos de negócios dos grandes jornais, bem como em revistas mais sensacionalistas.

Por causa disso, durante todo o mês de novembro mantive os dedos cruzados, imaginando que receberia um telefonema de Vincent Slater a qualquer momento para me dizer que a recepção seria cancelada, e que eles enviariam um cheque para compensar os prejuízos.

Mas esse telefonema nunca aconteceu. No dia seguinte ao de Ação de Graças eu fui à mansão com o dono do bufê que havíamos contratado para discutir os detalhes do evento. Slater nos recebeu na porta e nos levou para conhecer o casal que cuidava da rotina doméstica na mansão, Jane e Gary Barr. Eles aparentavam ter 60 e poucos anos, e era óbvio que trabalhavam para os Carrington havia muito tempo. Imaginei se eles já trabalhavam na mansão naquela noite no famoso jantar dançante, mas não tive coragem de perguntar. Mais tarde soube que eles haviam sido contratados pelo pai de Peter depois que sua primeira esposa, a mãe de Peter, falecera, mas haviam pedido demissão com a chegada de Elaine. Eles foram persuadidos a voltar, porém, depois da morte de Grace, esposa de Peter. E pareciam saber tudo sobre o lugar.

Eles nos disseram que a sala de estar era dividida em dois aposentos, e que quando as portas internas estavam abertas, o espaço era suficiente para acomodar duzentas pessoas. O bufê deveria ser servido na sala de jantar. Cadeiras e pequenas mesas seriam dispostas por todo o espaço para que as pessoas não tivessem de equilibrar os pratos. Antes de partirmos, Vincent Slater juntou-se a nós novamente para dizer que o Sr. Carrington pagaria todas as despesas da recepção. Antes que eu tivesse tempo para agradecer, ele acrescentou:

— Temos um fotógrafo que vai registrar o evento. Pedimos que seus convidados evitem usar câmeras fotográficas.

— Como provavelmente já sabe, forneceremos um breve relatório sobre a campanha de alfabetização — eu disse a ele. — Seria muito importante que o Sr. Carrington dissesse algumas palavras cumprimentando os convidados.

— Ele já planeja fazer isso, senhorita. — Slater acrescentou: — Antes que eu esqueça, é evidente que as escadas que levam aos andares superiores estarão interditadas por cordas.

Eu esperava poder subir para dar uma espiada na capela com olhos de adulta. Às vezes, ao longo dos anos, eu ficava pensando se devia ter contado a Maggie sobre a conversa ríspida que ouvira ali, mas ela teria ficado zangada comigo por ter entrado na casa, e, além disso, o que eu poderia dizer a ela? Escutei um homem e uma mulher discutindo sobre dinheiro. Se pensasse que a discussão poderia ter alguma relação com o desaparecimento de Susan Althorp, certamente teria contado, mesmo que fosse anos depois. Mas, se havia algo que Susan Althorp jamais teria necessidade de fazer, era pedir dinheiro a alguém. Portanto, a única coisa que minha revelação comprovaria era que eu havia sido muito curiosa e desobediente aos 6 anos.

Naquele dia, antes de ir embora com o dono do bufê, eu dei uma espiada pelo corredor, esperando ver aberta a porta da biblioteca e Peter Carrington saindo dela. Pelo que sabia, ele podia estar do outro lado do mundo. Mas como muitos executivos costumavam emendar a sexta-feira depois do Dia de Ação de Graças, fantasiei que ele poderia estar na casa, e que eu o encontraria.

Não aconteceu. Contentei-me em relembrar que o dia 6 de dezembro era dali a menos de duas semanas, e então eu o veria. Depois, tentei banir da mente a ideia de que, se por alguma razão Peter não comparecesse à recepção, eu ficaria desesperadamente decepcionada. Eu estava saindo com Glenn Taylor, Ph.D., diretor associado de ciências na Universidade de Colúmbia, e nos encontrávamos cada vez mais regularmente. Nós nos conhecemos quando tomávamos café na Starbucks, colaborando assim com a manutenção da reputação do estabelecimento, supostamente um excelente lugar para pessoas solteiras e sozinhas fazerem novas amizades.

Glenn tem 32 anos, foi transferido de Santa Barbara, e era tão relaxado quanto qualquer californiano nativo. Na verdade, ele até parecia ter nascido lá. Depois de seis anos vivendo no Upper West Side em Manhattan, seu cabelo ainda mantinha reflexos de sol. Ele é bastante alto para eu poder usar sapatos de salto alto sem encará-lo diretamente, e compartilha minha paixão pelo teatro. Acredito que nos últimos dois anos fomos a quase todos os espetáculos na Broadway e fora dela, sempre obtendo desconto nos ingressos, é claro. Nenhum editor de caderno de negócios jamais escreveu um artigo sobre o bônus de final de ano recebido pelas bibliotecárias, e Glenn ainda está pagando as parcelas do crédito universitário.

De certa forma, nós nos amamos e certamente somos importantes um para o outro. Às vezes, Glenn até especula que, com meu lado do cérebro na literatura e o dele na ciência, teríamos grandes chances de gerar filhos fabulosos. Mas sei que não estamos nem perto do nível de envolvimento emocional de Jane Eyre e o Sr. Rochester, ou Cathy e Heathcliff.

Talvez eu tenha elevado demais meus padrões, mas desde que era jovem tenho me deliciado com as clássicas histórias de amor das irmãs Brontë.

Desde o início algo em Peter Carrington intrigou-me, e acho que comecei a entender o que era. Vê-lo sentado ali sozinho naquela mansão que já fora um castelo em outro país era uma imagem que me perseguia. Lamento não ter tido uma oportunidade de ver que livro ele estava lendo. Se fosse um dos que eu já havia lido, talvez pudesse ter ficado mais alguns minutos para conversar sobre a história.

— Oh, vejo que tem aí a nova biografia de Isaac Bashevis Singer. — Eu poderia ter dito. — Concorda com a interpretação que o autor faz de sua personalidade? Acho que ele foi um pouco injusto porque...

Você já pode ver como minha mente estava trabalhando.

Então, na noite anterior à recepção, fui à casa de Maggie para buscá-la para um dos nossos tradicionais jantares de massa. Quando cheguei, ela empoava o nariz no espelho do hall de entrada, cantarolando alegremente. Quando indaguei o que estava acontecendo, ela me contou animada que Nicholas Greco, o investigador que tentava solucionar o caso do desaparecimento de Susan Althorp, havia telefonado e ia visitá-la. Ela o esperava a qualquer minuto.

Fiquei perplexa.

— Maggie, por que ele ia querer falar com você? — Mas, antes que ela pudesse responder, eu soube que Greco estava a caminho dali porque meu pai havia sido empregado dos Carrington na época do desaparecimento de Susan.

Automaticamente, comecei a arrumar a sala de estar. Ajeitei as persianas nas janelas, de forma que ficassem no mesmo nível, recolhi os jornais que ela havia deixado espalhados, pendurei seu suéter no armário do hall e levei para a cozinha a xícara de chá e o prato de biscoitos que vi sobre a mesa de centro.

Greco chegou quando eu prendia alguns fios de cabelos brancos no coque que Maggie fez na altura da nuca.

Sou fã de Dashiell Hammett e seu Sam Spade, especialmente em *O falcão maltês*, é o protótipo da imagem mental que tenho de um investigador particular. Comparado a essa imagem, Nicholas Greco é uma decepção. Em sua aparência e na expressão corporal ele me lembra o perito da seguradora que foi me visitar quando um cano estourou no apartamento sobre o meu.

Porém, essa ilusão foi rapidamente desfeita quando, depois de Maggie me apresentar como sua neta, ele disse:

— Você deve ser a menina que acompanhou seu pai à propriedade Carrington na mesma noite em que Susan Althorp desapareceu.

Quando olhei para ele, o homem sorriu:

— Estive estudando os dados do caso. Há 22 anos seu pai disse à promotoria que havia ido à propriedade inesperadamente naquele dia por temer um problema com a nova iluminação, e que levara a filha com ele. Um dos funcionários do bufê que prestava serviço naquele jantar também mencionou ter visto uma menina pequena sentada em um banco no jardim.

Alguém me vira entrar na casa? Esperava não parecer tão culpada quanto me sentia quando convidei Greco a se sentar.

Fiquei irritada quando percebi que Maggie se divertia. Eu sabia que aquele homem — que já não me lembrava mais um perito de seguradora — havia sido contratado para provar que Peter Carrington fora responsável pelo desaparecimento de Susan Althorp, e isso me incomodava.

Mas a pergunta que ele fez em seguida me assustou. Não era sobre os Carrington ou sobre os Althorp; era sobre meu pai. Ele perguntou a Maggie:

— Seu genro apresentava sinais de depressão?

— Se considera beber um sinal de depressão... sim, eu diria que sim — respondeu Maggie, depois olhou para mim como se temesse ter me chateado com tal declaração. Ela se apressou em explicar: — Quero dizer, ele nunca superou a morte de Annie. Ela era minha filha, mas dois anos depois de seu falecimento eu implorei a Jonathan para voltar a sair, conhecer alguém, namorar. E sei que havia muitas mulheres por aqui que teriam agarrado a chance de sair com ele. Mas ele não se interessava por ninguém. Ele dizia: "Kathryn é a única garota de que preciso." — Depois ela acrescentou, sem que fosse necessário: — Quando tinha 10 anos, Kathryn decidiu que queria ser chamada de Kay.

— Então, acha que o abuso do álcool era um sinal de sua depressão, e que isso o levou a tirar a própria vida?

— Ele havia perdido vários trabalhos. Era paisagista. Acho que ser demitido da mansão dos Carrington pode ter sido o golpe final. Sua apólice de seguro estava próxima de vencer. Ao ser declarado legalmente morto, ele garantiu o pagamento das despesas de educação de Kay.

— Mas ele não deixou um bilhete suicida, e seu corpo nunca foi encontrado. Vi fotos dele. Um homem de beleza impressionante.

Eu sabia aonde aquela linha de questionamento nos levaria.

— Está sugerindo que meu pai não cometeu suicídio, Sr. Greco? — indaguei sem rodeios.

— Srta. Lansing, não estou sugerindo nada. Em qualquer situação em que um corpo não é encontrado, há sempre uma questão não respondida sobre a causa da morte. Há numerosos casos documentados de pessoas que foram declaradas mortas e mais tarde apareceram ou foram encontradas, vinte ou trinta anos depois. Essas pessoas simplesmente abandonaram uma vida que se tornara insuportável para elas. Acontece com frequência.

— Então, devo presumir que acredita que Susan Althorp fez a mesma coisa? — disparei. — O corpo dela nunca foi encontrado. Talvez ela tenha julgado a própria vida repentinamente insuportável.

— Susan era uma jovem linda e rica, uma estudante talentosa, aluna de artes em Princeton, e também herdeira e recipiente de um fundo de pensão que garantiria uma vida de conforto, luxo e privilégio. Ela era muito popular e atraía os homens com grande facilidade. Receio não conseguir ver o motivo da comparação, senhorita.

— Peter Carrington fez alguma coisa com aquela menina. Aposto que ele sentia ciúmes dela. — Maggie soava como o lorde chefe de Justiça do Reino Unido pronunciando um veredicto. — Concedi a ele o benefício da dúvida até o afogamento da esposa, e então passei a pensar que um homem que mata uma pessoa pode perfeitamente voltar a matar. Quanto a meu genro, acho que estava suficientemente deprimido para acreditar que faria um favor a Kay garantindo sua educação.

Naquela noite, a massa ficou entalada em minha garganta, e não me senti melhor quando Maggie decidiu refletir em voz alta sobre a visita de Greco.

— Ele deveria ser mais esperto, está redondamente enganado se pensa que seu pai simplesmente a abandonaria.

Não, ele não podia ter simplesmente me abandonado, pensei, mas não era por esse caminho que Greco caminhava. Ele estava imaginando se papai havia encenado o próprio desaparecimento por causa do que havia acontecido com Susan Althorp.

7

Havia começado a nevar. Nicholas Greco mal percebia os flocos leves e úmidos que caíam sobre seu rosto voltado para as janelas do segundo andar do edifício da West 57th Street, onde funcionava a galeria de arte de Richard Walker.

Greco havia feito a lição de casa com relação a Walker. Quarenta e seis anos, divorciado duas vezes, filho de Elaine Walker Carrington, dono de uma reputação indiferente no mundo da arte, sem dúvida alguma sustentado pela sorte de ser filho de uma mulher que se casou com a fortuna da família Carrington. Walker estivera no jantar na noite em que Susan Althorp desaparecera. De acordo com os relatórios no arquivo da promotoria, ele partira para seu apartamento em Manhattan assim que a festa terminou.

Greco abriu a porta do edifício, foi identificado pelo guarda de segurança e subiu o único lance de escada que levava à galeria, onde foi imediatamente recebido por uma sorridente recepcionista.

— O Sr. Walker o espera — disse ela. — Precisa esperar apenas alguns minutos, porque ele está participando de uma videoconferência no momento. Por que não vai apreciar nossa nova exposição? Estamos exibindo os trabalhos de um jovem artista maravilhoso que está levando os críticos à loucura.

Era um discurso ensaiado. Greco sabia que Walker devia estar fazendo palavra cruzada no escritório. A galeria, em sua opinião insossa, com paredes brancas e carpete cinza, estava vazia. Ele caminhava de quadro em quadro, fingindo estudá-los, olhando as cenas de alegria urbana. Estava na penúltima tela das 20 que compunham a exposição quando uma voz perguntou:

— Essa não é particularmente evocativa de um Edward Hopper?

Nem mesmo remotamente, Greco pensou, emitindo um grunhido que podia ser interpretado como uma resposta afirmativa e virando-se para encarar Richard Walker. Ele parecia mais jovem do que seus 46 anos. Essa foi a primeira impressão de Greco. Seus olhos eram o traço mais marcante do rosto, de uma coloração azul-safira e bem afastados. Os traços eram endurecidos. Ele era um homem de estatura mediana, com um corpo sólido de boxeador e braços grossos. Não teria parecido deslocado em uma academia de ginástica, Greco pensou. O terno azul-escuro de Walker era obviamente caro, mas com sua estrutura larga e imponente o caimento só podia ser perfeito.

Quando ficou claro que Greco não tinha nenhuma intenção de discutir arte, Walker sugeriu que eles fossem a seu escritório. No caminho, ele continuou falando sobre quantas famílias construíram suas fortunas explorando a habilidade de uma pessoa de reconhecer a genialidade em um pintor desconhecido.

— É claro, isso acontece em todos os campos de atuação — concluiu ele, acomodando-se em sua cadeira e apontando outra, diante da mesa, para o visitante. — Meu avô nunca se cansava de contar a história de como Max Hirsch, o lendário treinador de cavalos, recusou a oportunidade de comprar o maior cavalo de corrida da história, Man O'War, por 100 dólares. Gosta de corridas de cavalos, Sr. Greco?

— Receio não ter muito tempo para hobbies — respondeu Greco com um leve tom de pesar na voz.

Walker sorriu com simpatia.

— Nem para falar sobre amenidades, suponho. Muito bem. O que posso fazer para ajudá-lo?

— Em primeiro lugar, gostaria de agradecer por ter me recebido. Como é possível que saiba, a mãe de Susan Althorp me contratou para investigar o desaparecimento da filha.

— Imagino que, pelo menos em Englewood, todos tenham ouvido falar algo sobre sua contratação — respondeu Walker.

— Passa muito tempo em Englewood, Sr. Walker?

— Não sei o que entende por "muito tempo". Moro em Manhattan, na East 73th Street. Como certamente sabe, minha mãe, Elaine Carrington, mora em uma casa na propriedade Carrington, e eu a visito. Ela também vem me visitar frequentemente em Manhattan.

— Estava na propriedade na noite em que Susan Althorp desapareceu?

— Sim, estava na festa, como outras duzentas pessoas. Minha mãe havia se casado com o pai de Peter Carrington três anos antes. O verdadeiro propósito daquele jantar dançante era comemorar o aniversário do velho Carrington, que completava 70 anos. Ele era muito sensível ao fato de minha mãe ser tão mais jovem, 26 anos, para ser mais exato, por isso a festa não foi divulgada como uma celebração de aniversário

— Walker levantou uma sobrancelha. — Se fizer as contas, vai constatar que o velho Carrington era um especialista em mulheres mais jovens. Ele tinha 49 anos quando Peter nasceu. A mãe de Peter também era muito mais nova.

Greco moveu a cabeça em sentido afirmativo e olhou em volta. O escritório de Walker não era grande, mas a decoração demonstrava bom gosto. Havia ali um pequeno divã listrado em azul e vermelho, e as paredes brancas realçavam o carpete azul-escuro. Sobre o sofá havia uma tela retratando homens velhos jogando cartas, rodeando uma mesa, um quadro que Greco achou muito mais interessante que os da galeria. Um armário de canto sustentava vários porta-retratos com fotos de Walker no campo de polo, e havia também uma bola de golfe em uma bandeja de prata gravada.

— Um buraco com uma tacada? — perguntou ele, apontando para a bola.

— Em Saint Andrew's — confirmou Walker, sem tentar esconder o orgulho em sua voz.

Greco percebeu que a recordação da conquista deixava Walker relaxado, e era esse seu objetivo. Reclinado em sua cadeira, ele disse:

— Estou tentando formar uma espécie de retrato de Susan Althorp. Que impressões tinha dela?

— Vamos começar esclarecendo que eu só a conhecia superficialmente. Susan tinha 18 ou 19 anos. Eu tinha 24, trabalhava na Sotheby's em tempo integral e morava na cidade. Além disso, para ser perfeitamente claro e direto, eu não gostava muito do marido de minha mãe, Peter Carrington IV, nem ele era louco por mim.

— Não se entendiam bem? Por quê?

— Não é que não nos entendêssemos. Ele me ofereceu uma vaga de estágio em uma firma de corretagem de ações da qual era proprietário, um aprendizado que poderia se transformar em um emprego no qual, segundo ele mesmo disse, eu poderia ganhar muito dinheiro em vez de viver de migalhas. Ele passou a me desprezar quando recusei a oferta.

— Entendo. Mas ia visitar sua mãe com frequência na casa de Carrington?

— É claro que sim. Naquele verão, há 22 anos, fazia muito calor e havia várias festas em torno da piscina. Minha mãe adorava receber pessoas. Ela convidava os amigos regularmente. Peter e Susan eram alunos de Princeton, e seus amigos de faculdade também estavam sempre na propriedade. Eu era normalmente incentivado a levar um ou dois amigos. Era muito agradável.

— Peter e Susan tinham algum relacionamento?

— Eles saíam juntos com frequência. Pelo que pude ver, cheguei a acreditar que namoravam e se apaixonaram, ou, pelo menos, que ele se apaixonou por ela.

— Está dizendo, então, que o sentimento não era recíproco? — Greco deduziu com tom neutro.

— Não estou dizendo nada. Ela era muito simpática. Peter era mais quieto. Mas, sempre que eu ia visitar minha mãe nos finais de semana, Susan estava na propriedade, jogando tênis ou se bronzeando na piscina.

— Ficou na casa dos Carrington naquela noite do jantar dançante?

— Não. Havia sido convidado para jogar golfe na manhã seguinte e deixei a casa assim que terminamos de jantar. Não fiquei para o baile.

— A mãe de Susan está convencida de que Peter foi responsável pela morte de Susan. Você também acredita nisso?

Havia um brilho de raiva nos olhos de Richard Walker quando ele fitou os de Greco.

— Não. Não acredito — respondeu ele, rispidamente.

— E quanto a Grace Carrington? Você estava no jantar na propriedade na noite em que ela se afogou. Na verdade, o jantar foi organizado em sua homenagem. Estou enganado?

— Peter viajava muito. Grace era uma mulher muito sociável. Ela não gostava de ficar sozinha. Estava sempre convidando pessoas para jantar. Quando soube que meu aniversário se aproximava, ela decidiu que o jantar daquela noite seria uma celebração da data. Éramos apenas seis pessoas à mesa. Peter chegou quando o jantar já estava terminando. Ele deveria ter chegado antes, mas o avião que o trazia da Austrália atrasou.

— Soube que Grace bebeu muito naquela noite.

— Grace sempre bebia demais. Esteve em várias clínicas de reabilitação, mas nunca conseguiu se manter longe do álcool por muito tempo. Então, quando finalmente conseguiu levar adiante uma gravidez depois de ter perdido vários bebês, todos nós começamos a nos preocupar com os efeitos do álcool sobre a criança.

— Alguém tentou fazê-la parar de beber naquela noite?

— Ela era muito boa em disfarçar o vício. Todo mundo pensava que ela bebia club soda, mas era vodca pura. Grace estava bem alta quando Peter chegou em casa, e, é claro, ele ficou furioso quando a encontrou naquele estado. Mas quando ele tomou o copo da mão da esposa, despejou o conteúdo no tapete e teve aquela explosão, creio que isso a abalou. Quando Peter subiu a escada, eu me lembro de Grace ter dito: "Acho que a festa acabou."

— E "a festa acabou" insinuava o fim de algo além de uma simples festa — comentou Greco.

— Imagino que sim. Grace parecia muito triste. Minha mãe e eu fomos os últimos a sair. Passei aquela noite na casa de minha mãe. Grace disse que ia se deitar no sofá para descansar um pouco. Acho que não queria enfrentar Peter.

— Você e sua mãe saíram juntos de lá?

— Sim, caminhamos juntos até a casa dela, dentro da propriedade. Na manhã seguinte a criada telefonou histérica. Ela havia encontrado o corpo.

— Acredita que Grace Carrington caiu na piscina acidentalmente ou cometeu suicídio?

— Só posso responder a essa pergunta de uma maneira. Grace queria o bebê, e sabia que Peter o queria também. Ela teria atentado contra a própria vida? Teria ido de encontro à morte deliberadamente? Não, a menos que se sentisse derrotada pela incapacidade de abandonar o vício, e em pânico com a possibilidade de já ter causado algum dano ao feto pelo consumo abusivo de bebida alcoólica.

A atitude de Nicholas Greco tornou-se ainda mais amistosa e simpática quando perguntou casualmente:

— Acha que Peter Carrington estava suficientemente zangado para ter ajudado a esposa a pôr fim à própria vida, talvez depois de ela ter dormido bêbada no sofá?

Dessa vez ficou evidente para ele que a resposta irritada de Richard Walker era falsa e forçada.

— Isso é completamente ridículo, Sr. Greco.

Mas Greco sabia que Walker não acreditava no que dizia. Isso era só o que ele queria *fazer* o investigador acreditar. E Nicholas Greco tinha certeza dessa intenção quando se levantou para ir embora.

8

Peter Carrington e eu nos casamos na Lady Chapel da catedral de St. Patrick onde, trinta anos antes, meu pai e minha mãe haviam trocado alianças e votos.

A ironia para Maggie era que ela havia sido o catalisador que nos uniu.

A recepção para o programa de alfabetização foi um completo sucesso. O casal que cuidava de tudo na mansão Carrington, Jane e Gary Barr, haviam trabalhado comigo e com o proprietário do bufê para garantir que tudo seria perfeito.

Elaine Walker Carrington e seu filho Richard também foram muito prestativos, esbanjando charme e gentileza enquanto cumprimentavam os convidados. Exceto por aqueles belos olhos azuis, fiquei surpresa com a total ausência de semelhança física entre mãe e filho. De alguma maneira, eu esperava que o filho de Elaine Carrington fosse parecido com Douglas Fairbanks Jr., mas eu não poderia estar mais enganada.

Vincent Slater era onipresente, mas permanecia nos bastidores. Com minha usual necessidade de entender tudo, fiz verdadeiros jogos de adivinhação comigo mesma tentando determinar como ele havia entrado na vida de Peter. Seria filho de alguém que trabalhara para o pai de Peter? Afinal, eu sou filha de alguém que havia trabalhado para o pai de Peter. Talvez fosse um colega de faculdade convidado para se unir aos negócios da família? Nelson Rockefeller havia convidado seu companheiro de quarto em Dartmouth, um aluno bolsista do Meio-oeste, para trabalhar para a família. O homem acabara multimilionário.

Quando o evento começou, eu apresentei Peter. Não havia nada em sua atitude que se pudesse perceber a pressão que ele sentia ao receber os convidados e falar sobre a importância de nosso programa de alfabetização.

— É muito bom dar dinheiro e contribuir — disse ele —, mas é igualmente importante poder contar com as pessoas, pessoas como vocês, gente que pode dedicar um pouco de seu tempo para ajudar na alfabetização de outros indivíduos. Como provavelmente já sabem, eu viajo muito, mas gostaria de ser um voluntário desse programa de um jeito um pouco diferente. Sendo assim, vamos transformar este evento de hoje em um acontecimento anual em minha casa. — Quando a multidão terminou de aplaudir, ele olhou para mim. — Concorda com minha proposta, Kathryn?

Foi naquele momento que me apaixonei por ele. Ou já estava apaixonada antes?

— Sim, sua ideia é maravilhosa — respondi, sentindo meu coração derreter. Naquele mesmo dia havia sido publicado um artigo no caderno de negócios do *New York Times* perguntando: "Chegou a hora de Peter Carrington sair?"

Peter fez um sinal de positivo com o polegar, e depois, sorrindo para as pessoas, apertando a mão de algumas, se retirou pelo corredor que levava à biblioteca. Notei, porém, que ele não entrou. Naquele momento, pensei que ele poderia ter escapado pela escada dos fundos para seu quarto, ou até deixado a casa.

Eu havia entrado e saído da mansão durante o dia todo para supervisionar o trabalho do bufê e da floricultura, e para me certificar de que as pessoas que mudavam os móveis de posição não quebrassem nem arranhassem nada. Os Barr se tornaram meus amigos naquele dia. Na hora do almoço, enquanto eu tomava chá e comia rapidamente um sanduíche na cozinha, eles me fizeram ver o Peter Carrington que conheciam: o menino de 12 anos que fora enviado para Choate após a morte da mãe, o formando de Princeton aos 20 anos, incansavelmente interrogado sobre a morte de Susan Althorp, o marido de 38 anos cuja esposa grávida fora encontrada morta no fundo da piscina de casa.

Graças à ajuda do casal, tudo transcorreu na mais absoluta perfeição. Eu esperei para ver o último convidado deixando a propriedade, acompanhei o trabalho de limpeza e a arrumação da mobília no lugar de origem, e só então deixei o local. Apesar de minha fervorosa esperança, Peter não voltou, e na minha cabeça eu já traçava um plano para revê-lo em breve. Não queria esperar até o momento de planejar a recepção do ano seguinte.

Mas então, inadvertidamente, e certamente sem querer, Maggie nos aproximou. Eu havia levado minha avó de carro à recepção, por isso, evidentemente, ela esperou por mim para voltar para casa. Quando Garry Barr abriu a porta principal da casa para nós, Maggie tropeçou no patamar ligeiramente elevado da porta e caiu, deixando-nos bastante apreensivos.

Eu gritei. Maggie é minha mãe e meu pai, minha avó, minha amiga e mentora, tudo em uma só pessoa. Ela é tudo que tenho. E tem 83 anos. Com o passar dos anos, eu me preocupo cada vez mais, encarando o inegável e inevitável fato de ela não ser imortal, embora eu saiba que vai lutar muito antes de seguir obedientemente para a noite eterna.

Do chão, Maggie disparou, irritada:

— Ah, pelo amor de Deus, Kay, fique quieta. Não me machuquei, exceto, talvez, no que diz respeito a minha dignidade. — Ela se apoiou sobre um cotovelo e começou a se levantar, e em seguida desmaiou.

Os eventos da meia hora seguinte não são claros para mim. Os Barr chamaram uma ambulância, e creio que informei Peter Carrington sobre o que havia acontecido, porque, de repente, ele estava ali, ajoelhado ao lado de Maggie, com os dedos sentindo a pulsação na base de seu pescoço. A voz dele me tranquilizou:

— Kathryn, o coração dela está batendo forte. Acho que o impacto foi todo na testa. Veja, já está inchando.

Ele seguiu a ambulância até o hospital, e esperou comigo na recepção do pronto-socorro até o médico garantir que Maggie tinha apenas uma concussão moderada, embora insistissem em mantê-la em observação naquela noite. Depois de minha avó ter sido acomodada em um quarto, Peter me levou para casa, ou melhor, para a casa de Maggie. Acho que eu tremia tanto, certamente uma reação de choque e alívio, que ele teve de tirar a chave da minha mão e abrir a porta. Depois, Peter entrou comigo, acendeu a luz, e disse:

— Você parece estar precisando de uma bebida. Sua avó tem alguma coisa em casa?

A pergunta me fez rir, talvez um pouco histericamente, acho.

— Minha avó diz que se todo mundo seguisse seu hábito de beber alguma coisa quente todas as noites antes de dormir, os fabricantes de remédios para insônia iriam à falência.

Foi quando eu me senti tentando conter as lágrimas de alívio. Peter me ofereceu seu lenço e disse:

— Eu entendo o que está sentindo.

Nós dois bebemos uma dose de uísque. No dia seguinte ele mandou flores para Maggie e telefonou me convidando para jantar. Depois disso, passei a vê-lo todos os dias. Estava apaixonada, e ele também. Maggie, porém, estava desolada. Ela ainda tinha certeza de que Peter era um assassino. A madrasta de Peter sugeriu que esperássemos, prevenindo-nos de que era cedo demais para termos certeza do que queríamos. Gary e Jane Barr, porém, ficaram muito felizes por nós. Vincent Slater mencionou a possibilidade de um acordo pré-nupcial e ficou evidentemente aliviado quando me dispus a assinar o documento. Peter ficou furioso, e Slater recuou em sua intenção de proteger os interesses financeiros da família. Eu disse a Peter que havia lido sobre acordos em que, no caso de um relacionamento muito breve, praticamente não havia prejuízos. Afirmei que não me incomodava com esse tipo de formalidade. Acrescentei que ele não se preocupasse com isso, porque sabia que viveríamos juntos para sempre e seríamos uma família.

Mais tarde, é claro, Peter e Slater fizeram as pazes, e o advogado de Peter redigiu um acordo muito generoso. Peter insistiu em que eu providenciasse um advogado para estudar o documento considerando meu ponto de vista, pois assim eu teria certeza de que o que ele propunha era justo. Feito isso, alguns dias depois eu assinei o acordo.

No dia seguinte, fomos a Nova York e cuidamos com total discrição dos arranjos do nosso casamento. No dia 8 de janeiro nos casamos na Lady Chapel da catedral de St. Patrick, onde juramos solenemente amar, honrar e respeitar um ao outro até que a morte nos separe.

9

A PROMOTORA BARBARA KRAUSE ESTUDOU A FOTOGRAFIA que o paparazzo havia tirado de Peter Carrington e sua nova esposa, Kay, caminhando em uma praia na República Dominicana. Feliz é a noiva que o sol hoje ilumina, ela pensou com sarcasmo, empurrando o jornal para o lado.

Barbara, atualmente com 52 anos, formou-se em direito e começou a carreira como assistente administrativa de um juiz da vara criminal de Bergen County; depois de um ano ela havia percorrido os longos corredores da Justiça e se tornado assistente da promotoria. Nos 27 anos seguintes, trabalhou duro e progrediu galgando cada degrau, tornando-se chefe de julgamento, passando antes pelo posto de assistente, até que, finalmente, depois da aposentadoria de seu antecessor três anos atrás, ela fora nomeada promotora. Esse era um mundo que ela amava, e compartilhava esse entusiasmo com o marido, juiz da corte civil em Essex County, bem perto dali.

Susan Althorp desapareceu quando Barbara tinha ainda poucos anos no gabinete da promotoria. Por causa da proeminência das duas famílias, Carrington e Althorp, o caso havia sido investigado de todos os ângulos possíveis. A impossibilidade de solucioná-lo ou até mesmo indicar um suspeito, Peter Carrington, e indiciá-lo, havia sido uma pedra no sapato dos antecessores de Barbara, tanto quanto agora era no dela.

De tempos em tempos, ao longo dos anos, ela retirava o caso Susan Althorp do arquivo e o revia detalhadamente, tentando interpretá-lo de uma outra maneira, ressaltando algum depoimento para um estudo mais aprofundado, colocando pontos de interrogação em algumas declarações. Infelizmente, isso nunca a levara a lugar algum. Agora, sentada à mesa de trabalho, ela recordava algumas palavras de Peter Carrington.

Ele afirmava ter deixado Susan Althorp diante da porta de sua casa naquela noite.

— Ela não esperou que eu abrisse a porta do carro. Desceu apressada, subiu a escada correndo até a varanda, abriu a porta, virou-se para acenar para mim e entrou.

— E essa foi a última vez que a viu?

— Sim.

— O que fez, então?

— Fui para casa. Ainda havia algumas pessoas dançando no terraço. Eu havia passado a tarde jogando tênis e estava cansado. Estacionei meu carro na garagem e entrei por uma porta lateral, e fui diretamente para meu quarto e para a cama. Dormi instantaneamente.

Não viu nada, não ouviu nada, Barbara pensou. Porém, de maneira muito interessante, ele havia contado a mesma história na noite em que sua esposa morrera afogada na piscina da mansão.

Barbara olhou para o relógio de pulso. Era hora de ir. Estava assistindo a um julgamento por homicídio, participando apenas como observadora. A sentença final seria dada em poucos minutos. Nesse caso, a identidade do assassino não estava em questão; não, o que se discutia era se o réu deveria ser condenado por homicídio doloso ou culposo. Com ou sem intenção de matar. Uma discussão doméstica se tornara violenta, e agora o pai de três filhos seria provavelmente preso e mantido encarcerado pelos próximos 25 ou 30 anos por ter matado a mãe das crianças.

Pois que ficasse na prisão para sempre! Por causa dele, aquelas crianças não tinham nada, Barbara pensou enquanto se levantava para voltar à sala do tribunal do júri. Ele devia ter aceitado a proposta de vinte anos quando lhe foi oferecida. Com quase 1,80m de altura e numa luta eterna contra os quilos excessivos, ela sabia que seu apelido nos corredores do tribunal era "o zagueiro". Ela bebeu um último gole do café na xícara sobre sua mesa.

Quando estendeu a mão para a xícara, o jornal com a foto de Peter Carrington e sua nova esposa novamente chamou sua atenção.

— Você teve 22 anos de liberdade desde o desaparecimento de Susan Althorp, Sr. Carrington — disse Barbara em voz alta. — Se eu tiver uma única chance de pôr as mãos em você, uma coisa eu garanto: não vai haver apelação por homicídio culposo ou legítima defesa. Vou levá-lo a julgamento por homicídio doloso e vou conseguir uma condenação.

10

As duas semanas que passamos fora em nossa lua de mel foram idílicas. Nós nos casamos tão depressa que todos os dias descobríamos coisas novas no outro, ou sobre o outro, pequenas coisas, como meu hábito de sempre tomar uma xícara de café no meio da manhã, ou o fato de Peter adorar trufas, algo que simplesmente detesto. Não havia percebido o quanto havia sido solitária até Peter estar ali, ao meu lado, o tempo todo. Às vezes, eu acordava no meio da noite e ouvia sua respiração profunda, e até hoje, quando isso acontece, penso em como é incrível que agora eu seja esposa dele.

Eu me apaixonei intensamente por ele, e Peter parecia sentir o mesmo por mim, e com a mesma intensidade. Quando começamos a nos encontrar diariamente, ele perguntou:

— Tem certeza de que pode se interessar por um homem que está na lista de suspeitos de duas mortes?

Minha resposta foi sincera: muito antes de conhecer Peter pessoalmente eu já acreditava que ele havia sido vítima das circunstâncias, e sabia o quanto isso devia ter sido horrível. E, é claro, continuava acreditando nele. Eu achava que a dúvida ainda o atormentava.

— Sim, é horrível — disse ele —, mas não vamos falar sobre isso. Kay, você me dá tanta alegria que agora posso realmente acreditar que vai haver um futuro, um tempo em que alguém encontrará a resposta para o desaparecimento de Susan. Quando isso acontecer e o mistério for solucionado, as pessoas saberão, com certeza, que não tive nada a ver com isso.

E assim, durante nosso namoro, nunca falamos sobre Susan Althorp ou sobre a primeira esposa de Peter, Grace. Ele falava com amor sobre a mãe, e era óbvio que existira muita proximidade entre os dois.

— Meu pai viajava muito para tratar dos negócios. Minha mãe costumava acompanhá-lo em todas as viagens. Porém, depois que nasci, ela passou a ficar em casa comigo — lembrava ele com ternura.

Eu me perguntava se aquela dor constante que eu via em seus olhos surgira depois de Peter ter perdido a mãe.

Eu me surpreendi por não haver telefonemas do escritório ou para as filiais durante nosso período de lua de mel. Mais tarde compreendi a razão disso.

Os paparazzi acampavam diante dos portões e em torno dos muros da villa que Peter alugara, e, exceto por uma breve caminhada em uma praia, permanecíamos dentro da villa. Eu telefonava todos os dias para saber notícias de Maggie, e ela admitiu de má vontade que as histórias a respeito de Peter haviam desaparecido dos tabloides e das revistas sensacionalistas. Comecei a ter esperanças de que Nicholas Greco não encontrasse nada de importante em sua investigação sobre o desaparecimento de Susan Althorp; ou melhor, esperava que ele não encontrasse nada relacionado a Peter, pelo menos.

Logo descobri que estava alimentando esperanças vãs.

Lar! Parecia impossível que um dia eu pudesse chamar a mansão Carrington de meu lar. Quando passamos de carro pelos portões na volta da nossa viagem de lua de mel, eu pensei na criança que havia sido quando, muitos anos atrás, invadira aquela capela, e lembrei a ansiedade que havia experimentado no final de outubro, quando fui pedir a Peter permissão para realizar o evento na mansão.

Senti um certo desconforto no voo de volta, quando Peter foi ficando cada vez mais quieto, mas eu pensava conhecer a razão. Ele voltaria a estar na mira da mídia, e sua posição tornava quase impossível evitá-la. Eu havia me demitido da biblioteca com grande pesar, porque amava meu trabalho e aquele emprego. Por outro lado, pensei muito sobre qual seria a melhor maneira de ajudar Peter. Eu pretendia sugerir a ele que planejasse muitas viagens pela empresa. Haveria menos interesse na investigação que Greco conduzia se o principal investigado não estivesse por perto para ser seguido o tempo todo. Eu o acompanharia nessas viagens, é claro.

— Ainda é costume carregar a noiva nos braços para dentro de casa? — perguntou Peter quando o motorista parou o carro diante da porta.

Senti imediatamente que ele não se sentiria muito confortável se a resposta fosse afirmativa, e fiquei me perguntando se ele havia carregado Grace para dentro da casa quando se casou com ela, 12 anos antes.

— Prefiro caminhar a seu lado e de mãos dadas — respondi, e percebi que minha resposta o agradou.

Depois de duas esplêndidas e abençoadas semanas no Caribe, aquela primeira noite na mansão foi estranhamente incômoda. Em um gesto equivocado de "boas-vindas ao lar", Elaine organizou um jantar sofisticado servido por uma equipe requintada e formal, relegando os Barr à cozinha. Em vez de comermos na pequena sala de jantar com vista para o terraço, ela preparou o banquete no salão principal. Embora tenha tido o bom-senso de nos acomodar de frente um para o outro no centro da mesa, com dois garçons parados atrás de nós o tempo todo, a situação foi desconfortável e constrangedora.

Nós dois ficamos muito felizes quando a refeição acabou e pudemos subir. A suíte de Peter consistia de dois grandes dormitórios, cada um com banheiro privativo, divididos por uma bela sala de estar. Tudo no quarto à direita da sala fazia dele um aposento tipicamente masculino. Havia ali duas cômodas de madeira maciça entalhada à mão, um belo conjunto de sofá e poltronas em couro marrom posicionados diante da lareira, uma cama king-size com estantes de livros na parede acima dela, e uma televisão que podia ser baixada do teto pelo toque de um botão. As paredes eram brancas, a colcha, estampada com quadrados brancos e pretos, o carpete, cinza-escuro. Várias pinturas mostrando diferentes cenas de caça à raposa em paisagens típicas da área rural inglesa adornavam as paredes.

O dormitório do outro lado da sala sempre fora ocupado pela senhora da mansão Carrington. A esposa de Peter, Grace, havia sido a última a utilizá-lo. Antes dela, Elaine havia dormido ali, e antes dela, a mãe de Peter, e suas ancestrais femininas desde 1848. Era um espaço muito feminino, com paredes de um tom pálido de pêssego e revestimentos de tecido verde e pêssego. As cortinas, a colcha e o revestimento dos painéis da cama eram todos nessas mesmas tonalidades. Um divã e cadeiras perto da lareira tornavam o ambiente muito aconchegante e acolhedor. Uma pintura realmente bela de uma cena em um jardim enfeitava a parede sobre o console da lareira. Eu sabia que logo sentiria vontade de deixar minha marca naquele recinto, porque preferia cores mais vibrantes, mas me divertia pensar que seria possível colocar meu apartamento inteiro dentro daquele quarto.

Peter já havia me prevenido sobre seus frequentes surtos de insônia, e me contou que, quando isso acontecesse, ele iria para o outro quarto para ler ou assistir à televisão. Como tenho certeza de que vou continuar dormindo até mesmo quando a trombeta de Gabriel finalmente soar, disse a ele que a mudança não seria necessária, mas que se sentisse à vontade para fazer o que fosse melhor, considerando seu bem-estar e a probabilidade de voltar a dormir. Eu não criaria problemas nem faria objeções.

Naquela noite fomos dormir em meu quarto, e eu me sentia nas nuvens por pensar em realmente começar minha vida como esposa de Peter. Não sei o que me despertou durante a noite, mas algo interrompeu meu sono. Peter não estava na cama. Mesmo sabendo que ele provavelmente estava lendo em seu quarto, senti de repente uma tremenda onda de ansiedade. Enfiei os pés nos chinelos, vesti um robe e fui até a saleta entre os dois quartos. A porta do dormitório dele estava fechada. Eu a abri sem fazer barulho. Estava escuro, mas a luminosidade fria e cinzenta de final de madrugada penetrava pelas frestas da persiana, e pude constatar que o quarto estava vazio.

Não sei o que me fez agir assim, mas corri até a janela e olhei para baixo. Dali a piscina era claramente visível. É claro, em fevereiro, a piscina estava coberta, mas Peter estava lá, ajoelhado, com uma das mãos apoiadas na beirada, a outra sob a pesada capa de vinil que cobria toda a extensão da água. Seu braço inteiro se movia para a frente e para trás, como se ele estivesse tentando empurrar alguma coisa para dentro da piscina, ou puxar algo para fora dela.

Por quê? O que ele estava fazendo? Fiquei intrigada. Então, enquanto eu observava da janela, ele se levantou, virou-se e caminhou lentamente de volta para a casa. Alguns minutos depois ele abriu a porta do quarto, foi ao banheiro, acendeu a luz, enxugou o braço e a mão com uma toalha, e abaixou a manga do paletó do pijama. Depois, apagou a luz, caminhou de volta ao quarto e parou de frente para mim. Era óbvio que ele nem percebia minha presença, e eu entendi o que estava acontecendo. Peter andava dormindo. Uma garota em nosso dormitório na faculdade era sonâmbula, e fomos prevenidas para nunca acordá-la repentinamente.

Quando Peter caminhou para a sala de estar, eu o segui sem fazer barulho. Ele retornou à cama em meu quarto. Eu despi o robe, tirei os chinelos e me deitei ao lado dele sem fazer nenhum movimento brusco. Alguns minutos depois o braço dele envolveu minha cintura. Sua voz sonolenta murmurou:

— Kay...

— Estou aqui, querido — respondi.

Senti o corpo de meu marido relaxar, e logo sua respiração profunda indicou que ele dormia. Mas eu passei o restante da noite acordada. Peter era sonâmbulo, eu agora compreendia, mas com que frequência isso acontecia? E, mais importante, por que, naquele estado alterado de consciência, ele realizava movimentos como se quisesse empurrar alguma coisa para dentro da piscina ou tirar algo de dentro dela?

Alguma coisa... ou *alguém*?

11

Nicholas Greco dirigia pelas ruas de Cresskill, uma cidade perto de Englewood, atento à sinalização e dizendo a si mesmo mais uma vez que era hora de um GPS instalar em seu automóvel. Frances sempre dizia que, embora fosse tão bom em solucionar crimes complexos, ele não conseguia ir ao mercado da esquina sem se perder. E ela estava certa.

Era uma bela cidade, Nicholas pensou enquanto seguia as orientações que havia pesquisado no MapQuest. De acordo com o mapa, devia virar à direita em County Road, e foi o que fez. Estava a caminho de um encontro com Vincent Slater, o homem que havia sido chamado de "indispensável" pelo pai de Peter Carrington.

Greco fizera uma pesquisa exaustiva sobre Slater antes de ligar solicitando o encontro, mas não encontrara nada de muito interessante em suas investigações sobre o homem. Slater tinha, agora, 54 anos, era solteiro, ainda morava na casa onde passara a infância, um imóvel que comprou dos pais quando eles se mudaram para a Flórida. Ele estudou em uma faculdade local. Seu primeiro e único emprego havia sido na Carrington Enterprises. Dois anos depois de ter sido contratado atraíra a atenção do pai de Peter e se tornara uma espécie de braço direito para ele. Depois da morte da mãe de Peter, Slater se tornara uma combinação de empregado de confiança e pai substituto para Peter. Doze anos mais velho que Peter, durante os anos da adolescência do herdeiro dos Carrington, Slater costumava levá-lo a Choate, sua escola preparatória em Connecticut, e o visitava lá regularmente. Ele também se hospedava na mansão nas férias, quando Peter estava lá, e o levava para esquiar e velejar nos feriados.

A história de Slater era interessante, mas era o fato de ele ter sido um dos convidados na festa da noite em que Susan Althorp desapareceu que motivava o interesse de Greco. Slater concordara com a entrevista sem disfarçar a má vontade, mas fizera questão de que a conversa acontecesse em sua casa. Ele não queria Nicholas Greco na mansão, o investigador já havia deduzido. Devia saber que ele já estivera lá, conversando com os Barr na casa de hóspedes da propriedade.

Atento à numeração das casas, logo ele parou o carro diante do endereço fornecido por Slater, uma casa aparentemente confortável e simples, típica da década de 1950. Quando a campainha soou, Slater abriu a porta imediatamente. Era quase como se estivesse atrás dela, Greco pensou. E sem o ter visto antes, por que estava concluindo isso sobre ele?

— É muita gentileza sua me receber, Sr. Slater — disse ele com tom agradável enquanto estendia a mão

Slater ignorou o cumprimento.

— Entre — disse com voz áspera.

Eu poderia andar por essa casa de olhos vendados, Greco pensou. A cozinha ficava diretamente na frente do hall de entrada. A sala de estar à direita da entrada, e dela se abria uma pequena sala de jantar. Havia três dormitórios no andar de cima. A sala ficava meio nível abaixo da cozinha. Greco sabia porque a casa era idêntica àquela em que ele crescera em Hempstead, Long Island.

Um olhar era suficiente para constatar que o gosto de Slater era minimalista. As paredes bege eram sem graça sobre o tapete marrom. Greco seguiu Slater até a sala de estar mobiliada de maneira despojada. Um jogo de sofá e poltronas em estilo modernista fora arranjado em torno de uma mesa larga e baixa de tampo de vidro e pés de aço.

Não havia nada de caloroso ou acolhedor no lugar ou no dono da casa, Greco concluiu enquanto se sentava na cadeira indicada por Slater.

Era baixa demais para seu gosto pessoal. Devia ser um truque, uma maneira sutil de me colocar em desvantagem, pensou o investigador.

Antes que pudesse fazer os comentários habituais agradecendo Slater por aceitar recebê-lo, o próprio Slater começou a falar:

— Sr. Greco, sei por que está aqui. Está investigando o desaparecimento de Susan Althorp a pedido da mãe dela. Isso é digno de louvor, exceto por um sério problema: seu objetivo é, de alguma forma, provar que Peter Carrington é criminalmente responsável pelo desaparecimento de Susan.

— Meu objetivo é descobrir o que aconteceu com Susan e com isso, se possível, dar um pouco de paz à mãe dela — Greco esclareceu. — Reconheço que por ter sido a última pessoa a vê-la antes do desaparecimento Peter Carrington tem vivido sob um manto de suspeita nos últimos 22 anos. Como amigo dele e assistente, é de se esperar que você esteja interessado em remover esse manto definitivamente, se for possível.

— Isso é evidente.

— Então, me ajude. O que lembra dos eventos daquela noite?

— Tenho certeza de que a essa altura já deve saber exatamente qual foi o conteúdo de meu depoimento quando a investigação foi conduzida na época. Eu era um convidado naquele jantar. Foi uma ocasião muito agradável. Susan chegou com os pais dela.

— Sim, eu sei. Ela chegou com os pais, mas foi Peter quem a levou para casa.

— Sim.

— A que horas você deixou a festa?

— Como certamente já sabe, eu não deixei a mansão naquela noite. Dormi lá. Há anos tenho meu próprio quarto na mansão. Noventa e nove por cento do tempo eu volto para esta casa, mas naquela noite decidi ficar, como vários outros convidados. Elaine, a madrasta de Peter, ofereceria um brunch às 10 horas da manhã seguinte, e era mais fácil ficar e dormir ali do que voltar para casa e ter de me levantar mais cedo para chegar na casa dos Carrington às 10.

— Então, quando se retirou para seu quarto?

— Quando Peter saiu para ir levar Susan para casa.

— Como descreveria seu relacionamento com a família Carrington?

— Exatamente como já deve saber com base nas investigações e nas entrevistas que andou fazendo. Jamais esqueço o fato de que sou um empregado da família, mas orgulho-me de ser também um amigo de confiança.

— Sim, um amigo tão íntimo, e tão confiável, que faria qualquer coisa para ajudá-los. Peter, especialmente. Ele é quase um filho adotivo para você, não? Um irmão mais novo, talvez?

— Eu nunca tive de me preocupar com as coisas que faço por Peter, porque todas e cada uma delas resistem ao duro e frio olhar da luz do dia, Sr. Greco. Agora, se não tem mais perguntas, preciso sair para ir a Englewood.

— Só mais uma questão. Você também estava presente na noite em que Grace Carrington morreu, não estava?

— Na noite em que Grace Carrington morreu em um acidente, você quer dizer. Sim. Peter havia passado várias semanas fora de casa, na Austrália. Ele era esperado em casa para o jantar, e a esposa dele, Grace, havia convidado Elaine, o filho dela, Richard, e alguns amigos próximos para jantar. Eu estava entre os convidados. O aniversário de Richard se aproximava, e Grace decidiu que a ocasião seria uma celebração da data.

— Quando Peter chegou ele ficou furioso com o que viu?

— Sr. Greco, não há nada mais a acrescentar ao que obviamente já sabe sobre a situação. Peter ficou compreensivelmente aborrecido por constatar que a esposa havia bebido demais.

— Ele ficou muito zangado.

— Eu prefiro dizer que ele ficou aborrecido, em vez de zangado.

— Passou aquela noite na mansão?

— Não. Eram cerca de 23 horas quando Peter chegou. Todos nós já nos preparávamos para partir. Peter subiu para o quarto. Elaine e Richard ficaram com Grace.

— Havia criados na casa?

— Jane e Gary Barr foram contratados depois da morte da mãe de Peter. Elaine os demitiu quando se casou com o pai de Peter. Porém, após a morte do pai dele, Elaine se mudou para uma casa menor na propriedade, e Peter recontratou os Barr. Eles servem na mansão desde então.

— Mas, se foram demitidos, por que eles estavam na mansão na noite do desaparecimento de Susan? O pai de Peter ainda estava vivo. Pelo que sei, o jantar dançante era uma discreta comemoração de seu aniversário de 70 anos.

— Elaine Walker Carrington não hesita em usar as pessoas de acordo com sua conveniência. Embora tenha demitido os Barr porque queria contratar um chef de cozinha mais requintado e um mordomo, além de duas criadas, ela pediu ajuda ao casal para servir na festa daquela noite, e também no brunch da manhã seguinte. Eles eram dez vezes mais eficientes do que a nova equipe, e não tenho dúvida alguma de que ela os pagou muito bem.

— Então, eles foram recontratados e, pelo que acabou de me dizer, presumo que também tenham servido no jantar na noite em que Grace Carrington morreu. Eles ainda estavam acordados quando Peter chegou em casa?

— Peter e Grace sempre trataram os empregados com muita consideração. Os Barr serviram o café, recolheram as xícaras e se recolheram à casa para onde se haviam mudado, logo na entrada da propriedade.

— Sr. Slater, conversei com Gary e Jane Barr na semana passada. Revimos tudo que eles conseguiram lembrar da noite do jantar e do brunch no dia seguinte. Eu discuti com Gary algo que notei nos arquivos. Há 22 anos, ele contou aos investigadores que na manhã do brunch ouviu Peter Carrington dizer a você que Susan havia esquecido a bolsa no carro dele na noite anterior. Ele lhe pediu que fosse entregá-la, porque poderia haver naquela bolsa algo de que ela necessitasse. Ele se lembrou de ter feito essa declaração e de ter ouvido essa conversa entre você e Peter.

— Ele pode lembrar tudo isso, mas se continuou examinando os arquivos e as anotações, já deve saber que em meu depoimento, nessa mesma época, eu disse que as lembranças de Gary eram apenas parcialmente verdadeiras. — Vincent

Slater continuava calmo. — Peter não me disse que Susan havia deixado a bolsa no carro dele. Ele disse que ela *podia* ter deixado a bolsa lá. A bolsa não estava no automóvel, então, obviamente, ele estava enganado. De qualquer maneira, não entendo aonde quer chegar.

— É só um comentário. A Sra. Althorp tem certeza de que ouviu Susan fechar a porta de seu quarto naquela noite. Evidentemente, ela não pretendia ficar lá dentro por muito tempo. Mas, se já havia percebido que deixara a bolsa no carro de Peter, e se planejava sair para ir encontrá-lo, ela não se preocupou. Caso contrário, se ia sair para encontrar outra pessoa, não teria sido natural que escolhesse outra bolsa, pegasse um lenço, um batom, enfim, essas coisas que as mulheres carregam?

— Está me fazendo perder tempo, Sr. Greco. Não pode estar sugerindo realmente que a mãe de Susan sabia exatamente quantos lenços ela possuía. Na verdade, ela não devia saber nem quantas bolsas havia no quarto da filha!

Nicholas Greco se levantou.

— Eu agradeço por seu tempo, Sr. Slater. E já que estou aqui... Bem, receio que deva ser informado sobre um novo desdobramento nesse caso. A Sra. Althorp foi entrevistada pela revista *Celeb*; a matéria será publicada no exemplar que estará em todas as bancas amanhã. Nela, a Sra. Althorp acusa especificamente Peter Carrington pelo assassinato da filha dela, Susan.

Ele viu Vincent Slater empalidecer consideravelmente, adquirindo um doentio tom amarelado.

— Isso é calúnia — disparou Slater. — É difamação e calúnia, simplesmente!

— Concordo com você. E a reação normal de um homem inocente como Peter Carrington seria instruir seus advogados para processar Gladys Althorp. Essa atitude seria seguida pelos procedimentos normais de interrogatórios e depoimentos, até haver uma retratação, um acordo, ou um julgamento público. Na sua opinião, Peter Carrington vai exigir uma retratação imediata de Gladys Althorp e, se isso não acontecer, ele vai instaurar um processo contra ela para limpar o próprio nome?

Os olhos de Slater se tornaram pequenas pedras de gelo, mas não antes de Greco perceber neles o brilho do medo.

— Não estava de partida, Sr. Greco? — perguntou ele.

Nenhum dos dois disse mais nada. Nicholas Greco deixou a casa em silêncio, percorreu a alameda até seu carro, estacionado na rua, entrou no automóvel e ligou o motor. Com quem Slater falaria pelo telefone agora?, era o que ele se perguntava enquanto dirigia para longe dali. Com Carrington? Com os advogados? Com a nova Sra. Carrington?

Uma imagem de Kay em sua acirrada defesa de Peter Carrington quando ele a conhecera na casa da avó dela surgiu em sua mente. Kay devia ter ouvido os conselhos de sua avó, ele pensou.

12

Na manhã seguinte Peter não deu nenhum sinal de que sabia o que havia ocorrido durante a noite. Eu não tinha certeza se devia ou não abordar o assunto com ele. O que poderia dizer? Que ele parecia estar tentando empurrar alguma coisa ou alguém para dentro da piscina, ou tirar alguma coisa ou alguém de dentro dela?

Eu pensava ter uma explicação. Ele havia sonhado, ou tido um pesadelo com Grace se afogando naquela mesma piscina. Estava tentando salvá-la. Fazia sentido, mas falar com ele sobre isso parecia inútil. Ele não se lembraria de nada.

Nós nos levantamos às 7 horas. Os Barr chegariam às 8 para preparar o desjejum, mas eu fiz um pouco de suco e preparei café, porque já havíamos decidido dar uma corrida pelo terreno da propriedade. Estranhamente, até aquele momento havíamos falado muito pouco sobre o papel de meu pai como paisagista naquela mansão. Eu havia contado a Peter como a morte de minha mãe o atingira duramente, e como o suicídio de meu pai me arrasara. Evidentemente, não mencionei as coisas absurdas e assustadoras que Greco havia sugerido. Estava ainda furiosa com a insinuação de que meu pai poderia ter desaparecido por escolha própria por ter alguma relação com o desaparecimento de Susan Althorp.

Enquanto corríamos, Peter começou a falar sobre meu pai.

— Minha mãe nunca mudou o arranjo do jardim e do terreno depois da morte de minha avó — contou ele. — Quando Elaine se casou com meu pai, ela disse que o lugar parecia ter sido criado para ser um cemitério. Na opinião dela, só faltavam as lápides e dizeres como "Descanse em paz" para a paisagem ser perfeita. Seu pai fez um excelente trabalho criando o jardim e toda a área como ela é agora.

— Elaine o demitiu porque ele bebia demais — falei, tentando soar indiferente e prática.

— Isso é o que ela diz — respondeu Peter com o mesmo tom neutro. — Elaine sempre teve outros homens, mesmo quando meu pai ainda era vivo. Ela assediou seu pai, e ele a rejeitou. Foi por *isso* que ela o demitiu.

Eu parei tão de repente que Peter ainda prosseguiu por uns seis ou oito passos antes de se deter também. Ele recuou e inspirou profundamente.

— Sinto muito, Kay — disse ele. — Você era só uma criança. Como poderia saber?

Havia sido Maggie, claro, quem me contara que meu pai tinha sido demitido por beber demais. Ela punha a culpa de tudo que acontecia em meu pai e em seu hábito de beber muito: a perda do emprego na propriedade dos Carrington, até o suicídio. Percebi que, de repente, estava furiosa com ela. Meu pai havia sido um verdadeiro cavalheiro, por isso não contara a ela a verdadeira razão de sua demissão, e depois, sendo a sabe-tudo que era, Maggie concluíra que conhecia o motivo e a história. Ela havia sido injusta. Muito injusta.

— Kay, não tive a intenção de aborrecer você. — Peter segurou minha mão, e nossos dedos se entrelaçaram.

Olhei para ele. Seu rosto aristocrático ganhava a força e a intensidade de uma mandíbula quadrada e firme, mas sempre que eu olhava para ele a primeira coisa que via eram seus olhos. Agora eles revelavam preocupação, temor por pensar que, inadvertidamente, poderia ter me magoado.

— Não, não estou aborrecida. De jeito nenhum. Na verdade, você acabou de esclarecer algo muito importante. Passei todos esses anos pensando em meu pai cambaleando por aqui em um constante estado de torpor etílico, e confesso que sentia vergonha por isso. Agora posso apagar essa imagem de minha mente para sempre.

Peter percebeu que eu não queria mais tocar nesse assunto.

— Tudo bem, então — disse ele. — Vamos continuar correndo?

Percorremos as alamedas que cortavam os canteiros e demos várias voltas completas, até contarmos cerca de 2 quilômetros, e então decidimos encerrar a atividade correndo até o final da alameda que seguia para o oeste e terminava na rua. Arbustos altos haviam sido plantados ali e funcionavam como uma cerca viva para os olhares mais curiosos. Peter me explicou que havia sido instalado um cano de gás perto da calçada muitos anos atrás, e quando meu pai criara o projeto de paisagismo, sugeriu o recuo daquela cerca viva em 15 metros, pelo menos. Assim, se algum dia viessem a fazer reparos ou manutenção naquela tubulação, as plantas não sofreriam qualquer dano.

Quando chegamos bem perto da rua, ouvimos vozes e o som de máquinas do outro lado da cerca. Espiamos por entre os arbustos e vimos que uma equipe de operários do Departamento de Obras Públicas providenciava um desvio na estrada, enquanto outros homens descarregavam equipamentos dos caminhões.

— Parece que meu pai estava certo, afinal — comentei.

Peter concordou.

— É, acho que sim. — Ele se virou e continuou correndo. — Vamos apostar uma corrida até a porta de casa? — gritou, já alguns passos na minha frente.

— Não é justo — respondi, correndo atrás dele.

Alguns minutos depois, ofegantes e cansados, mas tomados por uma intensa sensação de bem-estar — pelo menos eu me sentia muito bem e acreditava que Peter também se sentisse assim —, entramos em casa.

Os Barr estavam na cozinha, e eu senti o cheiro de muffins de milho no forno. Para alguém cuja primeira refeição costumava ser café preto e meio pãozinho torrado sem manteiga ou requeijão, decidi que teria de adotar uma disciplina muito firme para manter a forma física. Mas não me preocuparia com isso naquela manhã. Era nosso primeiro café da manhã em casa depois do casamento.

Há algo a se dizer sobre uma mansão: você nunca fica sem opções quanto ao ambiente em que quer ficar. A sala do desjejum era um aconchegante jardim interno, com paredes pintadas de branco e verde-alface, uma mesa redonda de vidro, cadeiras de vime com almofadas e uma cristaleira antiga cheia de peças de porcelana verde e branca encantadoras. Olhar para aquelas peças tão delicadas me fez perceber que havia muitos tesouros naquela casa, colecionados desde o início do século XIX. Eu gostaria de saber quem cuidava de tudo, se é que havia um responsável por manter um inventário.

Logo percebi que alguma coisa incomodava Jane Barr. Seu cumprimento afetuoso não disfarçou a preocupação em seus olhos. Algo havia acontecido, mas não quis fazer perguntas na frente de Peter. Sabia que ele também havia sentido a sombria disposição da governanta.

O *New York Times* estava sobre a mesa, ao lado dele. Peter começou a virar as páginas, depois empurrou o jornal para o lado.

— Kay, me desculpe. Estou tão acostumado a tomar café lendo o jornal que por um momento esqueci que agora tenho um excelente motivo para adiar a leitura.

— Não precisa adiá-la, se não quiser — falei. — Pode ler o primeiro caderno, enquanto eu leio outra parte.

Jane retornou à sala quando nós já havíamos nos servido da segunda xícara de café. Dessa vez ela nem tentou esconder a apreensão que a dominava. Séria, se dirigiu a Peter:

— Sr. Carrington, não gosto nada de ser portadora de notícias ruins, mas quando fui ao supermercado hoje pela manhã estavam entregando a revista *Celeb*. A matéria de capa é sobre o senhor. Sei que vai começar a receber telefonemas muito em breve, por isso achei melhor preveni-lo. Mas, antes, quis esperar para que pudesse tomar seu café em paz.

Notei que ela segurava um exemplar da revista sob um braço, dobrado ao meio. Ela entregou a publicação a Peter.

Ele a desdobrou, olhou para a capa, depois fechou os olhos, como se quisesse banir uma imagem que era dolorosa demais para enfrentar. Estendi a mão por cima da mesa e peguei a revista. A manchete da capa havia sido publicada com letras ainda maiores do que as de costume: PETER CARRINGTON MATOU MINHA FILHA. Havia duas fotos, uma ao lado da outra. Uma, a fotografia formal de Peter, dessas que os jornais publicam quando escrevem algum artigo sobre um executivo. Ele estava sério, o que não me surpreendia. Meu naturalmente tímido Peter não é o tipo de homem que sorri para uma câmera. Porém, naquela foto particularmente infeliz, ele tinha uma expressão fria, dura, quase desdenhosa.

Ao lado desse retrato estava a foto de Susan Althorp, radiante em seu vestido de debutante, os longos cabelos loiros caindo sobre os ombros, os olhos brilhando, o rosto lindo e jovial transbordando alegria. Sem me atrever a olhar para Peter, abri a revista para ler a matéria. Páginas centrais. Duplas. E tão avassaladoras quanto a capa. MÃE MORIBUNDA EXIGE JUSTIÇA. Havia uma foto de Gladys Althorp, uma mulher emaciada e destruída pela dor do luto, cercada por porta-retratos com imagens da filha em vários momentos de sua breve vida.

Sei o suficiente sobre leis para compreender que, se Peter não exigisse uma retratação e a obtivesse incontinenti, sua única alternativa seria processar Gladys Althorp. Olhei para ele e não consegui interpretar sua expressão, mas tive certeza de que a última coisa que ele desejava era ouvir meus gritos de ultraje e indignação.

— O que vai fazer? — perguntei com surpreendente serenidade.

Jane Barr voltou para a cozinha.

Peter parecia estar sofrendo, como se houvesse acabado de ser vítima de um doloroso ataque físico. Seus olhos cintilavam e a voz estava agoniada quando ele respondeu:

— Kay, passei os últimos 22 anos respondendo a todas as perguntas que me fizeram sobre o desaparecimento de Susan. Horas depois de perceberem que ela havia sumido, o gabinete da promotoria caiu sobre nós, interrogando-me incansavelmente. Vinte e quatro horas depois, antes mesmo de haver uma petição formal, meu pai anunciou que o terreno da mansão podia ser vasculhado. E ele também permitiu que a casa fosse revistada. Meu carro foi revirado. Ninguém encontrou nada, nenhuma evidência que pudesse sugerir que eu sabia o que havia acontecido com Susan depois de a ter deixado em casa naquela noite. Tem alguma ideia do pesadelo que viveríamos se eu exigisse uma retratação da mãe de Susan, não a obtivesse, e fosse forçado a processá-la? Vou lhe dizer o que aconteceria: a mídia teria um verdadeiro circo de três picadeiros, e aquela pobre mulher estaria morta antes mesmo de estarmos próximos de uma data plausível para o julgamento do caso.

Ele se levantou. Estava tremendo, lutando contra as lágrimas. Eu também me levantei e corri para abraçá-lo. A única maneira pela qual podia ajudá-lo era dizendo o quanto o amava.

Creio que minhas palavras confortaram Peter, porque, pelo menos, ele não se sentiu totalmente sozinho. Porém, depois, com uma voz triste, até um pouco baixa, ele anunciou:

— Não lhe fiz favor algum com nosso casamento, Kay. Você não precisava estar envolvida nessa confusão.

— Nem você — argumentei. — Peter, acho que, por mais horrível que seja tudo isso, você precisa exigir uma retratação da Sra. Althorp, e, se for necessário, deve processá-la por difamação e calúnia. Lamento imensamente por essa pobre mulher, mas ela mesma se colocou nesta situação.

— Não sei. — Ele hesitou. — Simplesmente não sei.

Vincent Slater chegou quando Peter estava no banho. Eu sabia que naquela manhã eles iriam juntos para o escritório de Peter.

— Você precisa convencer Peter a exigir uma retratação — falei a Vincent.

— Vamos levar esse assunto a nossos advogados, Kay.

A resposta soou fria, indiferente.

Nós nos encaramos por um instante. Desde que o conheci, quando estive na mansão para pedir autorização para a realização do evento que angariaria fundos para o programa de alfabetização, pude sentir a animosidade de Peter. Mas sabia que devia ser cautelosa. Ele era uma pessoa importante na vida de Peter.

— Peter está diante de uma excelente oportunidade para limpar seu nome, mostrar que não existe nenhuma evidência que possa ligá-lo ao desaparecimento de Susan — argumentei. — Se ele não exigir uma retratação, será o mesmo que pendurar uma placa no pescoço com os dizeres "Fui eu. Sou culpado".

Slater não respondeu. Depois disso, Peter desceu, me deu um beijo de bom-dia, e eles partiram juntos.

Naquela tarde, quando a equipe do Departamento de Obras Públicas realizava escavações para trocar alguns cabos, os operários desenterraram a ossada de uma mulher embrulhada em sacos plásticos. O corpo havia sido enterrado junto da cerca da propriedade Carrington. Traços do que parecia ser sangue eram visíveis na parte frontal de um vestido de chiffon branco em decomposição.

Gary Barr entrou correndo na sala para me informar sobre o que estava acontecendo. Quando chegava com algumas compras, ele passou pelo local da escavação e estava lá quando um operário gritou que sua escavadeira se chocara contra algo sólido. Gary me disse que ele havia estacionado o carro e ficou observando tudo enquanto as viaturas policiais chegavam com grande estardalhaço, com luzes e sirenes ligadas.

Pelas câmeras de segurança instaladas do lado de fora da mansão pude ver que uma pequena multidão se formava na rua. Pensando bem, creio que nem por um minuto duvidei de que o corpo encontrado seria identificado como o de Susan Althorp.

O som da campainha da porta me fez lembrar o repicar dos sinos da igreja onde havia sido realizada a missa fúnebre de meu pai. Ainda me lembro do som pungente e de como, segurando a mão de Maggie, deixei a igreja para ir para os degraus da catedral de Santa Cecília ao lado de minha avó e de alguns amigos. Lembro-me de Maggie ter dito algo como:

— Quando e se o corpo de Jonathan for encontrado, certamente haverá um sepultamento apropriado, é claro.

Mas isso jamais acontecera.

Enquanto Jane Barr entrava na sala agitada e trêmula para nos informar sobre os detetives que estavam ali para falar com o Sr. Carrington, eu tive o pensamento incongruente e estranho de que logo haveria um sepultamento apropriado para Susan Althorp.

13

— SABEMOS QUE FOI ELE, MAS TEMOS O SUFICIENTE PARA indiciá-lo? — perguntou Barbara Krause ao promotor assistente Tom Moran, chefe do esquadrão de homicídios. Seis dias se passaram desde que os restos de Susan Althorp tinham sido encontrados enterrados junto à cerca da propriedade da família Carrington. Foi realizada uma necrópsia para estabelecer a identificação, e descobriu-se que a causa da morte fora estrangulamento.

Moran, um homem gordo e careca que trabalhava no gabinete da promotoria há mais de 25 anos, compartilhava a frustração de sua chefe, a promotora. Desde que o corpo fora descoberto, a riqueza e o poder dos Carrington se tornaram evidentes. Carrington havia formado uma equipe de advogados reconhecidos nacionalmente, e esses profissionais já trabalhavam preparando a defesa em caso de um possível indiciamento. Analisando friamente a promotoria de Bergen County dispunha de evidências suficientes para estabelecer uma causa provável e entrar com uma acusação de assassinato contra Carrington, e um grande júri certamente o indiciaria.

Mas as chances eram de que um júri popular, esmagado pelo peso de ter de decidir dispondo apenas de provas que eram, na melhor das hipóteses, duvidosas, o absolvesse, ou declarasse um impasse e se pronunciasse incapaz de chegar a um veredicto.

Nicholas Greco era esperado no gabinete da promotora a qualquer momento. Ele havia telefonado solicitando uma audiência com Barbara Krause, e ela convidara Moran a participar da conversa.

— Ele afirma ter encontrado algo útil — comentou Krause com Moran. — Espero que sim. Não gosto de envolver gente de fora do gabinete em nossos casos, mas, nesse processo específico, estou disposta a dar os créditos e minha eterna gratidão a quem puder nos ajudar a condenar Carrington.

Ela e Moran haviam passado a manhã discutindo os pontos fortes e fracos do caso, e não encontraram nenhuma novidade. O fato de Carrington ter levado Susan para casa e ter sido a última pessoa que se sabia ter visto a jovem com vida perdia a importância pelo fato de a mãe e o pai terem ouvido a jovem entrar em casa, e por ela ter, inclusive, parado para dar boa-noite aos dois. Declarado suspeito, Peter Carrington, então com 20 anos, respondera a todas as perguntas que a promotoria fizera. Ao perceber que o filho era suspeito, Carrington, o pai, permitira, mais que isso, exigira, uma busca detalhada na mansão, no terreno da propriedade, e até mesmo no carro de Peter. A busca não rendera nenhuma evidência.

No final do primeiro dia sem contato de Susan com a família, o fraque e os sapatos de Carrington foram examinados e submetidos a testes químicos para a obtenção de provas, mas todos os resultados foram negativos. A camisa que ele usara naquela noite não fora encontrada. Ele afirmava tê-la deixado no cesto de roupa suja, como sempre, e a nova criada jurara ter mandado a camisa para o serviço de lavagem a seco da lavanderia local na manhã seguinte. O dono da lavanderia dizia ter recebido apenas uma camisa, a do pai de Peter, mas essa discrepância nos depoimentos não conduzira a nada mais consistente. Uma investigação serviu para comprovar que aquela lavanderia em particular tinha uma longa história de troca de roupas e confusão de pedidos.

— Na verdade, a entrega que fizeram naquela manhã, quando também pegaram as camisas, tinha o paletó de um vizinho no meio das coisas dos Carrington — disse Krause irritada. — A camisa que Carrington usava naquela noite é a prova de que sempre precisamos. Aposto meu salário como há vestígios de sangue nela.

O interfone sobre a mesa da promotora soou. Nicholas Greco havia chegado.

Greco conhecera Tom Moran quando começou a estudar os arquivos do caso Althorp. Dessa vez ele não perdeu tempo com formalidades, abordando imediatamente o motivo de sua visita.

— Podem imaginar como a Sra. Althorp está se sentindo — disse ele. — Ela me falou que pelo menos sabe que agora não vai demorar para que ela e Susan estejam repousando lado a lado no cemitério. Mas, é claro, a descoberta do corpo tão perto da propriedade dos Carrington reforçou sua necessidade de ver Peter Carrington submetido à força da lei e da Justiça.

— Exatamente o que nós também queremos — comentou Krause num tom amargo.

— Como sabem, estive conversando com várias pessoas próximas dos Carrington, incluindo alguns empregados. Às vezes, as lembranças podem aflorar depois de um longo período, superada a agitação inicial da ocorrência e das primeiras investigações. Vi em seus arquivos que na época do desaparecimento vocês interrogaram Gary e Jane Barr, empregados na mansão dos Carrington.

— É evidente que sim — confirmou Barbara Krause, debruçando-se sobre a mesa numa indicação de que sentia que estava prestes a ouvir algo muito interessante.

— Consta das anotações em seus arquivos que Barr mencionou que, na manhã do brunch, ele ouviu Carrington dizendo a Vincent Slater que Susan havia deixado a bolsa no carro dele, e que Peter pediu a Slater para ir até a casa dela levar a bolsa, caso houvesse ali algo de que Susan pudesse precisar. Acho que esse é um pedido bastante incomum, considerando que Susan era esperada para o brunch. Além disso, a mãe dela lembrou que a filha carregava uma bolsa muito pequena na noite do jantar dançante. Slater disse ter ido olhar dentro do carro; a bolsa não estava lá. Quando pressionei Barr, ele me contou que lembrava que, quando Carrington ouviu essa resposta de Slater, ele disse: "Impossível. Ela *tem* que estar lá."

— A bolsa foi encontrada com o corpo de Susan — contou Barbara Krause. — Está sugerindo que Carrington a devolveu depois de ter supostamente ido para a cama, depois esqueceu que havia devolvido a bolsa? Isso não faz sentido.

— Encontraram alguma coisa na bolsa que pode ser importante?

— O material estava em decomposição. Uma escova, um lenço, batom, pó compacto. — Os olhos de Barbara Krause estavam mais brilhantes, atentos. — Acredita nesse súbito surto de precisão de memória de Gary Barr?

Greco deu de ombros.

— Sim, acredito, porque falei com Slater. Ele corroborou a conversa, embora tenha dado ênfase diferente. Slater afirma com insistência que Carrington disse a ele que Susan *podia* ter esquecido a bolsa. Aqui eu acrescentaria duas observações pessoais: a pergunta perturbou Slater e Barr me deu a impressão de estar muito nervoso. Não esqueçam, eu conversei com Barr *antes* da descoberta do corpo. Sei que ele e a esposa trabalharam em algumas festas na casa dos Althorp. Sendo assim, ele teve contato com Susan na casa dela, e também na propriedade dos Carrington.

— Jane Barr jura que depois daquele jantar ela e o marido, Gary, foram diretamente para a casa onde moravam, e que não ficava na propriedade — contou Tom Moran a Greco.

— Barr está escondendo alguma coisa — concluiu Greco, num tom neutro. — E aposto tudo que quiserem na importância de descobrirmos se Susan Althorp levava ou não a bolsa quando desceu do carro de Peter Carrington. Isso pode ter uma forte relação com a solução do caso.

— Estou ainda mais interessada na camisa que Peter Carrington usava na noite da festa e que desapareceu misteriosamente — confessou Barbara Krause.

— Esse era outro assunto que eu queria discutir. Tenho um informante nas Filipinas. Ele conseguiu encontrar Maria Valdez, a criada que deu o depoimento sobre a camisa e a lavanderia.

— Sabe onde ela está? — Krause se entusiasmou. — Cerca de um mês depois do início da nossa investigação ela se demitiu da casa dos Carrington, voltou para as Filipinas e se casou. Isso era tudo que sabíamos. Ela prometeu nos manter informados, caso mudasse de endereço, mas depois nós a perdemos. O máximo que conseguimos descobrir foi que ela se divorciou e desapareceu.

— Maria Valdez está casada novamente e é mãe de três filhos. Ela vive em Lancaster, Pensilvânia. Estive com ela ontem. Sugiro que alguém com autoridade para fazer um acordo com essa mulher me acompanhe a Lancaster amanhã. Para ser mais claro, estou sugerindo que ofereçam a ela uma garantia escrita de que não será processada por ter cometido perjúrio em seu depoimento anos atrás.

— Ela mentiu sobre a camisa? — perguntaram Krause e Moran eufóricos ao mesmo tempo.

Greco sorriu.

— Digamos que agora, como mulher madura e mãe dedicada, ela não consegue mais conviver com a ideia de que seu depoimento há 22 anos impediu a justa punição de um assassino.

14

O FUNERAL DE SUSAN ALTHORP FOI NOTÍCIA DE PRIMEIRA página nos jornais de todo o país. A fotografia do caixão coberto de flores, seguido pelos pais devastados pelo luto para o interior da catedral de Santa Cecília, deve ter vendido toneladas de exemplares e elevado os índices de audiência das emissoras de televisão em todo o país. Maggie compareceu com um grupo de amigas. Um repórter do Canal 2 a viu e correu para obter uma entrevista.

— Sua neta se casou recentemente com Peter Carrington. Acredita na inocência desse homem e vai se manter ao lado dele, agora que o corpo foi encontrado nos limites de sua propriedade?

A resposta honesta de Maggie foi um prato cheio para a imprensa. Ela olhou diretamente para a câmera quando disse:

— Estarei ao lado de minha neta.

"Sinto muito", eu disse a Peter quando vi a entrevista pela televisão.

— Não precisa se desculpar — respondeu ele. — Sempre dei grande valor à honestidade. Além do mais, se ela não houvesse caído naquela recepção, você não estaria aqui comigo agora. — Ele me olhou com aquele sorriso enigmático, um sorriso afetuoso, mas destituído de humor. — Kay, pelo amor de Deus, não se preocupe. Sua avó deixou claro desde o início que não queria nenhum tipo de relacionamento comigo e não me queria em sua vida, também. Talvez ela esteja certa. De qualquer maneira, estamos fazendo o melhor que podemos para provar que ela se enganou, não é?

Nós jantamos e subimos para a saleta que dividia meu quarto e o dele. A suíte cada vez mais se tornava um refúgio para nós. Com a mídia constantemente acampada diante dos portões da propriedade, e advogados taciturnos entrando e saindo o tempo todo, eu me sentia como se vivesse em uma zona de guerra. Era impossível sair de casa sem ser seguida pelos jornalistas.

Na semana anterior, Peter, Vincent Slater e os advogados haviam se reunido para discutir se Peter devia ou não emitir um comunicado expressando solidariedade à família de Susan.

— Não importa que tipo de declaração eu assine, ela sempre será malcompreendida — opinou Peter. No final, sua breve declaração expressando profundo pesar foi alvo de escárnio e ataques violentos por parte de Gladys Althorp nos meios de comunicação.

Eu falava com Maggie ocasionalmente, mas não a via desde que voltara da viagem de lua de mel. Estava zangada com ela, mas também preocupada. Antes de nos casarmos, ela sustentava com firmeza sua crença de que Peter havia assassinado Susan Althorp e Grace; agora, ela praticamente anunciava isso pela televisão.

Mas havia algo mais me chateando. O veneno que Nicholas Greco injetara em minha consciência ao sugerir que meu pai podia ter alguma relação com a morte de Susan se espalhava por todo meu ser. Depois, a revelação de Peter naquela manhã em que havíamos corrido juntos no terreno da mansão só tornara tudo ainda pior. Meu pai não havia sido demitido porque bebia demais. Ele foi dispensado do emprego por não corresponder ao assédio de Elaine Walker Carrington. E isso me conduzia à seguinte questão: o que o levara ao suicídio?

Eu sabia que precisava encontrar um jeito de sair e ir visitar Maggie sem ser perseguida pela imprensa. Tinha que falar com ela. Sabia com todo meu coração e com toda minha alma que Peter não era capaz de fazer mal a ninguém. Era o tipo de certeza que faz parte da alma, do âmago de um indivíduo. Mas eu também sabia, com a mesma certeza, que meu pai nunca teria desaparecido por vontade própria, e estava mais convencida do que nunca de que ele não havia cometido suicídio.

Eu achava incrível que Peter e eu pudéssemos ter vivido um período tão fabuloso nas duas primeiras semanas de nosso casamento e agora, apenas três semanas depois da cerimônia, tivéssemos de viver um pesadelo

Estávamos assistindo ao noticiário das 22 horas, e eu me preparava para desligar a televisão quando, por alguma razão inexplicável, decidi antes assistir à chamada do jornal das 23.

O apresentador começou:

— Uma fonte no gabinete da promotoria de Bergen County nos revelou que Maria Valdez, uma antiga empregada da mansão Carrington, admitiu ter mentido quando afirmou que havia mandado para a lavanderia a camisa que Peter Carrington vestia na noite em que acompanhou Susan Althorp para casa, 22 anos atrás, uma camisa que, naquela época, a promotoria considerava peça-chave para a resolução do caso.

— Ela está mentindo — declarou Peter num tom totalmente desprovido de emoção —, mas acabou de selar meu destino. Kay, não há mais nenhuma chance de que eu não seja indiciado agora.

15

Aos 38 anos, Conner Banks era o advogado mais jovem do time dos sonhos de defensores formado por Carrington, mas ninguém, nem mesmo seus colegas mais celebrados — e mais publicados — podiam negar seu brilhantismo na corte criminalista. Filho, neto e sobrinho de ricos advogados corporativos, ele havia deixado claro durante seus anos de aluno em Yale, para horror coletivo de todos os parentes, que pretendia ser advogado de defesa e criminalista. Quando se formou na Escola de Direito de Harvard, foi trabalhar como assistente de um juiz da corte criminalista em Manhattan, e posteriormente foi contratado por Walter Markinson, um renomado defensor que havia representado diversos tipos de réus e era especialmente famoso por manter celebridades fora da prisão.

Um dos primeiros casos de Banks na corte pela firma de Markinson havia exigido que ele convencesse um júri de que a excêntrica esposa de um bilionário estivera mentalmente perturbada quando atirara contra a antiga amante do marido. O veredicto de inocente por razão de insanidade foi anunciado menos de duas horas depois do início da deliberação, um recorde para qualquer júri que discute um caso de assassinato com esse tipo de defesa.

Esse caso havia construído a reputação de Conner Banks, e nos dez anos seguintes ela continuara crescendo. Com seu comportamento simpático, a bem-cuidada forma física e a beleza celta, ele se tornara uma espécie de celebridade no mundo jurídico, conhecido pelo raciocínio rápido e pelas mulheres que o acompanhavam em eventos disputadíssimos.

Quando Gladys Althorp acusou diretamente Peter Carrington pelo assassinato da filha, Vincent Slater telefonou para Walter Markinson e pediu a ele para formar uma equipe de advogados de indiscutível competência para analisarem a ideia de um processo contra a Sra. Althorp, e depois administrar o caso, se a decisão final fosse pelo processo.

Peter Carrington decidira que as reuniões dos advogados deveriam ser feitas em sua casa, não em Manhattan, porque assim ele poderia estar presente sem ter de enfrentar a barreira da imprensa diante de sua casa. Agora, uma semana depois disso, Conner Banks se tornara um visitante regular na propriedade Carrington.

Na primeira vez em que foram conduzidos pelos portões e viram a mansão, o sócio de Conner comentara com acentuado desdém:

— Quem, em nome de Deus, vai querer brigar com algo tão gigantesco?

Apaixonado estudante de história, Banks havia respondido:

— Para falar a verdade, eu brigaria. É magnífico.

Quando os advogados chegaram à sala de jantar onde as reuniões aconteceriam, Slater já estava lá. Havia café, chá, jarras de água e pequenos confeitos dispostos em um bufê. Blocos de papel e canetas foram colocados sobre a mesa diante de cada assento. Os outros dois advogados de defesa, Saul Abramson, de Chicago, e Arthur Robbins, de Boston, ambos com pouco mais de 60 anos e formidáveis registros de vitórias em casos criminais, chegaram minutos depois de Conner Banks e Markinson.

Só então Peter Carrington entrou na sala. Para surpresa de Banks, ele estava acompanhado da esposa.

Banks não costumava confiar em primeiras impressões, mas era impossível não reconhecer a aura em torno de Peter Carrington. Diferentemente de sua equipe de defesa e do próprio Slater, todos vestidos com ternos tipicamente conservadores e formais, ele usava camisa de colarinho aberto e cardigã. Apresentado aos advogados, ele imediatamente disse:

— Esqueçam o Sr. Carrington. Podem me chamar de Peter. E minha esposa é Kay. Tenho a sensação de que vamos nos ver muitas vezes, por muito tempo, por isso acho que devemos dispensar a formalidade.

Conner Banks não sabia dizer o que esperava da esposa de Carrington. De certa maneira, já a prejulgara — a bibliotecária que se casara com o bilionário depois de um romance muito rápido — como outra bem-sucedida caçadora de fortunas.

Mas ele viu imediatamente que Kay Carrington não se enquadrava nesse perfil. De jeito nenhum. Como o marido, ela estava vestida num estilo casual, com calça comprida e suéter. Mas o vermelho do suéter de gola alta emoldurava um rosto dominado por olhos azuis de um tom tão escuro que em alguns momentos pareciam negros como os cabelos que ela prendera num rabo de cavalo baixo.

Durante aquela primeira reunião e as outras que se seguiram, ela sempre se sentava à direita de Peter, que ocupava a cabeceira da mesa. O lugar de Slater era a cadeira à esquerda de Peter. Sentado ao lado de Slater, Conner Banks era capaz de testemunhar a interação entre Peter Carrington e sua esposa. As mãos sempre se tocavam com ternura, e a expressão afetuosa em seus olhos quando se fitavam o fazia questionar se era realmente tão bom ser livre e desimpedido como ele.

Por curiosidade, Banks havia feito uma pesquisa sobre o caso antes mesmo de ter sido contratado para ajudar na consideração de um possível processo. Seu interesse fora despertado porque ele havia conhecido o ex-embaixador Charles Althorp socialmente, um homem que encontrara em diversas ocasiões, e notara que ele nunca estava acompanhado pela esposa.

Nas primeiras duas reuniões, que aconteceram antes de o corpo de Susan Althorp ter sido encontrado, a discussão focou a necessidade de Peter mover um processo por calúnia e difamação contra Gladys Althorp.

— Ela nunca vai se retratar da acusação — disse Markinson. — Essa é a maneira de eles pressionarem você. Vai ter de responder a interrogatórios e dar um depoimento. Eles estão esperando pegá-lo numa armadilha quando estiver sob juramento. Até agora, a promotoria não tem evidências suficientes para indiciar você. Peter, você estava saindo com Susan. Era um relacionamento casual, mas era um relacionamento. E as famílias sempre foram amigas. Você a levou para casa em seu carro naquela noite. Infelizmente, como voltou para a mansão por uma porta lateral, ninguém pode confirmar sua declaração de que foi diretamente para o quarto.

Ninguém? Conner Banks estava intrigado. Um rapaz de 20 anos, pouco mais de meia-noite, uma festa animada, e ele foi para a cama? Nosso cliente é inocente, ele pensou com grande sarcasmo. É claro que é. Meu trabalho é defendê-lo. Mas isso não significa que sou forçado a acreditar nele.

— Eu diria que o que ajudou a manter esse caso vivo foi o desaparecimento da camisa que você usou naquela noite. — Markinson continuou falando: — O fato de uma criada afirmar que havia tirado a camisa do cesto de roupa suja e entregado ao serviço de lavanderia significa que, se tentarem usar a camisa desaparecida como evidência de culpa, o tiro vai sair pela culatra. Você não tem nada a perder movendo essa ação, e se o processo todo acabar em julgamento, deixe que o público tome conhecimento de que esse caso é completamente baseado em acusações sem qualquer fundamento.

A terceira reunião aconteceu um dia após o funeral de Susan Althorp, logo depois da surpreendente revelação de que Maria Valdez, a criada que havia declarado ter dado a camisa de Peter ao serviço de lavanderia, havia se retratado e modificado sua história.

Dessa vez, quando os Carrington entraram na sala de jantar, a tensão era evidente no rosto de ambos. Sem se incomodar com os cumprimentos formais, Peter disse:

— Ela está mentindo. Não posso provar, mas sei que ela está mentindo. Eu mesmo pus aquela camisa no cesto de roupa suja. Não sei por que ela está fazendo isso comigo.

— Vamos tentar provar que ela está mentindo, Peter — respondeu Markinson. — Vamos vasculhar tudo que ela fez nos últimos 22 anos. Talvez ela até tenha se dedicado a uma ou outra atividade que a torne uma testemunha menos crível.

Conner Banks inicialmente suspeitara de que Peter Carrington era culpado pela morte de Susan Althorp. Agora, com mais essa evidência, estava praticamente certo disso. Ninguém vira Carrington voltar para casa na noite da festa. Aos 20 anos, ele foi direto para a cama, quando ainda havia convidados dançando no terraço. Ninguém o viu estacionar o carro. Ninguém o viu entrar. Susan é dada como desaparecida na manhã seguinte, e a camisa que Carrington havia usado também desaparecera. Agora o corpo da jovem é encontrado junto à cerca da propriedade Carrington. A promotoria certamente o pegaria. Peter, vou fazer tudo que puder por você, ele pensou, olhando para o homem que segurava a mão da esposa, mas vi as matérias em torno do funeral de Susan nos jornais de ontem à noite. De certa forma, eu gostaria de ser o *promotor* nesse caso. E sei que meus colegas têm o mesmo sentimento que eu.

Kay piscava para conter as lágrimas. Ela vai ficar ao lado do marido, Banks pensou. Isso é bom. Mas se ele é o responsável pela morte de Susan Althorp, então, talvez todos tenham motivos para suspeitar dele no afogamento da primeira esposa. Ele é um psicopata. Se for, a nova esposa vai contrariá-lo a ponto de despertar seu instinto assassino?

Por que ele também sentia que havia algo de estranho — e talvez algo estranhamente suspeito — na pressa com que Carrington havia subido ao altar com uma mulher que mal conhecia?

16

Ele está nervoso, concluiu Pat Jennings ao olhar para o chefe, Richard Walker. Tenho certeza absoluta de que esteve apostando nos cavalos novamente. Considerando todo o dinheiro que ganha com este lugar — ou melhor, que *não* ganha com este lugar —, é melhor mesmo tentar a sorte nas patas dos animais.

Pat trabalhava como recepcionista e secretária na Walker Galeria de Arte há seis meses. Quando aceitara o emprego de meio período, aquela parecia ser a situação perfeita para uma mulher com dois filhos na escola fundamental. Trabalhava das 9 horas às 15, e se houvesse um coquetel ou algum tipo de recepção para o lançamento de alguma nova exposição, ela teria de voltar para o evento. Desde que começara, só um evento desse tipo ocorrera na galeria, e ficou praticamente vazio.

O problema era que a galeria não vendia o suficiente nem para cobrir os custos. Richard já estaria falido sem a ajuda da mãe, Pat pensou, enquanto o via caminhar entre as telas e ajeitá-las nas paredes como se fossem muito importantes.

Ele está nervoso, hoje, não há dúvida. Ouvi quando ele fez as apostas nos últimos dias; deve ter perdido muito dinheiro. É claro, essa história de um corpo ter sido encontrado junto à cerca da propriedade do enteado de sua mãe também era preocupante. No dia anterior, Richard ligara a televisão para assistir à cobertura ao vivo do funeral de Susan Althorp. Ele também a conhecera, Pat pensou. Embora tudo tivesse acontecido há muito tempo, ver o caixão coberto de flores sendo levado para dentro da igreja devia ter despertado muitas lembranças dolorosas.

Naquela manhã ela perguntara a Walker como o enteado da mãe dele estava reagindo a toda aquela história.

— Não tenho visto Peter — respondeu ele. — Telefonei para que ele soubesse que tenho me preocupado com a situação. Tudo isso acontecendo justamente agora, quando ele retorna da lua de mel... Deve ser difícil.

Mais tarde a galeria estava tão em silêncio que quando o telefone tocou Pat pulou na cadeira. Esse lugar está mexendo com meus nervos, ela pensou ao pegar o fone.

— Walker Galeria de Arte. Boa tarde.

Ela levantou a cabeça e viu Richard Walker correndo em sua direção, agitando os braços. Podia ler os movimentos que ele fazia com os lábios.

— Não estou aqui. Não estou aqui.

— Quero falar com Walker. — Era uma ordem, não um pedido.

— Lamento, mas ele não está aqui no momento. E não sei informar se vai voltar hoje à tarde.

— Então, me dê o número do celular dele.

Pat sabia o que dizer:

— Quando está em reunião, ele desliga o celular. Se me der seu nome e o número do seu...

O som da violenta batida do telefone do outro lado e a interrupção brusca da ligação a fez afastar o telefone do ouvido. Walker estava em pé ao lado da mesa, a testa coberta por uma fina camada de suor, as mãos tremendo. Antes que ele perguntasse, Pat foi logo dizendo:

— Ele não deu um nome, mas, seja quem for, estava furioso, Richard. — Depois, por sentir pena do chefe, ela deu um conselho, mesmo não tendo sido solicitado. — Richard, sua mãe tem muito dinheiro. Em seu lugar, eu pediria a ela a quantia de que está precisando. Esse sujeito é... assustador. E, se quer mais um conselho, o último... desista dos cavalos.

Duas horas depois Richard Walker estava na casa da mãe na propriedade dos Carrington.

— Você precisa me ajudar — suplicava ele. — Eles vão me matar se eu não pagar. Eu sei que vão. Juro que vai ser a última vez.

Elaine Carrington olhou para o filho com uma expressão furiosa.

— Richard, você está me levando à falência. Recebo 1 milhão de dólares por ano como resultado do acordo nupcial. No ano passado, entre o vício do jogo e a galeria falida, você me levou quase metade disso.

— Mãe, estou implorando.

Ela desviou o olhar. *Ele sabe que tenho o dinheiro*, Elaine pensou. *E sabe onde posso conseguir a quantia que eu quiser, se o caso for mesmo desesperador.*

17

O EX-EMBAIXADOR CHARLES ALTHORP BATEU NA PORTA do quarto da esposa. No dia anterior, depois do funeral, ela voltara para casa e fora diretamente para a cama. Sendo assim, ele ainda não sabia se ela ouvira a notícia de que Maria Valdez, ex-empregada na propriedade dos Carrington, havia alterado sua versão dos eventos relacionados ao desaparecimento de Susan.

Ele a encontrou na cama. Embora fosse quase meio-dia, Gladys Althorp nem tentara se levantar. A bandeja com o desjejum, praticamente intocada, estava sobre a mesa de cabeceira. A televisão continuava ligada, embora o volume, muito baixo, produzisse apenas um som incompreensível.

Olhando para a mulher emaciada de quem vivia fisicamente separado há anos, Althorp sentiu uma inesperada e envolvente onda de ternura. No funeral, o caixão havia sido ornado por fotos mostrando vários momentos dos quase 19 anos de vida de Susan. *Viajei muito*, ele pensou. *Muitas daquelas fotos, especialmente as últimas, eram de apenas Gladys e Susan.*

Ele apontou para a televisão.

— Imagino que já tenha ouvido a notícia sobre Maria Valdez.

— Nicholas Greco telefonou para mim, depois eu vi a matéria na CNN. Ele disse que o depoimento dessa mulher pode ser a chave para a condenação de Peter Carrington pela morte de Susan. Só desejo estar no tribunal para ver quando ele for levado algemado para a cadeia, de onde nunca mais sairá.

— Espero que possa estar presente, minha querida. E posso garantir que eu estarei lá.

Gladys Althorp balançou a cabeça.

— Você sabe muito bem que estou morrendo, Charles. Mas isso não tem mais nenhuma importância. Agora que sei onde Susan está e sei que logo estarei com ela. Preciso confessar algo. Sempre acreditei que Peter pôs fim à vida de Susan, mas também havia uma pequena dúvida em minha cabeça. Você ouviu quando ela saiu novamente naquela noite? Você a seguiu? Estava muito zangado com ela. Vocês dois discutiram por que ela descobriu sobre seu envolvimento com Elaine? Susan sempre quis me proteger.

— Elaine foi um engano, um erro que já havia chegado ao fim quando ela se casou com o pai de Peter — comentou Charles, amargurado. — Quando a via, ela era divorciada e livre, e essa é a verdade.

— *Ela* podia ser livre e desimpedida, mas *você* não era, Charles.

— Não acha que é um pouco tarde para discutirmos isso agora, Gladys?

— Ainda não me deu uma resposta. Sobre o que você e Susan discutiram naquela noite?

— Tente descansar, Gladys — disse Charles Althorp em voz baixa antes de sair do quarto da esposa.

18

Era a primeira vez que os advogados ficavam para o almoço. Com mãos habilidosas, Jane Barr preparou uma bandeja de sanduíches e fez café fresco. Muito nervosa, ela assistira aos noticiários da tevê sobre Maria Valdez e como a ex-empregada havia modificado suas declarações. Era tudo culpa de Elaine, ela pensou. Se ela não nos houvesse demitido, eu estaria aqui para pegar a roupa suja naquela manhã. Saberia exatamente o que estava ou não no cesto da lavanderia, o que foi e o que não foi para a lavagem a seco. Como essa tal de Valdez ousa mudar sua história agora? Quem está pagando para ela alterar seu depoimento?

Foi uma pena eu não estar aqui quando aquele detetive, Nicholas Greco, veio conversar com Gary. Ele tem estado nervoso desde então. Acha que pode ter feito algum mal a Peter quando contou a Greco que Peter ficou chocado ao ouvir que a bolsa de Susan não estava em seu carro.

— Que mal pode haver nisso? — Jane havia perguntado a Gary naquele dia. Mas agora ela também tinha dúvidas, inseguranças. Talvez essa informação tivesse importância, afinal.

Mas ela conhecia Peter Carrington, e sabia que ele não era capaz de fazer mal a ninguém.

Ela e Gary haviam comparecido à missa fúnebre de Susan Althorp. Uma menina tão doce, tão linda, Jane pensou, pegando pratos e xícaras no armário da cozinha. Eu adorava vê-la toda arrumada quando íamos trabalhar nas festas na casa dos Althorp.

O carro fúnebre e as limusines que levariam os membros da família para o funeral privado estavam estacionados na frente da igreja, e os Althorp permaneciam no saguão, onde recebiam as condolências dos amigos. Por que Gary se escondeu atrás da multidão, em vez de ir falar com eles? Jane estava intrigada. Susan sempre havia sido muito gentil com eles. Naquele ano, pelo menos em cinco ou seis ocasiões, ele a levara de carro a festas quando o embaixador não queria que a filha voltasse dirigindo ou pegasse carona com os amigos tarde da noite. Mas Jane sabia que o marido não era homem de demonstrar emoção, e talvez ele não se sentisse no direito de ir conversar com os Althorp naquele momento, quando tantos membros da sociedade local os cercavam.

Gary aspirava o carpete dos corredores do segundo andar, enquanto Jane preparava os sanduíches para o almoço. Ele entrou na cozinha em tempo de poupá-la do trabalho de ir procurá-lo.

— Chegou bem na hora — comentou Jane. — Pode levar os pratos, as xícaras e os talheres. Não esqueça de bater antes de abrir a porta.

— Acho que conheço o protocolo e sei quais são os meus deveres — respondeu, ele sarcástico.

— É claro que sabe — respondeu Jane, com um suspiro profundo. — Desculpe. Não tenho estado muito bem ultimamente. Não consigo parar de pensar no dia de ontem e no funeral. Susane era uma menina linda, não era?

Diante de seus olhos o rosto de Gary se tingiu de um tom intenso de vermelho, e ele abaixou a cabeça.

— Sim, ela era — resmungou ele, pegando a bandeia e saindo imediatamente da cozinha

19

Os advogados partiram por volta das 15 horas, depois de cinco horas ininterruptas de interrogatório de Peter, uma etapa dos preparativos para o que parecia ser inevitável — a acusação de assassinato no caso Susan Althorp. Não pararam nem para almoçar, comendo sanduíches e tomando café na sala enquanto continuavam tentando cobrir todas as variáveis. O tempo todo, cada detalhe do jantar dançante e do brunch, tantos anos atrás, foi desenterrado e estudado.

De vez em quando Vincent Slater contradizia Peter com relação a um ou outro detalhe. Um em particular me surpreendeu.

— Peter, Susan estava sentada a seu lado à mesa do jantar, e Grace estava em outra mesa.

Até então eu nem havia percebido que Grace Meredith, a mulher com quem Peter se casara aos 30 anos, havia estado naquela festa. Mas, pensando bem, por que não? Pelo menos vinte amigos de Peter e alunos de Princeton estiveram presentes. Peter explicou que ela comparecera acompanhando alguém.

— Quem exatamente? — perguntou Conner Banks.

— Gregg Haverly, um colega de Princeton.

— Já conhecia Grace Meredith antes daquela noite? — Banks seguiu perguntando.

Eu percebi que Peter estava se sentindo esgotado pela enxurrada de perguntas.

— Não. Nunca havia visto Grace antes daquela noite — declarou ele friamente. — Na verdade, não voltei a vê-la por mais de nove anos depois daquele jantar. Eu a encontrei por acaso em um jogo entre Princeton e Yale. Estávamos ambos com amigos, mas nenhum de nós foi acompanhado, e acabamos ficando juntos.

— E há outras pessoas que sabem que você não voltou a vê-la em todos esses anos? — indagou Banks.

O advogado deve ter percebido a expressão no rosto dele, porque acrescentou:

— Peter, estou tentando antecipar as perguntas da promotoria. É esse tipo de coisa que eles vão questionar. Como sua primeira esposa estava naquela festa, eles podem pensar que, talvez, você tenha se interessado por ela e despertado o ciúme de Susan. Podem deduzir que você e Susan discutiram mais tarde e que a briga se tornou violenta.

Foi então que Peter empurrou a cadeira para trás, para longe da mesa, e se levantou.

— Cavalheiros — disse ele —, acho que devemos encerrar por hoje. — Notei que ele foi deliberadamente frio com Conner Banks quando se despediu da equipe.

Assim que os advogados se retiraram, Peter comentou:

— Acho que não quero esse tal Banks na minha equipe de defesa. Livre-se dele, Vince.

Eu sabia que Peter estava cometendo um engano, e felizmente Vincent pensava como eu. Ele entendia que Banks estava apenas preparando meu marido para o tipo de interrogatório invasivo que ele teria de enfrentar em breve.

— Peter, eles o interrogarão sobre tudo — opinou ele. — E vão fazer insinuações. Precisa se acostumar com essa ideia.

— O que está me dizendo é que o fato de eu ter conhecido Grace naquela noite pode ser usado contra mim, que talvez eu tenha me apaixonado loucamente por ela e decidido matar Susan?

Ele não esperava uma resposta, evidentemente.

Eu gostaria que Vincent Slater fosse para casa; queria um pouco de paz e privacidade com Peter. Nós dois estávamos precisando disso. Mas, então, Peter anunciou que iria ao escritório.

— Kay, preciso me afastar do comando da empresa. Não serei mais CEO ou presidente, mas seguirei tendo voz majoritária em todas as decisões. Preciso me concentrar no esforço de me manter fora da prisão. — E ele acrescentou de modo quase indefeso: — Aquela mulher está mentindo. Eu juro, lembro que pus a camisa no cesto de roupa suja.

Ele se aproximou e me beijou. Acho que eu parecia muito cansada também, porque meu marido sugeriu:

— Por que não vai cochilar um pouco, Kay? Foi um dia terrível.

Descansar era a última coisa em que eu estava pensando.

— Não — respondi. — Vou ver minha avó.

Acho que aquele dia realmente mexeu com os nervos de Peter, porque ele falou:

— Diga a ela que mandei lembranças, e convide-a para ser minha testemunha no julgamento.

20

Na companhia de Nicholas Greco e Tom Moran, Barbara Krause viajou para Lancaster, Pensilvânia, onde o trio alugou um carro e seguiu para o endereço de Maria Valdez, uma modesta casa em estilo rancheiro não muito distante do aeroporto. Havia nevado e as estradas estavam escorregadias, mas Greco, que já estivera ali visitando a ex-empregada dos Carrington, assumiu o volante. Krause estava furiosa porque a informação sobre a retratação de Maria Valdez vazara e fora divulgada pela imprensa. Ela jurou que descobriria quem deu com a língua nos dentes, e o demitiria.

— Quando estive aqui há dois dias, aconselhei Maria a convidar seu advogado para acompanhar essa próxima visita — comentou Greco quando tocou a campainha.

E foi exatamente esse advogado, Duncan Armstrong, um homem alto e magro, com seus 70 anos, que atendeu à porta. Assim que os visitantes entraram, ele se colocou ao lado de sua cliente e, imediatamente, enfatizou estar aborrecido com a notícia veiculada pela imprensa.

Moran estivera presente quando Maria Valdez foi interrogada 22 anos trás. Ela era uma garota naquele época, com cerca de 19 anos, a mesma idade de Susan Althorp. Mas, teimosa, não hesitara em afirmar que entregara a camisa para o pessoal da lavanderia.

Estranhamente, a firmeza e a determinação que ela exibira no passado estavam ausentes agora. Maria parecia nervosa quando convidou os visitantes a se sentarem na aconchegante e imaculadamente limpa sala de estar.

— Meu marido levou nossas filhas ao cinema — revelou ela. — São adolescentes. Eu contei a elas que vocês viriam, e expliquei que havia cometido um erro e mentido para as autoridades quando ainda era muito jovem, mas aproveitei para dizer que nunca é tarde para se retratar e consertar um erro.

— Maria quer dizer que pode ter se enganado quando a interrogaram na época do desaparecimento de Susan Althorp — interferiu Armstrong. — Antes de continuarmos falando, quero ver o documento que prepararam.

— Estamos oferecendo à Sra. Cruz imunidade por sua plena e total cooperação nessa investigação — anunciou Barbara Krause com firmeza.

— Ainda assim, insisto em ver o documento — respondeu Armstrong, com a mesma segurança. Ele leu os papéis cuidadosamente. — Muito bem... Maria, você sabe que, se houver um julgamento, será chamada a testemunhar, e os advogados de defesa vão alegar que você está mentindo agora. Mas o importante é que não será processada por ter dado um depoimento falso anteriormente.

— Tenho três filhas — respondeu Cruz. — Se uma delas desaparecesse e depois fosse encontrada morta, meu coração se partiria para sempre. Quando ouvi a notícia de que o corpo daquela jovem havia sido encontrado, eu me senti muito mal por ter ajudado com meu depoimento a manter livre um assassino. Admito, no entanto, que não teria a coragem de me manifestar, se o Sr. Greco não houvesse me encontrado.

— Está dizendo que nunca viu aquela camisa, e que não a entregou ao pessoal da lavanderia? — perguntou Moran sem rodeios.

— Eu nunca vi a tal camisa. Sabia que o Sr. Peter Carrington tinha dito que ela estava no cesto de roupa suja, e tive medo de contradizê-lo. Era nova no país, e não queria perder meu emprego. Mandei as camisas que estavam no cesto para a lavanderia, mas tinha quase certeza de que aquela camisa especificamente não estava lá. Na época em que a polícia me interrogou, eu cheguei a pensar que podia estar enganada, mas, no fundo, sabia que não estava. Não havia nenhuma camisa do Sr. Peter naquele cesto. Mas eu disse à polícia que ela estava lá, e que devia ter sido perdida por alguém da lavanderia.

— O proprietário da lavanderia sempre jurou que jamais havia recebido aquela camisa — lembrou Barbara Krause. — Vamos torcer para que ele ainda esteja por perto.

— Se eu tiver que testemunhar, eles vão pensar que estou mentindo agora? — perguntou Maria encabulada. — Porque posso provar que não estou.

— Pode provar? Como assim? O que está dizendo? — Moran agitou-se.

— Pedi demissão do emprego na casa dos Carrington aproximadamente um mês depois de ter sido interrogada pela polícia. Voltei para Manila porque minha mãe estava muito doente. O Sr. Carrington, pai de Peter, sabia disso, e me deu 5 mil dólares de bônus, como ele chamou aquela quantia, antes de se despedir de mim. Ele estava muito grato por eu ter confirmado a história contada pelo filho. Creio que ele acreditava que eu estava dizendo a verdade.

— Acho que está sendo caridosa demais — retorquiu Krause. — Esse dinheiro foi suborno.

— Eu descontei o cheque, mas tive medo de que, quando chegasse em casa com todo aquele dinheiro, as pessoas pudessem dizer que eu o havia roubado, por isso fiz uma cópia do cheque, frente e verso, antes de levá-lo ao banco. — Maria levou a mão ao bolso da jaqueta. — Aqui está — disse.

Barbara Krause pegou a cópia do cheque, examinou-a atentamente, depois a entregou a Moran. Para Greco, era óbvio que eles consideravam o documento como uma prova incontestável, uma espécie de bomba no campo das evidências.

— Agora sabemos que aquela camisa jamais foi para o cesto de roupa suja — concluiu Krause. — Bem, é hora de prender o sujeito e levá-lo a julgamento popular.

21

Pela primeira vez em dias não havia jornalistas diante do portão quando saí. Acho que, se alguém estivera ali, devia ter visto Peter e Vincent saindo e, talvez, partira no encalço dos dois. Eu havia telefonado para Maggie e informado que iria visitá-la. Sua voz soava compungida, provavelmente por ter percebido que o que dissera ao repórter fora golpe baixo. Ela sabia que eu devia estar furiosa.

Porém, mais de três semanas haviam se passado desde que eu a vira, e no minuto em que passei pela porta notei o quanto sentira sua falta. A sala de estar estava ainda mais bagunçada do que de costume, mas Maggie parecia ótima. Ela estava sentada em sua poltrona favorita, assistindo à série *Judge Judy* e movendo a cabeça em sentido afirmativo, concordando com o veredicto que acabara de ser anunciado. Um sorriso bailava em seus lábios. Ela adorava as explosões da Juíza judy com os defensores. A televisão estava alta, porque Maggie nunca colocava seu aparelho auditivo, mas ela ouviu a porta se fechar quando eu entrei e se levantou para me abraçar.

E, claro, sendo Maggie, ela começou a falar antes que eu pudesse dizer qualquer coisa.

— Como ele está? — perguntou minha avó.

— Ele? Está perguntando sobre Peter, meu marido? Bem, ele está sob forte pressão e lidando muito bem com tudo isso.

— Kay, estou preocupada com você. Ele é...

Eu a interrompi.

— Maggie, se algum dia se referir a Peter usando essa palavra que penso que está pretendendo usar, nunca mais voltarei aqui.

Ela sabia que eu falava sério.

— Vamos tomar uma xícara de chá — sugeriu.

Alguns minutos depois eu estava acomodada no sofá, e ela voltara à poltrona favorita. Nós duas segurávamos xícaras fumegantes, e eu sentia o ambiente familiar, confortável, agradável. Perguntei a Maggie sobre suas amigas e contei sobre nossa lua de mel.

Não falamos sobre a acusação de Gladys Althorp, ou sobre o fato de a ex-empregada ter mudado sua declaração. Eu tinha certeza de que Maggie sabia de tudo isso. Mas conduzi a conversa na direção que me convinha.

— Maggie, por mais terrível que tudo isso seja para os Althorp, fico feliz por terem encontrado o corpo de Susan. Pelo menos a mãe dela vai ter um pouco de paz.

— O corpo foi encontrado na propriedade dos Carrington — enfatizou Maggie, incapaz de conter-se.

— Tecnicamente, fora da propriedade. Estava do outro lado da cerca. Qualquer um pode ter enterrado o corpo ali. — Não dei a Maggie chance de responder antes de continuar: — Sabia que foi de meu pai a ideia de recuar a cerca para que o arranjo do jardim não fosse afetado, caso houvesse necessidade de algum reparo na via pública?

— Sim, eu me lembro de seu pai comentando alguma coisa sobre isso. Ele pretendia fazer algo naquele trecho que ficou para fora da cerca, mas nunca projetou nada.

— Maggie, você estava enganada com relação a uma coisa. Meu pai não foi demitido por beber demais. Ele foi demitido porque Elaine Carrington começou a flertar com ele, e meu pai a rejeitou. Por isso ela o dispensou. Peter me contou. De onde tirou a ideia de que a demissão havia sido provocada pelo uso de álcool?

— Não me interessa o que seu marido lhe disse. Seu pai bebia demais, Kay.

— Bem, de acordo com Peter, ele nunca bebeu em serviço nem apareceu bêbado para trabalhar.

— Kay, quando seu pai me contou que havia sido demitido, ele estava muito perturbado. Terrivelmente abalado.

— E isso foi algumas semanas depois do desaparecimento de Susan Althorp, não foi?

— Sim, eu me lembro bem; 15 dias depois.

— Então, a polícia também deve ter interrogado meu pai. Ele ainda trabalhava lá.

— Eles interrogaram todo mundo que trabalhava na propriedade ou simplesmente a visitava. Você estava aqui comigo na noite em que Susan desapareceu. Seu pai havia convidado alguns amigos para um jogo de pôquer em casa. Eles jogaram até meia-noite, e acho que, depois de tanta diversão, quando se despediram todos estavam muito satisfeitos. Aquele investigador Greco deve ser maluco, ou não teria insinuado que o suicídio de seu pai teve relação com o desaparecimento de Susan Althorp.

— Tenho certeza disso, mas ele tinha razão em um ponto. O corpo de papai nunca foi encontrado. Por que tem tanta certeza de que ele cometeu suicídio?

— Kay, eu fui com ele ao cemitério no sexto aniversário da morte de sua mãe. Isso foi apenas um mês antes de seu pai se matar. Seis anos e ele ainda estava arrasado e chorava como um bebê. Ele me disse que sentia falta dela todos os dias, e que a dor só aumentava, em vez de diminuir. Mais uma coisa: ele adorava trabalhar na propriedade dos Carrington. Sim, é claro que havia outros clientes, famílias para quem ele havia trabalhado e ainda prestava serviços eventualmente, mas os Carrington eram os únicos que davam a ele total liberdade para fazer o que quisesse. Foi um golpe terrível ser demitido daquele emprego.

Maggie se levantou da poltrona e caminhou até o sofá para abraçar-me.

— Kay, seu pai a amava loucamente, mas ele estava muito deprimido, e quando se mistura bebida e depressão, coisas terríveis acontecem.

Nós choramos juntas.

— Maggie, estou com tanto medo — confessei. — Receio pelo que possa acontecer com Peter.

Ela não respondeu, mas seu silêncio foi o equivalente a um grito. E ela podia perfeitamente ter gritado o que estava pensando: Kay, tenho medo do que pode acontecer com *você*.

Liguei para o celular de Peter. Ele ainda estava na cidade e não voltaria para casa antes das 22 horas.

— Leve Maggie para jantar fora — sugeriu ele. Depois riu ao acrescentar: — Diga a ela que a sugestão foi minha.

Maggie e eu fomos comer massa como nos velhos tempos. Nossa conversa nos fez relembrar minha mãe, e mais uma vez ela me contou a história sobre como ela fazia todos se calarem quando cantava aquela canção. Sua voz soava pungente, em particular no último verso, "Ouvi essa música, antes", Maggie relatou, seus olhos se enchendo de lágrimas enquanto ela cantarolava o ritmo um pouco desafinada. Quase contei a ela sobre minha visita à capela naquela tarde tantos anos atrás, mas me contive. Não queria ouvir um sermão sobre o quanto havia sido tola.

Depois do jantar, eu a deixei em casa, fiquei esperando até ela entrar e fechar a porta, e então fui embora. Havia luzes acesas na casa da entrada, por isso presumi que os Barr estavam lá. Nunca posso me certificar de que Elaine está em casa, porque a residência fica muito afastada do portão principal ou da mansão, e não há como ver se as luzes estão acesas ou não.

Eram 21 horas. A mansão era assustadora para uma mulher sozinha como eu. Eu podia perfeitamente imaginar alguém escondido no hall de entrada. As luzes externas projetavam sombras dançantes que cobriam as vidraças frontais. Por um instante pensei se aquelas ainda eram as mesmas luzes que meu pai havia instalado, as que o levaram a ir até a mansão naquela noite, quando o acompanhei.

Vesti um robe confortável, calcei meus chinelos e fiquei esperando Peter voltar para casa. Relutava em ligar a televisão, temendo deparar com mais uma matéria sobre o caso Althorp e seu mais novo desdobramento: a criada que mudara seu depoimento. Havia começado a ler um livro no avião, na viagem de volta da lua de mel, e decidi pegá-lo novamente. Era inútil; as palavras pareciam não ter qualquer significado.

Estava pensando em meu pai. Todas as boas lembranças inundavam minha mente. Eu ainda sentia falta dele.

Peter chegou pouco depois das 23 horas. Parecia exausto.

— A partir de hoje estou fora do comando das empresas — contou ele. — Vou manter um escritório na companhia, é claro.

Ele disse que Vincent havia pedido o jantar por telefone e que eles comeram no escritório, mas admitiu nem ter tocado na comida. Descemos até a cozinha e eu esquentei para meu marido um pouco da sopa de galinha que Jane preparava como ninguém e mantinha sempre em pequenas porções no congelador. Peter se animou um pouco e foi buscar uma garrafa de vinho tinto e duas taças no bar. Ele serviu o vinho e ergueu sua taça.

— Vamos fazer um brinde à esperança esta noite — disse ele. — Vamos superar tudo isso. A verdade vai aparecer.

— Amém — eu respondi com fervor.

Então, Peter olhou diretamente para mim, e seu olhar era pensativo e triste.

— Estamos aqui sozinhos, Kay. Se alguma coisa acontecesse com você hoje à noite, eles me culpariam por isso. Não é verdade?

— Não vai acontecer nada comigo — respondi. — De onde tirou essa ideia?

— Kay, sabe se já tive algum surto de sonambulismo desde que voltamos para casa?

A pergunta me pegou de surpresa.

— Sim, você teve, na primeira noite. E nunca me contou que sabia que era sonâmbulo, Peter.

— Eu era sonâmbulo quando menino. Começou depois da morte de minha mãe. O médico me receitou um remédio, e por algum tempo os episódios cessaram. Mas tive um pesadelo no qual eu enfiava o braço na piscina e tentava pegar alguma coisa, e isso não me sai da cabeça. Não saberia me dizer se isso realmente aconteceu... saberia?

— Aconteceu, Peter. Eu acordei por volta de 5 horas e você não estava na cama. Olhei em seu quarto e ele estava vazio. Por acaso, olhei pela janela. Você estava ajoelhado ao lado da piscina, com um braço mergulhado na água. Depois disso, você voltou para casa e foi para a cama. Eu sabia que não devia acordar você.

— Kay — começou ele, hesitante. Depois, disse alguma coisa em voz muito baixa, algo que eu não pude ouvir claramente. Sua voz sumiu, e ele mordeu o lábio. Era fácil perceber que Peter estava à beira das lágrimas.

Eu me levantei, contornei a mesa, e o abracei.

— O que foi, Peter? Está querendo me dizer alguma coisa?

— Não... Não é nada.

Mas era alguma coisa, e era terrivelmente importante. Eu podia jurar que Peter havia sussurrado:

— Tive outros pesados, e talvez eles tenham realmente acontecido...

22

Barbara Krause, Tom Moran e Nicholas Greco voltaram de Lancaster no final da tarde. Krause e Moran seguiram diretamente para seus escritórios no Fórum de Bergen County e passaram as horas seguintes preparando uma declaração que resumia as evidências colhidas até ali na investigação. A declaração seria apresentada como instrumento de apoio à solicitação de abertura de processo criminal e concessão de um mandado de busca. O processo acusaria formalmente Peter Carrington pelo assassinato de Susan Althorp, e o mandado autorizaria buscas nas casas e no terreno da propriedade Carrington.

— Quero que vasculhem tudo com os cães farejadores — disse Krause a Moran. — Como podem ter deixado de encontrar o corpo há 22 anos, quando o cheiro teria sido muito mais forte? Acha que ele a enterrou em outro lugar e depois a transferiu para a propriedade quando acreditou que ninguém mais iria procurar ali?

— Talvez — respondeu Moran. — Eu estava lá quando os cães farejaram a área onde o corpo foi encontrado. Não entendo como podem ter deixado de sentir o cheiro, e não consigo imaginar como nossos homens, e me incluo nesse grupo, deixaram de notar terra revirada recentemente.

— Vou alertar o juiz Smith imediatamente — ressaltou Barbara Krause. — E vou pedir permissão para irmos à casa dele amanhã, às 5 horas, para que ele possa revisar os mandados e solicitações.

— O juiz vai adorar essa nossa visita — ironizou Moran. — Mas assim teremos tempo para reunir nossa equipe hoje à noite e chegar lá com o mandado às 6h30, quando Carrington certamente ainda estará dormindo confortavelmente em sua cama, nos braços da nova esposa. Vou adorar ser seu despertador.

Passava das 2 horas quando eles terminaram de preparar toda a documentação. Moran se levantou e se espreguiçou.

— Acho que nem lembramos de jantar — disse.

— Nós dois tomamos umas oito xícaras de café — respondeu Krause. — Prometo pagar seu jantar amanhã à noite, quando esse cara estiver preso.

23

Não me recordo de ter fechado os olhos naquela noite. Peter estava tão cansado que dormiu imediatamente, mas fiquei deitada ao lado dele, com o braço em torno de sua cintura, tentando tirar algum sentido do que pensava ter ouvido de meu marido. Ele queria dizer que o que parecia ser imagens de pesadelos eram, na verdade, fatos ocorridos enquanto ele andava dormindo?

Peter acordou às 6 horas. Eu sugeri que saíssemos para correr. Quase nunca tinha dores de cabeça, mas podia sentir o início de uma das grandes. Ele concordou, e nós nos vestimos rapidamente. Descemos até a cozinha, onde Peter preparou suco fresco enquanto eu fazia café e punha uma fatia de pão na torradeira para meu marido. Não perdemos tempo sentando à mesa e permanecemos em pé enquanto bebíamos o suco e o café.

Aquele foi o último minuto relativamente normal que tivemos juntos.

* * *

O toque insistente da campainha nos fez pular de susto. Nós nos entreolhamos; sabíamos o que ia acontecer. A polícia havia chegado para detê-lo.

Certas coisas que fazemos enquanto alguma tragédia acontece parecem loucura. Eu corri até a torradeira e peguei a torrada no ar quando ela foi ejetada. Queria que Peter comesse alguma coisa antes de ser levado.

Ele balançou a cabeça quando ofereci a torrada.

— Peter, é possível que não consiga se alimentar por um bom tempo — argumentei, aflita. — Você não comeu quase nada ontem.

O som da campainha ecoava pela casa inteira, e nós estávamos ali falando sobre comida. Finalmente, Peter aceitou a torrada e começou a comê-la. Com a outra mão se serviu de mais café, que bebeu apressadamente, embora o líquido estivesse escaldante.

Eu corri para abrir a porta. Havia pelo menos seis homens e uma mulher parados do outro lado, esperando. Eu ouvi latidos em algum lugar, provavelmente no interior de uma das viaturas da pequena frota estacionada na entrada da garagem.

— Sra. Carrington?

— Sim, sou eu.

— Meu nome é Tom Moran, sou assistente do gabinete da promotoria. O Sr. Carrington está em casa?

— Sim, estou aqui. — Peter havia me seguido até o hall.

— Sr. Carrington, tenho um mandado de busca autorizando a revista das casas e do terreno de sua propriedade. — Moran entregou o documento a Peter e continuou: — Além disso, o senhor está preso pelo assassinato de Susan Althorp. Tem o direito de ficar calado. Tudo que disser poderá ser usado contra o senhor em caso de um julgamento. Tem o direito de ser acompanhado por um advogado quando for interrogado. Se escolher responder às perguntas sem a companhia do advogado, poderá interrompê-las a qualquer momento. Sei que pode pagar pelos serviços de um bom advogado, por isso não vou perder tempo explicando os detalhes de como o Estado pode indicar um advogado de defesa gratuito para representá-lo.

Intelectualmente, eu sabia desde o dia anterior que isso provavelmente aconteceria. Mas antecipar algo e ver esses mesmos fatos realmente acontecendo... Bem, essa é a diferença entre pesadelo e realidade. Dois detetives passaram por mim e se colocaram um de cada lado de Peter. Percebendo o que eles iam fazer, meu marido me deu o mandado de busca, depois estendeu os braços para a frente. Eu ouvi o estalido metálico das algemas. O rosto de Peter estava mortalmente pálido, mas ele permanecia calmo.

Um dos detetives voltou a abrir a porta da frente. Era evidente que levariam Peter naquele momento.

— Deixem-me pegar um casaco para ele — pedi. — Está frio lá fora.

Jane e Gary Barr acabavam de chegar.

— Eu cuido disso, Sra. Carrington — disse Jane com voz trêmula.

— Para onde vão levar meu marido? — perguntei a Moran.

— Para a Penitenciária de Bergen County.

— Eu vou atrás de vocês em meu carro — decidi, olhando para Peter de forma a revelar minha total cumplicidade.

— Sra. Carrington, sugiro que espere — manifestou-se Moran. — O Sr. Carrington será fotografado e terá suas impressões digitais verificadas. Durante o tempo desse procedimento, não poderá vê-lo nem falar com ele. A denúncia formal será feita diante do juiz Harvey Smith às 15 horas no Tribunal de Bergen County. Nessa ocasião, a fiança será estabelecida.

— Kay, telefone para Vincent e diga a ele para ficar preparado para o pagamento da fiança — disse Peter. Enquanto os detetives o conduziam para a saída, Gary Barr colocou o casaco sobre os ombros dele, e Peter se inclinou para beijar-me. Seus lábios eram frios em minha face, e sua voz soou rouca quando ele disse: — Às 15 horas. Vejo você às 15 horas, Kay. Eu amo você.

Moran e um dos detetives saíram com meu marido. Quando a porta se fechou atrás deles, eu fiquei ali parada, incapaz de me mover.

A atmosfera mudou. Havia ainda pelo menos seis detetives no saguão de minha casa. Silenciosa e aturdida, vi que todos eles, exceto a oficial, calçavam luvas descartáveis — a revista da casa ia começar. Do lado de fora os latidos dos cães soavam mais alto; eles também começavam a vasculhar a área externa da propriedade. Senti Jane Barr segurar meu braço.

— Sra. Carrington, venha comigo. Vamos esperar na cozinha — disse ela.

— Preciso telefonar para Vincent. Preciso informar os advogados. — Minha voz soava estranha para mim, baixa, mas estridente.

— Sou a detetive Carla Sepetti — disse a oficial tentando ser simpática e solidária. — Preciso de vocês três juntos, e ficarei com vocês. Se quiserem, podem esperar na cozinha enquanto eles revistam as outras áreas da casa. Depois, vamos ter de mudar de lugar, porque a cozinha também sofrerá uma busca completa.

— Deixe Jane preparar alguma coisa na cozinha, Sra. Carrington — pediu Gary Barr, preocupado.

A comida é sempre utilizada como um conforto, para dar força em tempos difíceis, pensei atordoada. Eles estavam tentando me alimentar pela mesma razão que me havia feito obrigar Peter a engolir aquela fatia de torrada. Eu concordei e caminhei com os Barr pelo longo corredor até a cozinha; a detetive Sepetti estava bem atrás de nós. Passamos pela biblioteca de Peter. Havia dois detetives ali, um deles removendo livros das estantes, o outro vasculhando as gavetas da mesa. Pensei em como Peter havia se mostrado contente naquele dia, há menos de quatro meses, quando me sentei com ele naquele aposento e admirei a elegância do ambiente.

Na cozinha, tentei beber uma xícara de café, mas minhas mãos tremiam tanto que a bebida derramou no pires. Jane pousou um braço sobre meus ombros por um segundo, depois substituiu o pires sujo por outro limpo. Eu sabia o quanto ela amava Peter. Jane o conhecia desde que ele era um menino sem mãe. Eu tinha certeza de que o coração dessa mulher também estava partido.

Telefonei para Vincent Slater. Ele recebeu a notícia com calma.

— Era inevitável — respondeu em voz baixa. — Mas ele vai estar em casa hoje à noite, isso eu posso prometer. Em Nova Jersey, um juiz tem que estabelecer fiança. Tenho certeza de que o valor vai chegar à casa dos milhões, mas teremos a quantia pronta e disponível.

Os advogados deveriam chegar às 9 horas. Sem razão específica, telefonei para Conner Banks em vez de entrar em contato com qualquer um dos outros três.

— Já estávamos esperando por isso, Kay — confessou ele. — Mas sei que tudo que está acontecendo é terrível para vocês dois. Vamos pegar uma cópia desse mandado de busca, e Markinson e eu estaremos no tribunal às 15 horas. Vemos você lá.

Quando desliguei, caminhei até a janela. A meteorologia previa chuva e neve para o início da tarde, mas diante de meus olhos as primeiras gotas já começavam a cair. Ouvi o som das farpas de gelo batendo contra a janela.

— Tenho a impressão de ter lido em algum lugar que os cães farejadores da polícia não trabalham quando está chovendo — comentei com a detetive Sepetti.

— Depende do que procuram — respondeu ela. — Se o tempo se mantiver assim, eles provavelmente serão levados para um lugar seco.

— E *o que* eles estão procurando? — indaguei com tom ríspido. Sabia que se podia sentir a raiva em minha voz. A pergunta que eu realmente queria fazer era se a polícia acreditava que Peter era um assassino serial, e se esperavam encontrar corpos enterrados por toda a propriedade.

— Não sei, Sra. Carrington — a policial respondeu em voz baixa.

Olhei para ela. A mulher devia ter quase 50 anos. O cabelo castanho na altura do queixo era naturalmente ondulado, e o estilo suavizava um pouco o formato arredondado do rosto. Ela vestia uma jaqueta azul-escura e calça preta. Brincos em forma de X eram as únicas joias que eu podia ver, mas estava certa de que havia também um relógio sob a manga comprida do agasalho.

Era loucura notar esse tipo de detalhe, coisas que não tinham absolutamente nenhuma importância para ninguém. Eu me afastei da janela. Havia uma pequena televisão na cozinha, e eu a liguei bem a tempo de ver Peter saindo da viatura policial e sendo levado para o interior do edifício da Penitenciária de Bergen County.

— Enquanto Carrington é preso sob uma acusação de assassinato, as evidências contra ele se multiplicam, de acordo com nossas fontes — dizia um repórter muito sério. — A ex-empregada doméstica Maria Valdez Cruz não só confessou ter mentido quando afirmou ter retirado a camisa de Carrington de um cesto de roupas sujas, como também tem prova de que o pai de Carrington comprou sua colaboração com um cheque de 5 mil dólares.

Eu desliguei a televisão.

— Oh, meu Deus! — choramingou Jane Barr. — Não acredito nisso. O que eles estão dizendo... Isso jamais poderia ter acontecido! O Sr. Carrington era um homem de honra. Ele jamais teria subornado alguém.

Nem mesmo para salvar a vida do filho? Era o que eu me perguntava. O que eu teria feito se estivesse no lugar dele?

Não estava certa de ter uma resposta.

24

Elaine Carrington ainda estava deitada quando os detetives do gabinete da promotoria tocaram a campainha de sua casa, pouco depois das 6h30. Assustada, ela vestiu um robe e correu para atendê-los. Havia acontecido alguma coisa com Richard? Era o que ela mais temia. Ele não conseguira saldar as malditas dívidas de jogo em tempo? Aterrorizada com o que poderia ouvir, ela abriu a porta.

Quando recebeu o mandado de busca, sua reação imediata foi quase de alívio. Depois, acompanhada por um detetive cuja presença ela ignorou, Elaine se dirigiu ao estúdio e ligou a televisão.

Alguns minutos depois a imagem de Peter descendo algemado de uma viatura policial diante do prédio da Penitenciária de Bergen County a fez se encolher de pavor. Ele sempre foi bom para mim, ela refletiu enquanto via o enteado tentando virar o rosto para longe das lentes dos fotógrafos.

— Aos 22 anos, depois da morte repentina do pai, Peter Carrington se tornou o chefe do império familiar — dizia o âncora do jornal matinal.

Uma fotografia de pai e filho, tirada pouco antes da morte do homem mais velho em decorrência de um infarto fulminante, surgiu na tela, provocando uma imediata reação de raiva de Elaine. Peter era jovem, mas sempre compreendeu o que era, para mim, viver com aquele sovina miserável, ela pensou. Um dos homens mais ricos do mundo, ele a envolvia em prolongadas e amargas discussões por causa de dinheiro, uma cena que se repetira até no dia da festa do aniversário dele. Carrington, o pai, vivia ameaçando não pagar as contas.

— Você gastou mais do que devia. Agora, encontre você um jeito de pagar o que deve.

Era isso que ele sempre falava. Nos cinco anos que passei casada com ele, não houve um dia em que não reclamasse de cada centavo que eu gastava, ela pensou com amargura.

Quando a reportagem sobre Peter terminou e o programa passou a tratar de outros assuntos, Elaine desligou a televisão com o controle remoto. Quando me casei com ele, tudo nesse lugar parecia abandonado havia anos, ela lembrou. A única coisa com a qual ele não se preocupou em economizar foi com o trabalho de paisagismo. O garoto-natureza em pessoa.

Elaine percebeu que, sempre que estava nervosa ou perturbada, sua mente era inundada pela decepção causada pela mesquinhez do acordo pré-nupcial que fora pressionada a assinar. Ela ainda pensava nisso quando um som do lado de fora a fez correr para a janela. O gelo que caía com a chuva batia contra as vidraças fazendo barulho, mas o que atraíra sua atenção foi outra coisa.

— Trouxeram cachorros? — indagou ela, incrédula, ao jovem detetive que estava sentado em uma cadeira ao lado da porta do estúdio.

— São cães farejadores, Sra. Carrington. Eles estão vasculhando a área externa da propriedade — respondeu o rapaz de modo profissional.

— O corpo de Susan Althorp já foi encontrado. O que procuram agora? Por acaso a polícia acredita que esse lugar é um cemitério? — disparou revoltada.

O detetive não respondeu.

Por volta do meio-dia a equipe de policiais havia deixado a casa, e Elaine subiu a escada para voltar ao quarto. Enquanto tomava banho e se vestia, a mente avaliava todas as possibilidades que se descortinavam com a prisão de Peter. O que aconteceria se ele tivesse de passar o resto de seus dias atrás das grades?, ela se perguntava. Peter e Kay decidiriam vender a propriedade? Podiam vender o imóvel enquanto ela fosse viva? Não... Isso violaria o acordo pré-nupcial que Elaine assinara. No mínimo, eles teriam de comprar sua parte no imóvel.

O acordo pré-nupcial que ela assinou foi o melhor que seu advogado conseguira. Dez milhões de dólares quando Carrington morresse; residência vitalícia, tanto na casa existente nos limites da propriedade quanto no menor dos dois apartamentos que a família possuía na Park Avenue. Rendimentos anuais de 1 milhão de dólares pelo resto de sua vida. Mas, é claro, havia uma condição: a casa e o apartamento deixariam de estar disponíveis se ela voltasse a se casar, e o pagamento dos rendimentos anuais também seria suspenso. Os 10 milhões pagos por ocasião da morte de seu marido haviam acabado há anos, perdidos, em sua maioria, naquele investimento infeliz, Elaine pensou amargurada. Não fosse por isso, agora teria muitos milhões a mais.

Cometera um erro tentando convencer Peter a não se casar com Kay, ela refletiu, preocupada, enquanto vestia calça comprida e um suéter de cashmere. Agora, ela pode usar esse argumento contra mim. Acho que devia ter ido visitá-los quando voltaram da lua de mel, mas não me senti animada com ideia de ver outra mulher reinando na mansão.

Elaine ligou novamente a televisão. De acordo com o boletim de notícias, Peter seria levado à corte às 15 horas para a acusação formal. Ela pegou o telefone. Quando Kay atendeu, Elaine começou:

— Kay, querida, estou absolutamente devastada por você e por Peter. Quero ir com você à audiência de acusação.

Kay respondeu instantaneamente à manifestação de preocupação e solidariedade.

— Não, não precisa ir à audiência — disse ela. — Mas, presumindo que Peter de fato possa voltar para casa hoje depois do pagamento da fiança, seria ótimo se você e Richard pudessem vir jantar conosco. Vou convidar Vincent para vir também. Acho que Peter precisa olhar em volta de sua mesa e sentir que pode contar com pessoas que o amam e o defendam.

Então, Kay não se conteve e chorou.

— Tenho tanto medo por ele, Elaine! Muito medo. E sei que você também está apreensiva e temerosa.

— Kay, eu faria qualquer coisa, qualquer coisa, qualquer coisa no mundo para ajudar Peter. Vejo vocês mais tarde, hoje à noite, querida.

Elaine desligou o telefone. Ah, Kay, se você soubesse o que já fiz para ajudar Peter, ela pensou.

25

— Tem certeza de que realmente quer ir, Sra. Althorp? — perguntou Nicholas Greco novamente. — Está muito frio lá fora.

— Já disse isso a ela, Sr. Greco — lamentou Brenda, a governanta. Com o rosto crispado pela preocupação, ela ajudava Gladys a vestir um casaco pesado.

— Já disse que vou à audiência de acusação pelo assassinato de Susan, e não quero mais ouvir qualquer argumento contrário a minha decisão. Sr. Greco, vamos em meu carro. Meu motorista poderá nos deixar bem perto da entrada do fórum.

Quando ela diz que não quer mais ouvir argumentos, está falando sério, Greco pensou. Ele viu que Brenda ainda pretendia protestar, mas balançou a cabeça para indicar que seria inútil.

O motorista estava esperando do lado de fora, segurando um guarda-chuva aberto. Sem dizer nada, Greco e ele seguraram cada um em um braço da frágil senhora e a ajudaram a entrar no automóvel. Quando já estavam a caminho do fórum, Gladys perguntou ao detetive particular:

— Sr. Greco, diga-me como é uma audiência desse tipo. É algo muito demorado?

— Não. Peter Carrington será apresentado ao juiz com seus advogados. Ele está esperando pela audiência em uma cela dentro do fórum, e a promotoria vai ler as acusações que tem contra ele.

— Como ele estará vestido?

— Com o uniforme da penitenciária.

— E estará algemado?

— Sim, certamente. Depois da leitura das acusações, o juiz vai perguntar a ele como se declara perante o caso. O advogado responderá pelo cliente, o Sr. Peter Carrington. E, é claro, dirá que ele é inocente.

— Sim, eu não esperava outra coisa — confessou Gladys com tristeza.

Greco notou que a mulher mordia o lábio para impedi-lo de tremer.

— Sra. Althorp — disse ele apreensivo —, isso não vai ser fácil. Seria melhor se pudesse contar com a companhia de alguém de sua família.

— Meus filhos não chegariam a tempo. Os dois moram na Califórnia. Meu marido já estava saindo de casa para ir a Chicago quando recebemos a notícia da prisão de Peter Carrington. Mas... sabe de uma coisa, Sr. Greco? De certa forma não lamento estar sozinha hoje, sem ninguém de minha família. Ninguém sofreu tanto quanto eu pela morte de Susan ao longo de todos esses anos. Éramos muito próximas. Fazíamos muitas coisas juntas. Desde que era criança, ela sempre gostou de me acompanhar nas visitas aos museus, ou nas apresentações de balé e na ópera. Ela se formou em artes, como eu. Quando escolheu esse curso, Susan brincou dizendo que teríamos mais uma coisa em comum. Como se não houvesse o suficiente! Ela era linda, inteligente, doce, amorosa, enfim... um ser humano perfeito. Charles e os meninos irão ao julgamento de Peter Carrington. Eu já não estarei aqui para testemunhar esse momento. Hoje é meu dia de representá-la no tribunal. Minha única chance. Tenho a sensação de que Susan também estará lá em espírito. Acha que isso é absurdo?

— Não, não é nada absurdo — respondeu Greco sem hesitar. — Já compareci a muitos julgamentos, e a presença da vítima é sempre sentida pelos parentes e amigos que testemunham sobre o caso. Hoje, quando a acusação formal de assassinato for lida, todos na sala do fórum estarão pensando nas fotos de Susan que viram nos jornais. Ela estará viva nos pensamento dessas pessoas.

— Jamais poderá saber com precisão quanto sou grata por ter localizado Maria Valdez. A declaração dela, e a cópia do cheque emitido pelo pai de Peter, certamente serão provas suficientes para garantir a condenação de Carrington.

— Acredito que Carrington será condenado — opinou Greco. — Tem sido uma honra poder ajudá-la, Sra. Althorp, e espero que depois de hoje possa ter um pouco mais de paz.

— É o que eu também espero. — Ela se reclinou no assento e fechou os olhos, obviamente exausta. Vinte minutos depois o carro era estacionado na porta do fórum.

26

Apesar de estar usando um pesado sobretudo, Conner Banks se sentia gelado enquanto corria do estacionamento para o prédio do Fórum de Bergen County em Hackensack, Nova Jersey. O estacionamento estava lotado, e a vaga que finalmente conseguira encontrar era muito longe da entrada do edifício.

Ele começou a andar ainda mais depressa, e Walter Markinson, já com o rosto molhado pela chuva gelada, irritou-se:

— Vá mais devagar. Não tenho o hábito de correr 4 quilômetros todas as manhãs, como você.

— Desculpe.

— Teria sido ótimo se tivesse lembrado de trazer um guarda-chuva.

— Sinto muito.

No trajeto de Manhattan até ali, eles haviam discutido quais seriam as palavras mais adequadas para a declaração que dariam à imprensa. "O Sr. Carrington é inocente dessa acusação, e sua inocência será demonstrada no tribunal." Ou "Nosso cliente tem sustentado de forma consistente sua inocência. O caso contra ele é baseado em suposições, insinuações e na declaração de uma mulher que após 22 anos decide modificar o depoimento dado sob juramento."

Pela maneira como o caso se desenvolvia, podiam estar defendendo Jack, o Estripador, Conner pensou desanimado. Jamais estivera envolvido em um circo como esse que a mídia conseguira montar em torno de Carrington.

Ele participara de casos proeminentes julgados naquele mesmo tribunal, pensou, finalmente aliviado por estarem sob o teto do edifício e protegidos da chuva. Lembrava, por exemplo, o caso de um homem chamado Shoemaker, aquele sujeito da Filadélfia que perambulava pelas ruas de Bergen County atacando mulheres, levando com ele o filho de 12 anos. Sua última vítima, aquela que ele matara, foi uma enfermeira de 20 anos que o surpreendeu enquanto ele roubava a casa de um homem inválido que morava ali e era seu paciente. E não podia esquecer o caso Robert Reldan. Aquele homem, bonito e de boa família, era uma espécie de precursor de Peter Carrington. Ele sequestrou e matou duas mulheres jovens. Durante seu julgamento, atacou o oficial de plantão que removia suas algemas para conduzi-lo à sala de audiências, pulou pela janela, roubou um carro e teve cerca de trinta minutos de liberdade. Agora, vinte ou trinta anos depois, Shoemaker estava morto e Reldan ainda apodrecia na prisão.

E é muito provável que Peter Carrington passe o resto da vida com ele, Banks pensou.

A audiência seria realizada na sala do juiz Harvey Smith no fórum. Esse juiz era o mesmo que havia assinado a ordem de prisão contra Peter Carrington. Como Banks já esperava, quando ele e Markinson entraram, a sala já estava cheia de espectadores e representantes da mídia. As câmeras da televisão focalizavam uma mulher sentada no meio da sala. Desanimado, ele reconheceu Gladys Althorp, a mãe da vítima.

Banks e Markinson dirigiram-se para a frente do salão.

Faltavam apenas vinte minutos para as 15 horas, mas Kay Carrington já estava ali, no primeiro banco, sentada ao lado de Vincent Slater. Para surpresa de Banks, ela vestia um agasalho de corrida. A razão para sua estranha escolha de vestuário logo ficou clara para o jovem advogado. Slater havia contado que Carrington se preparava para sair para correr com a esposa quando recebeu a visita dos policiais com o mandado de prisão. Então, quando a fiança fosse estabelecida e paga, e ele pudesse voltar para casa sem o uniforme da penitenciária, Carrington certamente vestiria o agasalho de corrida. Kay queria apresentar ao público e à Justiça uma imagem de perfeita união.

A expressão sempre carrancuda de Markinson se modificou para uma face paternal e benevolente. Com as sobrancelhas unidas e os olhos transbordando compreensão, ele tocou o ombro de Kay e disse em tom reconfortante:

— Não se preocupe. Vamos dilacerar aquela tal de Valdez quando a pusermos sentada no banco das testemunhas.

Kay sabe que a situação é muito difícil, Banks pensou. Walter não devia subestimar a inteligência da jovem mulher. Ele julgou ter visto um lampejo de raiva nos olhos de Kay quando ela encarou Markinson.

Com voz baixa e contida, Kay respondeu:

— Walter, não preciso de conforto nem de promessas vazias. Sei bem o que estamos enfrentando. O que também sei é que existe alguém por aí que realmente matou aquela garota, alguém que deveria estar aqui agora no lugar do meu marido. Peter é inocente. Ele é incapaz de fazer mal a outro ser humano. Quero sentir que você também acredita nisso.

"Abençoados são aqueles que não viram e acreditam." As palavras da Escritura passaram pela mente de Conner Banks quando ele cumprimentou Kay e Vincent.

— Ele vai estar em casa hoje à noite, Kay — disse Conner a ela. — *Isso* eu posso lhe prometer.

Ele e Markinson ocuparam seus lugares. Atrás deles Banks podia ouvir o movimento crescendo na sala, cada vez mais cheia. Era de se esperar. Esse era o tipo de caso de grande repercussão que atraía enormes plateias, inclusive os funcionários do fórum.

— Todos em pé — anunciou o escrivão.

As pessoas se levantaram, e o juiz adentrou o recinto vindo de sua sala. Ele se acomodou na cadeira atrás da mesa imponente sobre um tablado. Ao tomar conhecimento de quem presidiria a audiência de denúncia e acusação, Banks tratara de fazer sua lição de casa. Ele descobriu que o juiz Harvey Smith era conhecido por ser justo, mas duro na atribuição de sentenças. O melhor que podiam fazer por Carrington seria protelar os procedimentos o quanto fosse possível, porque, uma vez condenado, ele iria diretamente para a cadeia, Banks refletiu. Depois de ser libertado pelo pagamento da fiança, pelo menos ele vai poder dormir na própria cama até o julgamento se concluir.

O caso de Peter Carrington não era o único sobre a mesa: havia outros detidos aguardando denúncia. O escrivão leu as acusações na medida em que, um a um, os suspeitos iam sendo colocados no centro da sala. Eram casos comparativamente pequenos, Banks pensou. O primeiro homem era acusado de passar cheques sem fundos. O segundo furtava em lojas.

Peter Carrington foi o terceiro acusado da tarde. Quando foi levado para a sala, vestindo seu macacão laranja e usando algemas, Banks e Markinson se levantaram e se posicionaram cada um de um lado do cliente.

A promotora Krause leu a acusação contra Carrington. Câmeras giravam e clicavam ruidosas no silêncio do tribunal enquanto, olhando diretamente para o juiz, com expressão grave e voz firme, Peter se pronunciou:

— Inocente.

Para Banks, era evidente que Barbara Krause salivava diante da possibilidade de atuar pessoalmente naquele caso. Quando a fiança estava prestes a ser estabelecida, ela pediu licença para dirigir-se ao juiz:

— Excelência, esse é um réu que dispõe de meios e recursos ilimitados. É altamente provável que depois de pagar a fiança ele desrespeite as imposições e saia do país. Solicitamos que a fiança seja proporcional aos recursos do réu; que seu passaporte seja confiscado; que ele seja obrigado a usar uma pulseira eletrônica com rastreador o tempo todo; que seja confinado à própria casa e ao terreno que a cerca e que suas saídas sejam limitadas a serviços religiosos, visitas ao médico, reuniões com seus advogados, e que essas visitas só ocorram depois de notificação formal e permissão pelo monitor de sua pulseira eletrônica.

Ela não ia ser uma oponente fácil, Banks pensou olhando para Krause.

O juiz olhou para Peter ao falar:

— Entendo, Sr. Carrington, que com sua grande riqueza não vai fazer nenhuma diferença se eu estabelecer a fiança em 1 dólar ou 25 milhões de dólares. Sendo assim, determino a fiança em 10 milhões de dólares. — Ele reviu a lista de condições redigida pela promotoria e aprovou todas elas.

— Excelência — disse Peter em voz alta e clara —, acatarei sem nenhuma hesitação todas as condições da fiança. Posso lhe assegurar que estou ansioso para limpar meu nome em um julgamento e acabar com todo esse horror que se abateu sobre mim e minha esposa.

— *Sua esposa? E quanto à esposa que você afogou? E ela?*

As palavras foram gritadas com uma força evidente em cada sílaba.

Como todas as pessoas na sala, Banks se virou rapidamente. Um homem bem-vestido estava em pé entre os bancos da área central, seu rosto contorcido pela raiva, o punho cerrado batendo no encosto do banco da frente.

— Grace era minha irmã! Ela estava grávida de sete meses e meio, e você matou a criança que nossa família nem pôde conhecer. Grace não bebia quando se casou com você. Você a levou à depressão. Depois se livrou dela porque não queria correr o risco de ter um filho deficiente. Assassino! Assassino! Assassino!

— Retirem esse homem da sala! — ordenou o juiz Smith. — Levem-no imediatamente! — Ele batia com o martelo na mesa. — Silêncio nesta corte!

— Você matou minha irmã! — O irmão de Grace Carrington continuava gritando de modo desafiador enquanto era levado para fora da sala.

Um silêncio tenso seguiu-se à cena. Um silêncio que, segundos depois, foi interrompido pelos soluços angustiados de Gladys Althorp, que continuava sentada com o rosto oculto pelas mãos.

27

ERAM 18 HORAS, E JÁ ESTAVA COMPLETAMENTE ESCURO quando eles finalmente chegaram em casa. Ainda chovia torrencialmente. Um oficial de polícia montava guarda na área delimitada por cordas dentro da propriedade, um trecho do terreno que os cachorros ainda não haviam farejado.

Graças à ação rápida de Vincent, Peter não foi forçado a passar a noite na prisão. Assim que telefonei para dizer a ele que Peter havia sido preso, ele providenciou para ter disponível a fiança imediatamente, fosse qual fosse a quantia estabelecida pelo juiz. Tudo que ele teve de fazer foi emitir por telefone uma ordem para uma agência bancária próxima do fórum em Hackensack, ordenar a emissão de um cheque administrativo no valor de 10 milhões de dólares, ir retirá-lo e retornar ao fórum para entregá-lo à tesouraria, que emitia o recibo para a ordem de soltura.

Enquanto ele estava fora, no banco, e nós esperávamos para levar Peter para casa, eu obtive permissão para permanecer com Conner Banks e Walter Markinson na sala vazia da corte presidida pelo juiz Smith. Creio que eles estavam quase tão abalados e assustados quanto eu com o ataque de Philip Meredith, irmão de Grace. Depois, como se não bastasse, ainda tivemos de assistir ao lamentável espetáculo das lágrimas de Gladys Althorp. A expressão de Peter não teria sido mais sofrida se ele fosse esfolado vivo.

Eu disse isso a Markinson e Banks.

Eles manifestaram a preocupação de que, aos olhos de todos os presentes na corte, tudo que havia acontecido fosse prejudicial a Peter, e me preveniram de que a mídia faria uma cobertura absolutamente terrível do evento. Nem mesmo Markinson teve coragem de me consolar com seus comentários otimistas e seu ar paternal.

Então, Conner Banks me fez uma pergunta que me pegou absolutamente de surpresa:

— É do seu conhecimento se algum membro da família Meredith alguma vez ameaçou processar Peter pela morte de Grace?

Eu reagi chocada.

— Não — respondi imediatamente. Mas me corrigi em seguida. — Bem, não que eu saiba. Peter nunca me disse nada nesse sentido.

— Serei cínico — disse ele. — Philip Meredith pode ser um irmão em busca do que considera ser justiça ou pode estar querendo arrancar alguma coisa de Peter. Um acordo vantajoso, entende? Na verdade, eu apostaria nas duas coisas. Ele certamente sabe que a última coisa de que Peter precisa agora é outra batalha judicial se desenrolando ao mesmo tempo, em paralelo ao julgamento por assassinato.

Quando Peter foi libertado, Markinson e Banks conversa ram com ele por alguns minutos antes de voltarem para Nova York. Eles sugeriram que meu marido tentasse descansar o máximo possível e disseram que iriam vê-lo em casa no dia seguinte, no início da tarde.

Segurando a mão de Peter, eu senti de repente a pulseira eletrônica em seu pulso. Caminhamos juntos pelo longo corredor para o carro que nos aguardava. Eu havia esperado ingenuamente que não houvesse nenhum jornalista quando finalmente deixássemos o edifício do fórum. Estava enganada, é claro. Eles estavam lá, em grande número. Eu me peguei tentando adivinhar se aquelas eram as mesmas pessoas que haviam filmado Peter indo preso naquela manhã, ou se o grupo de repórteres e fotógrafos de agora era outro.

Eles começaram a gritar suas perguntas:

— Sr. Carrington, tem alguma coisa a dizer sobre...?

— Kay, você chegou a conhecer...?

Vince estava em pé ao lado do carro, com a porta aberta. Nós corremos para dentro do veículo, ignorando todas as questões. Quando finalmente partimos e nos afastamos dos repórteres, Peter e eu nos abraçamos. Mal conversamos no trajeto até a mansão.

Peter subiu diretamente para o quarto. Ele não precisava me dizer que queria tomar um banho e mudar de roupa. Tenho certeza de que, depois da experiência de permanecer no interior de uma cela, era uma necessidade física sentir muitos litros de água quente escorrendo por seu corpo.

Vincent ficaria para jantar conosco. Alegando ter que dar alguns telefonemas de negócios, ele se retirou para o escritório que mantinha na mansão.

Eu me dirigi à cozinha. Já estava pensando que nada poderia me animar, mas o cheiro delicioso da carne de panela sobre o fogão me encheu de ânimo, se não por outra razão, ao menos por saber que esse era o prato preferido de Peter. Senti uma profunda gratidão pela consideração de Jane Barr, pela lembrança carinhosa e pela delicadeza de preparar o prato essa noite.

Gary Barr estava na cozinha, assistindo à televisão. Ele a desligou assim que me viu entrar, mas não foi rápido o suficiente. Eu tive tempo de ver que Philip Meredith estava sendo entrevistado. Por um momento me senti tentada a ligar o aparelho e ouvir o que ele dizia, mas logo mudei de ideia. O que quer que fosse, já ouvira mais do que queria daquele homem.

— Onde quer que eu sirva os coquetéis, Sra. Carrington? — perguntou Gary.

Eu havia quase esquecido que convidara Elaine e Richard para jantar conosco.

— Na sala da frente, acho.

Elaine e eu não havíamos acertado um horário, simplesmente porque não sabíamos a que horas Peter estaria em casa, mas, quando eu estive ali para jantar antes de me casar com Peter, as bebidas foram servidas por volta das 19 horas.

Corri para ir tomar uma ducha e me vestir. Por um instante estranhei que Peter houvesse fechado a porta da sala de ligação para o quarto dele, depois imaginei que ele devia estar deitado, descansando um pouco. Era tarde, mas resolvi lavar o cabelo. O espelho me mostrou que eu estava pálida e com aparência cansada, por isso dediquei um cuidado todo especial à maquiagem, aplicando sombra, rímel, um toque de blush e batom. Sabia que Peter gostava de meu cabelo solto, por isso decidi deixá-lo sobre os ombros naquela noite. Escolhi minha calça de veludo preto e uma blusa de seda estampada, uma combinação que considerei bem animada, embora não tivéssemos nenhum motivo para isso.

Quando terminei de me arrumar, Peter ainda mantinha a porta fechada. Temendo que ele tivesse adormecido, atravessei a saleta e abri a porta do quarto dele com cuidado, tentando não fazer barulho. Surpreendi-me ao ver Peter parado ao lado da cama, com uma expressão aturdida no rosto, olhando para uma mala aberta.

— Peter? O que é isso? — Eu corri para ele.

Ele agarrou meus braços.

— Kay, quando subi para tomar banho, eu me deitei para descansar um pouco. Só queria repousar por uns minutos, mas acho que acabei adormecendo. Sei que estava sonhando que ia para algum lugar, e de repente acordei. E olhe...

Ele apontava para o interior da mala. Havia ali meias e cuecas empilhadas numa ordem perfeita.

Naqueles quarenta minutos desde que voltamos para casa, ele tivera outro episódio de sonambulismo.

28

Às 19 horas Nicholas Greco estava jantando tranquilamente com sua esposa, Frances, na casa do casal em Syosset, Long Island. Normalmente, ela não teria feito perguntas sobre o caso em que o marido trabalhava, mas, depois de ter visto o jornal das 18 horas na televisão com aquela matéria sobre a audiência de denúncia de Peter Carrington, queria saber todos os detalhes do que havia acontecido no fórum.

Frances havia preparado o prato preferido do marido, uma salada verde com caçarola de macarrão e queijo, e ainda servira presunto assado. Greco compreendeu que, por maior que fosse a vontade de deixar para trás aquele dia horrível, ainda teria de discutir com a esposa suas impressões sobre tudo que vira e ouvira naquela audiência.

— Se eu estivesse no lugar dos advogados de Carrington, tentaria um acordo de apelação — disse ele. — Aquela explosão do sujeito na sala da corte deixou uma impressão profunda nas pessoas que a presenciaram. Pelo que pude entender, Philip Meredith não é homem de grandes demonstrações emocionais. Pedi para Beth fazer uma pesquisa rápida no escritório enquanto eu voltava para casa, e ela me informou que Meredith mora na Filadélfia, o mesmo lugar onde a família dele vive há gerações. A história familiar é impecável, mas não há muito dinheiro. Ele e a irmã, Grace, foram bolsistas na faculdade. Philip é um executivo de nível médio em uma companhia de marketing, é casado com a namorada de adolescência, tem três filhos, dois deles na faculdade. Atualmente, tem 48 anos, e a irmã era seis anos mais jovem que ele.

Frances passou a caçarola de macarrão para o marido.

— Coma mais um pouco. Aposto que não comeu bem com essa história de ir a Lancaster.

Greco sorriu para ela e, mesmo sabendo que não devia, serviu-se de mais uma porção. Aos 55 anos, Frances ainda tinha exatamente o mesmo peso de trinta anos atrás, quando ela era uma jovem de 25. Seu cabelo ainda era loiro, da mesma tonalidade de antes, mas agora, é claro, a coloração recebia a ajuda de um profissional competente que Frances visitava regularmente. Mesmo assim, na opinião do carinhoso marido, ela não havia mudado muito nas últimas três décadas.

— Li sobre como o corpo de Grace Carrington foi encontrado na piscina da mansão — comentou Frances entre uma mordida e outra de pão. — Eram muitas as histórias em torno disso há quatro anos, quando aconteceu a tragédia. A revista *People* divulgou uma ampla cobertura dos fatos. Eu me lembro de que o repórter mencionou em seu artigo que Peter Carrington era uma "pessoa de interesse" no caso do desaparecimento de Susan Althorp. Mas, naquele tempo, tenho quase certeza de que a família de Meredith deu uma declaração dizendo que a morte de Grace não era um mistério, mas uma tragédia. Por que acha que agora, depois de tanto tempo, o irmão resolveu aparecer fazendo acusações?

Nicholas Greco teria adorado conduzir a conversa em outra direção, mas se lembrou de que, como no caso da silhueta e da cor do cabelo, Frances também não havia mudado com relação a sua curiosidade inata.

— Pelo que entendi, os pais de Grace Carrington também estavam muito aborrecidos por ela beber tanto, e gostavam muito de Peter. Na época, eles não suspeitaram de nada, mas agora que o pai de Grace está morto, e a mãe está em uma clínica para idosos sofrendo de Alzheimer, Philip Meredith pode ter decidido que chegou a hora de expressar seus sentimentos.

— Bem, se você não tivesse localizado Maria Valdez, a audiência de denúncia de hoje à tarde não teria ocorrido — observou Frances. — Espero que a Sra. Althorp reconheça que você foi capaz de fazer o que ninguém mais fez.

— Maria havia simplesmente desaparecido quando o gabinete da promotoria tentou encontrá-la para interrogá-la novamente. O homem com quem trabalhamos nas Filipinas acionou alguns antigos informantes, e descobriu que ela fez contato com uma prima distante. Foi muita sorte termos encontrado essa mulher.

— De qualquer maneira, a acusação da Sra. Althorp contra Peter Carrington na revista *Celeb* foi ideia sua. Todas as minhas amigas concordam sobre ele poder processá-la por isso. Se não houvesse localizado Maria Valdez, ainda teria feito Peter Carrington responder a um interrogatório sob juramento. Tenho certeza de que ele teria se complicado de alguma forma.

Ele teria? Greco não tinha tanta certeza. Ainda havia uma parte do quebra-cabeça que não encaixava: a bolsa que desaparecera. Susan a levara ao descer do carro de Carrington? Por alguma razão, a pergunta persistia em sua mente.

— Obrigado por ser minha maior fã, meu bem — disse ele à esposa. — Agora, se não se importa, vamos falar sobre outra coisa.

O telefone tocou. Frances foi atender e voltou com o aparelho quando o terceiro toque já ecoava na cozinha.

— Não reconheço o número — disse ela.

— Deixe a secretária eletrônica atender — disse Greco.

A mensagem começou em seguida:

— Sr. Greco, aqui é Philip Meredith. Sei que esteve na audiência de hoje com a Sra. Althorp. Estive conversando com ela. Gostaria muito de contratá-lo para investigar a morte de minha irmã, Grace Meredith Carrington. Sempre acreditei que ela foi assassinada pelo marido, Peter Carrington, e, se for possível, quero que encontre evidências que sustentem essa minha crença. Espero que retorne minha ligação. Meu número é...

Greco tirou o aparelho da mão da esposa e apertou a tecla para atender ao chamado.

— Alô, Sr. Meredith. Aqui é Nicholas Greco — disse ele.

29

Se alguém espiasse pela janela naquela noite e nos visse bebendo coquetéis na sala principal da mansão certamente pensaria que somos pessoas de muita sorte. Peter e eu não revelamos nada sobre o breve episódio de sonambulismo, e estávamos sentados lado a lado no sofá diante da lareira. Elaine e o filho dela, Richard Walker, ocupavam as poltronas laterais, e Vincent Slater, que preferia sempre uma cadeira de encosto reto, levou uma para perto do grupo.

Gary Barr servia as bebidas. Peter e eu bebíamos vinho, enquanto os outros escolheram coquetéis variados. Sem que ninguém pedisse, Gary havia fechado as portas de correr que separavam o salão em dois ambientes, tornando aquele em que estávamos muito mais íntimo, se é que se pode chamar assim uma sala de 8 metros de comprimento.

Em nossa lua de mel, Peter havia me dito que queria que eu contratasse um decorador para modificar tudo que eu desejasse e trocar os móveis da casa. Ele raramente falava sobre Grace, mas eu me lembro de um comentário que fez sobre a primeira esposa relacionado a decoração.

— Quando Elaine era casada com meu pai, não poupou esforços para redecorar a mansão, e devo admitir que ela sabia o que estava fazendo. Elaine contratou um excelente profissional. É claro que, nesse processo, ela causou um verdadeiro rombo nos cofres da família. Você deveria ter ouvido meu pai reclamar das contas. Grace não mudou realmente nada. Ela preferia ficar no apartamento de Nova York. Durante os oito anos em que fomos casados, ela ficou a maior parte do tempo lá.

Tudo isso passava por minha cabeça enquanto bebíamos confortavelmente naquela sala adorável, olhando para o fogo na lareira. Elaine estava linda como sempre, cuidadosamente maquiada, com os olhos azuis cheios de solidariedade e muito amorosos quando fitava Peter.

Eu gostava de Richard Walker. Ele não era bonito no sentido tradicional, mas havia nele um magnetismo que certamente atraía as mulheres. Exceto pelos olhos, jamais se poderia imaginar que, com aquele porte atlético e traços angulosos, ele havia saído do útero de Elaine Walker Carrington. Peter me contara que o pai de Richard, o primeiro marido de Elaine, havia nascido na Romênia e se mudara para os Estados Unidos com os pais quando tinha 5 ou 6 anos. Ele havia anglicizado o próprio nome ao ingressar na faculdade, e era um empresário bem-sucedido na época do casamento com Elaine.

— Elaine nunca teria se casado com um homem que não tivesse muito dinheiro — me dissera Peter —, mas ela teve muita sorte nos dois matrimônios. Pelo que sei, o pai de Richard era um homem inteligente e encantador, mas jogava demais e apostava tudo que tinha. O casamento não durou muito tempo, e ele morreu quando Richard era adolescente. Depois Elaine se casou com meu pai, que era um homem tão frugal que os amigos dele costumavam brincar dizendo que ele ainda guardava sua primeira moeda.

Evidentemente, Richard herdara as características físicas do pai, e também parte de seu lendário charme, suponho. Enquanto saboreávamos nossos drinques, ele nos contou como foi a primeira vez em que esteve na mansão para jantar, e como o pai de Peter o impressionou.

— Peter era calouro em Princeton, Kay — falou ele —, por isso estava sempre longe, na escola. Eu havia me formado recentemente em Columbia e tinha meu primeiro emprego na Sotheby's. O pai de Peter não ficou impressionado. Ele me ofereceu uma vaga de estágio em uma das divisões da Carrington. Não me lembro do nome agora.

Vincent Slater, que certamente não apreciava a arte da conversa, começou a rir.

— Deve ter sido na divisão de corretagem. Foi onde eu comecei.

— Enfim, não importa, porque recusei a oferta — prosseguiu Richard —, e aquele foi o começo do fim de um lindo relacionamento. Seu pai sempre achou que eu estava desperdiçando meu tempo, Peter.

— Eu sei. — Peter também sorriu, e eu percebi que a tentativa de Richard de diverti-lo e distraí-lo da sombria realidade daquele dia estava funcionando, pelo menos um pouco.

Fomos jantar, e me senti bem por ver Peter apreciar a carne de panela de Jane dizendo:

— Não pensei que estivesse com fome, mas isso parece muito bom.

Enquanto comíamos, Richard falou sobre sua primeira volta de reconhecimento pela mansão.

— Seu pai me disse para ir dar uma olhada — relatou ele, rindo. — Ele me falou sobre a capela, e eu fui até lá para vê-la. É incrível pensar que um sacerdote realmente morou ali no século XVII. Eu me lembro de ter pensado que o lugar podia ser assombrado. O que acha, Kay?

— Na primeira vez que vi a capela, eu tinha 6 anos — respondi. Notando sua expressão de surpresa, expliquei: — Contei a Peter sobre essa ocasião na noite em que minha avó caiu, depois da recepção. Ele ficou comigo no hospital, depois me levou para casa, e nós conversamos muito.

— Sim, Kay era uma criança muito aventureira — confirmou Peter.

Ele hesitou, e senti que não queria falar sobre meu pai. Decidi tornar a situação mais fácil para ele.

— Meu pai veio para verificar a nova iluminação. Era um sábado. Naquela noite, havia muitos convidados chegando para um jantar. Ele me deixou sozinha por um tempo, e aproveitei para explorar o lugar.

O clima na mesa mudou. Eu sabia que havia tropeçado em algum segredo relacionado à noite em que Susan Althorp desaparecera. Tentando distrair as pessoas da tensão sem mudar de assunto, continuei:

— Estava tão frio e tão úmido dentro da capela que pensei em sair sem sequer olhar algo ali, mas então ouvi pessoas se aproximando e me escondi entre os bancos.

— É mesmo? — Vincent Slater se interessou. — E alguém a encontrou?

— Não. Eu fiquei ajoelhada, com o rosto escondido entre as mãos. Sabe como as crianças são ingênuas... Se não posso ver você, você também não pode me ver.

— Então, ficou espiando um casal de amantes — deduziu Vincent.

— Não. Aquelas pessoas estavam discutindo sobre dinheiro.

Elaine começou a rir, um som sarcástico e áspero.

— Peter, seu pai e eu passamos aquele dia inteiro discutindo por causa de dinheiro, e acho que discutimos em todos os cômodos da casa. — Ela balançou a cabeça. — Mas não me lembro de termos ido à capela.

— A mulher prometia ao homem que aquela seria a última vez. — Eu estava desesperada para mudar de assunto.

— É uma promessa que eu mesma fiz muitas vezes — confessou Elaine.

— Bem, certamente não é importante. Eu nem teria me lembrado disso, se Richard não houvesse mencionado a capela.

Gary Barr estava em pé atrás de mim, pronto para servir vinho em minha taça. Um instante depois, para seu horror e meu total espanto, o vinho descia por meu pescoço.

30

Conforme Barbara Krause havia prometido a Tom Moran, na noite seguinte à audiência de denúncia eles foram jantar e comemorar no Stone Hill Inn, um de seus restaurantes favoritos em Hackensack. Enquanto saboreavam cordeiro, eles discutiam a súbita aparição e explosão emocional de Philip Meredith naquela tarde.

— Sabe, se pudéssemos convencer Carrington a admitir o assassinato da esposa e o de Susan Althorp, eu até poderia pensar em oferecer a ele um acordo — disse Krause repentinamente.

— Pensei ter ouvido você dizer que essa era a última coisa que faria, chefe — comentou Moran.

— Sim, e ouviu. Mas, por mais que goste de pensar que vamos conseguir uma condenação no caso Althorp, nada é certo. Ainda temos o fato de Maria Valdez ter alterado seu depoimento. E Carrington tem a melhor equipe de defesa que o dinheiro pode comprar. Não vai ser fácil.

Moran concordou:

— Eu sei que não. Vi dois dos advogados com Carrington hoje à tarde. O que eles recebem por um dia de trabalho cobriria os custos de aparelhos ortodônticos dos meus filhos.

— Muito bem, vamos falar mais sobre isso — decidiu Krause. — Se ele aceitar o acordo e reconhecer que matou a esposa e Susan, podemos propor trinta anos, sem condicional, com sentenças concorrentes. Vamos encarar os fatos, Moran, não temos o suficiente para acusá-lo da morte da esposa agora, mas ele sabe que outras evidências podem surgir. Peter Carrington recuperaria a liberdade com pouco mais de 70 anos e ainda teria muito dinheiro. Se ele aceitar essa oferta, nós teremos as condenações e, presumindo que ele viverá tanto tempo, ainda terá esperança de ver a luz do dia fora das grades. Você sabe muito bem que eu adoraria levar esse caso a julgamento, mas há outra questão.

— Qual?

— No momento, estou pensando nas famílias das vítimas. Você viu e ouviu duas dessas pessoas hoje. A Sra. Althorp não vai viver para presenciar o julgamento, mas se Carrington confessar, ela provavelmente o verá recebendo a sentença. E se ele confessar, teremos aberto as portas para processos civis.

— Não creio que os Althorp precisem de dinheiro — Moran opinou sem nenhuma emoção.

— Eles são milionários pobres — argumentou Barbara Krause. — Não acha essa denominação encantadora? Aplica-se a qualquer um com menos de 5 milhões de dólares. Li isso em alguma revista. Um processo civil poderia significar uma contribuição significativa em nome de Susan para um hospital ou para a faculdade em que ela estudou. Pelo que sei sobre Philip Meredith, ele nunca despertou o entusiasmo do mundo, e tem três filhos para sustentar.

— Então, está falando sério sobre oferecer um acordo aos advogados de Carrington? — perguntou Moran surpreso.

— Digamos que estou pensando muito nisso. É como "assumir o compromisso de pensar num compromisso". De qualquer maneira, o cordeiro estava delicioso. Que se danem as calorias. Já que estamos aqui... Vamos pedir a sobremesa.

31

SEI QUE AQUELE JANTAR AJUDOU PETER A RELAXAR UM pouco. Assim que terminamos, fomos tomar café na biblioteca. Logo após, os outros se levantaram para partir. Às vezes Richard passava a noite na casa de Elaine, mas ele nos disse que estava a caminho de Manhattan para um drinque, depois do teatro, com uma jovem artista, no Carlyle.

— Acho que ela é muito talentosa — comentou Richard —, e também é muito bonita, devo acrescentar. É raro que essas duas características estejam na mesma pessoa.

— Só não se apaixone, Richard — aconselhou Elaine com sarcasmo. — E se decidir oferecer uma recepção para ela na galeria, deixe que *ela* pague pelo champanhe.

Ao ouvir esse comentário, Vincent ergueu as sobrancelhas para Peter, que respondeu com um esboço de sorriso. Peter e eu acompanhamos os três até a porta. O carro de Richard e o de Vincent estavam estacionados bem em frente à mansão. Os homens abriram guarda-chuvas, e Elaine segurou no braço do filho quando eles correram pela escada para o automóvel.

Peter trancou a porta depois de acenar para todos, e o casal já caminhava para a escada quando Gary Barr apareceu no hall.

— Sra. Carrington, estamos indo embora. Mais uma vez, quero dizer o quanto lamento por sua blusa. Não consigo acreditar que fui tão desastrado. Não me lembro de ter causado outro acidente como esse em todos os anos desde que comecei a servir mesas.

É claro, quando senti o vinho caindo sobre mim, aceitei as desculpas de Gary, subi e troquei de blusa rapidamente. Creio que Peter já estava farto de tantas justificativas, porque, antes que eu pudesse dizer mais uma vez que estava tudo bem, ele se adiantou e disse a Gary com certa rispidez:

— Acho que a Sra. Carrington já deixou claro que compreende que tudo não passou de um lamentável acidente. Não quero ouvir mais nada sobre isso. Boa noite, Gary.

Até aquele momento eu só tivera oportunidade de vislumbrar lampejos do lado mais formal — e absolutamente formidável — de Peter, e estava, de certa forma, muito feliz por poder vê-lo agora. Os meses seguintes, até o julgamento, seriam humilhantes e assustadores para meu marido. Ele expusera a mim sua vulnerabilidade porque confiava na mulher com quem se casara. Mas naquele momento percebi que o papel que eu estava assumindo, menos de esposa que protetora, não estava à altura da essência daquele homem.

Enquanto subíamos juntos a escada para o quarto, por alguma razão lembrei de uma noite, cerca de dez anos atrás, quando voltei para casa da faculdade. Maggie e eu havíamos assistido na televisão a um filme muito antigo, *Ladrão de casaca*, estrelado por Grace Kelly e Cary Grant. Durante um dos intervalos ela me contou que Grace Kelly havia conhecido o príncipe Rainier quando estava fazendo aquele filme em Mônaco.

— Kay, li muito sobre quando o príncipe foi visitá-la na casa dos pais dela na Filadélfia. Foi quando ele pediu a mão dela em casamento. No dia seguinte, a mãe de Grace Kelly contou a um repórter que Rainier era uma pessoa encantadora, e que era fácil esquecer que ele era um príncipe. Uma colunista social torceu o nariz: "A Sra. Kelly não entende que se casar com um monarca reinante não é o mesmo que se casar com qualquer outro que seja simplesmente um príncipe?"

Hoje eu vira Peter acossado na corte, depois, assustado, parado diante de uma mala que ele não conseguia se lembrar de ter começado a arrumar. E, agora, eu o via como um monarca que se cansara das explicações de um empregado. Quem é o Peter completo?, era o que eu me perguntava enquanto me preparava para ir dormir.

E percebi que não tinha uma resposta.

32

Na manhã seguinte o clima permanecia praticamente inalterado. A temperatura havia subido um pouco, por isso não tínhamos mais a chuva com neve, mas ela continuava constante e intensa. Desanimadora.

— Parece que os cachorros terão mais um dia de folga — observou Moran ao entrar no escritório de Krause alguns minutos depois das 9 horas. — Levá-los para rastrear a propriedade Carrington hoje vai ser perda de tempo.

— Eu sei. Seria um desperdício de dinheiro dos contribuintes — concordou Krause. — Além do mais, não vamos encontrar mais nada lá. Estive examinando as poucas evidências encontradas na mansão e na casa da madrasta de Peter. Tanto trabalho e a busca parece ter resultado em um grande nada. Mas não suponho que se pudesse esperar grandes descobertas depois de 22 anos. Se Peter Carrington foi suficientemente esperto para ter se livrado de uma camisa depois de matar Susan Althorp, é bem provável que ele não tenha mais nenhum motivo para se preocupar.

— Na minha opinião, se houvesse alguma coisa, já a teríamos encontrado na primeira revista — disse Moran dando de ombros.

— Só me interesso por uma coisa. Dê uma olhada nisto. — Krause entregou uma folha de papel a Moran. Era um desenho, o esboço de uma paisagem.

Moran observou os traços cuidadosamente.

— O que tem isto?

— Foi encontrado em uma gaveta de arquivo em um quarto no último andar da mansão. Aparentemente, ao longo dos anos, a família usou dois cômodos ali como sótão, um espaço onde se esconde coisas de que não se quer lembrar. Os rapazes me disseram que é possível mobiliar uma casa inteira com tudo que estava lá. Há sofás, poltronas, tapetes, porcelana, prataria, quadros e objetos variados de todo valor e tipo, inclusive cartas de família que datam do século XIX.

— Aposto que eles nunca ouviram falar em bazar de garagem ou no eBay — comentou Moran. — Ei, espere um minuto! Eu sei o que é isto. É um desenho da área externa da propriedade Carrington. É o lugar onde o corpo da garota foi encontrado, mas há plantas nele.

— Exatamente. Na verdade, é uma cópia do desenho original.

— Então...?

— Veja o nome no canto da folha.

Moran aproximou o papel da luminária sobre a mesa de Barbara Krause.

— Jonathan Lansing! Esse era o paisagista, o cara que se atirou no Hudson pouco tempo depois do desaparecimento de Susan Althorp. Ele era pai da atual Sra. Carrington!

— Isso mesmo. Foi demitido pelos Carrington algumas semanas depois do desaparecimento de Susan, e aparentemente cometeu suicídio. Digo "aparentemente" porque o corpo nunca foi encontrado.

Moran encarou a chefe.

— Não está sugerindo que existe uma ligação entre ele e Susan Althorp, está?

— Não. Não estou. Já temos o cara que matou Susan. O que percebo nesse desenho é que Lansing propôs que a cerca fosse recuada. Olhando para o desenho, tenho a impressão de que ele não pretendia abandonar esse pedaço entre a cerca e a rua. O desenho mostra que plantas deveriam ter sido plantadas do lado de fora da cerca.

— Mas ele foi demitido, e a família se contentou com um pouco de grama — concluiu Moran com sua habitual objetividade.

— Parece que é isso — concordou Barbara Krause. Ela guardou o desenho na pasta com as outras informações do caso. — Não sei... — murmurou, mais para ela mesma do que para Moran. — Não sei mesmo...

33

NA TERÇA-FEIRA DE MANHÃ, UM DIA DEPOIS DA AUDIÊNcia, Philip embarcou no trem que ia de Filadélfia para Nova York. Sabendo que sua foto poderia estar estampada na primeira página dos tabloides, ele tomou a precaução de usar óculos escuros. Não queria ser reconhecido e, talvez, abordado por estranhos. Não queria a compaixão de ninguém. Não voltara a ver Peter Carrington desde o funeral da irmã. Fora à audiência simplesmente pelo prazer de vê-lo algemado e acusado de assassinato. Sua explosão o assustara tanto quanto havia chocado todos os presentes.

Mas, agora que havia aberto um processo, pretendia ir em frente com a acusação. Se Nicholas Greco conseguira encontrar uma testemunha-chave contra Peter Carrington no caso Althorp, talvez também pudesse encontrar alguma evidência incontestável, algo que pudesse provar que Grace também havia sido assassinada.

Ele desembarcou do trem na estação Penn na 33th Street com a Sétima Avenida, e teria preferido caminhar até o escritório de Greco na Madison, entre a 48th e a 49th. Mas chovia torrencialmente, por isso ele teve de entrar na fila dos táxis. Esse clima despertava em sua mente a lembrança do dia em que Grace foi sepultada. Não estava frio, é claro, porque era começo de setembro, mas chovia muito. Ela agora jazia no túmulo da família Carrington no cemitério Gate of Heaven em Westchester County. E essa seria a próxima providência: transferir os restos mortais para a Filadélfia. Ela poderia descansar com as pessoas que a amavam, seus pais e avós.

Finalmente, ele chegou à primeira posição da fila de táxis, entrou no primeiro carro disponível e forneceu o endereço. Não ia a Manhattan fazia muito tempo, e estava surpreso com o tráfego. A corrida custou quase 9 dólares, e ele percebeu que o taxista não ficou muito satisfeito ao constatar que seu passageiro não tinha qualquer intenção de acrescentar mais dinheiro à nota de 10 dólares que já entregara.

Com o preço da passagem de trem e as corridas de táxi de ida e volta, o dia estava ficando bem caro, e ainda nem havia falado com Greco, Philip pensou. Ele e a esposa, Lisa, já haviam tido uma séria discussão por causa disso.

— Quase tive um ataque quando soube como você se comportou na audiência — dissera ela. — Você sabe que eu amava Grace, mas você tem estado obcecado por essa história nos últimos quatro anos. Contratar um investigador particular custa dinheiro que nós não temos, mas, pelo amor de Deus, contrate o homem! Faça um empréstimo, se for necessário, mas encerre essa história de uma forma ou de outra.

Um edifício estreito, o número 342 da Madison tinha somente oito andares; o escritório de Greco ficava no quarto, e era apenas uma suíte com uma pequena área de recepção. A recepcionista disse a Meredith que ele era esperado e o acompanhou prontamente ao escritório.

Depois de uma cordial troca de cumprimentos e um breve comentário sobre o clima, Greco foi diretamente ao ponto que motivou aquela reunião.

— Quando telefonou para minha casa ontem à noite, disse que podia ter alguma prova de que a morte de sua irmã não foi acidental. Fale mais sobre isso.

— Prova é um termo forte demais — admitiu Meredith. — Eu devia ter usado a palavra "motivo". Era algo que ia além da preocupação de Peter com a possibilidade de Grace dar à luz um bebê com problemas. Quando me refiro a um motivo para matar Grace, estou falando de dinheiro. Muito dinheiro.

— Estou ouvindo — avisou Greco, sério.

— O casamento deles nunca foi uma dessas histórias de amor que parecem ter sido criadas para os contos de fadas. Peter e Grace eram pessoas diferentes. Ela adorava Nova York, com seu agito social; ele não gostava de nada disso. Pelos termos do acordo pré-nupcial, Grace receberia 20 milhões de dólares em caso de divórcio, *a menos que* — e temos que ressaltar essa condição — ela tivesse um filho dele. Então, caso houvesse um divórcio, ela receberia 20 milhões de dólares por ano para que a criança pudesse ser educada de maneira apropriada e condizente com o sobrenome Carrington.

— Na época da morte de sua irmã, Peter Carrington se ofereceu para fazer um teste com um detector de mentiras, e foi aprovado no teste — respondeu Greco. — Ele tinha um rendimento semanal estimado de 8 milhões de dólares. Números tão impressionantes parecem incríveis para você e para mim. No entanto, nem mesmo uma exorbitante soma anual a ser paga a uma ex-esposa em cumprimento aos termos de um acordo pré-nupcial pode ser considerada motivo para matar o próprio filho. Um filho que ainda não havia nascido. Mesmo que ocorresse a síndrome alcoólica fetal, não faltariam recursos para cuidar bem de uma criança com esse tipo de problema.

— Minha irmã foi assassinada — disse Philip Meredith. — Nos oito anos que ela passou casada com Peter, Grace sofreu três abortos espontâneos. Ela queria um filho desesperadamente. Jamais teria cometido suicídio estando grávida. Ela sabia que era alcoólatra e já havia começado a frequentar as reuniões dos AA. Estava determinada a parar de beber.

— Os exames de sangue para medida do nível de álcool comprovaram que ela ingeriu três vezes mais que o limite considerado legal em sua circulação sanguínea quando foi encontrada morta. Muita gente tem recaídas, Sr. Meredith. Deve saber disso.

Philip Meredith hesitou, depois deu de ombros.

— Vou lhe contar algo que jurei a meus pais jamais revelar a ninguém. Eles acreditavam que isso causaria um dano irreversível à memória que as pessoas têm de Grace. Mas meu pai está morto e minha mãe está em uma clínica para idosos. Como eu disse, ela sofre da doença de Alzheimer e não tem consciência do que está acontecendo no mundo real.

Meredith baixou a voz como se tivesse medo de que alguém mais o escutasse.

— Na época em que morreu, Grace tinha um amante. Ela era muito cuidadosa, porque fazia questão absoluta de que o bebê fosse filho de Peter. Grace teria a criança e, depois, pediria o divórcio. O homem com quem ela estava envolvida não tinha dinheiro, e Grace adorava o estilo de vida com o qual se habituara depois de entrar para a família Carrington. Creio que na noite daquela festa seu primeiro drinque foi incrementado com a intenção de deixá-la bêbada. E depois da primeira dose tudo estava perdido. Ela não conseguiu parar.

— Grace já estava bêbada quando Peter chegou em casa. Quem poderia ter incrementado a bebida, como está sugerindo?

Philip Meredith olhou diretamente para Greco.

— Vincent Slater, é claro. Ele sempre fez tudo pelos Carrington, e estou me referindo a *tudo* mesmo. Ele é um desses aduladores que se curvam diante do poder do dinheiro e fazem tudo que o mestre mandar.

— Então, ele misturou alguma coisa à bebida de sua irmã com a intenção de embriagá-la e depois afogá-la? Acho que sua imaginação é muito fértil, Sr. Meredith.

— Grace estava com mais de sete meses de gestação. Se entrasse em trabalho de parto prematuro, havia boas chances de a criança sobreviver. Ela já havia sentido algumas falsas contrações. Não havia tempo a perder. Peter não chegaria em casa se não na noite seguinte. Acredito que Slater misturou vodca ao club soda de Grace para deixá-la bêbada, depois a jogou na piscina, enquanto ela estava desmaiada. Quando Peter chegou em casa, ele tirou o copo da mão de minha irmã e despejou a bebida no tapete, uma reação espontânea e explosiva do mesmo tipo daquela que tive ontem no fórum. Aposto que ele ainda se arrepende por ter perdido a paciência com ela. Se tivesse tido tempo para pensar, teria agido como o marido compreensivo e benevolente que era seu papel habitual sempre que Grace bebia.

— Está me dizendo que acredita que Slater misturou álcool à bebida de sua irmã e que Peter a jogou na piscina mais tarde, quando ela já havia perdido os sentidos?

— Peter ou Slater, não sei, mas um deles a jogou na piscina, estou convencido disso. Só temos a palavra de Slater sobre ele ter ido para casa naquela noite. Eu não ficaria surpreso por descobrir que Slater ajudou Peter a se livrar do corpo de Susan Althorp, também. Não ficaria nada surpreso se ele mesmo tivesse dado fim à camisa que Peter usava naquela noite, quando matou aquela jovem. Ele é devotado a esse ponto. E também não tem caráter.

— Por que não vai ao gabinete da promotoria com essa teoria, agora que sua mãe não tem mais consciência de que está quebrando sua promessa de guardar segredo?

— Porque não quero o nome de minha irmã na lama, e talvez inutilmente. Posso fornecer à promotoria um motivo e uma teoria, mas, inevitavelmente, vai haver um vazamento das informações, e um repórter vai acabar publicando a história.

Nicholas Greco pensou na conversa que tivera com Slater. Ele estava nervoso naquele dia, não havia nenhuma dúvida. O homem está escondendo alguma coisa, algo que tem medo que seja descoberto. Ele realmente pode ter participado da morte de Susan Althorp? Ou de Grace Meredith? Ou *das duas*?

— Estou interessado em assumir o caso, Sr. Meredith — respondeu Greco finalmente, surpreendendo até a si mesmo com a decisão. — Tenho uma ideia de sua atual situação financeira e estou disposto a ajustar meus honorários de forma a chegarmos a um acordo razoável. Podemos combinar, por exemplo, que no caso de receber uma indenização em um eventual processo civil eu receberei uma soma adicional proporcional a esse valor.

34

Quase como se algo o pressionasse até onde é possível, vi algo se modificar em Peter. Nós dois dormimos bem, certamente por causa do cansaço, mas, também, eu acho, porque sentíamos que estávamos em uma guerra. A primeira batalha havia sido vencida pelo inimigo, e agora tínhamos de reunir forças para o que estava por vir.

Quando descemos, às 8h30, Jane Barr tinha preparado o café da manhã na sala de jantar menor, e havia suco fresco e café quente.

— Por que não? — concordamos quando ela propôs ovos mexidos com bacon, embora eu tivesse prometido para mim mesma que não seguiria esse tipo de dieta.

Os jornais matinais estavam sobre a mesa, como de costume.

— Vamos deixar a leitura para mais tarde — sugeriu Peter. — Já sabemos o que vamos encontrar nesses jornais.

Jane serviu o café em nossas xícaras, depois voltou para a cozinha para preparar o desjejum. Peter esperou até ela sair da sala para voltar a falar:

— Kay, nem preciso lhe dizer que temos pela frente um longo período de reclusão. Eu serei indiciado, nós dois sabemos disso. Depois, o julgamento será marcado, o que pode acontecer até em um ano, talvez mais. Usar a palavra "normal" é simplesmente absurdo, mas vou empregá-la assim mesmo. Quero que nossa vida seja tão normal quanto for possível até eu ir a julgamento e o júri anunciar um veredicto.

Ele nem me deu tempo para responder ou comentar antes de continuar:

— Tenho permissão para deixar a propriedade e me reunir com meus advogados. Vou encontrar muito minha equipe de defesa, frequentemente, e essas reuniões vão acontecer em Park Avenue. Vince vai ter de ser meus olhos e ouvidos na sede da empresa. Ele vai passar muito tempo por lá.

Peter bebeu mais um gole de café. Nesse breve intervalo em que ficou sem falar, percebi que em menos de duas semanas eu me havia habituado de tal forma com a presença constante de Vincent Slater que consideraria estranho se ele se ausentasse.

— Gary pode nos levar de carro a Manhattan e nos trazer de volta para casa — dizia Peter. — Pretendo obter a permissão necessária para ir a Nova York pelo menos três vezes por semana.

Havia propósito e objetivo no comportamento de Peter e em sua maneira de falar, bem como em sua expressão. Depois, ele acrescentou:

— Kay, eu sei que nunca poderia fazer mal a outro ser humano. Você acredita nisso, não é?

— Sim, eu acredito. E sei disso tão bem quanto você — respondi.

Nós estendemos a mão um para o outro sobre a mesa e nossos dedos se tocaram.

— Acho que me apaixonei por você no momento em que o vi — falei. — Estava tão concentrado em seu livro, e parecia tão confortável em sua poltrona! Depois, quando você se levantou, os óculos de leitura escorregaram por seu nariz.

— E eu me apaixonei por aquela jovem tão linda de cabelos longos que caíam sobre os ombros. Lembrei um verso de "The Highwayman": "E Bess, a filha do senhorio, a filha do senhorio com seus olhos negros, trançava uma brilhante fita vermelha em seus cabelos longos, escuros." Lembra-se disso? Todo mundo estuda esses versos nas aulas de gramática.

— É claro. O ritmo do poema imita o som de cascos de cavalo. Mas pense nisso: eu era filha do paisagista, não do senhorio — lembrei. — E não tenho olhos negros.

— Mas são escuros. Quase negros.

Era estranho, mas naquela manhã eu não conseguia tirar meu pai de meus pensamentos. Pensei em como Maggie havia me dito há poucos dias que ele adorava trabalhar na propriedade dos Carrington, e ele apreciava especialmente a liberdade de poder desenhar os magníficos jardins sem se incomodar com o custo do projeto.

Enquanto comíamos os ovos mexidos e o bacon, uma extravagância repleta de colesterol e calorias, perguntei a Peter sobre seus objetivos.

— Meu pai era um homem que tinha momentos de sovinice ou de grande generosidade — contou ele. — E é isso que pretendo explicar a nossos caríssimos advogados. Se Maria Valdez havia decidido voltar para as Filipinas porque a mãe dela estava doente, a atitude típica de meu pai teria sido justamente a de assinar um cheque de 5 mil dólares para ajudar no pagamento das despesas médicas. Porém, no mesmo dia, ele perdia a cabeça ao tomar conhecimento do preço de um aparelho de jantar que Elaine encomendara.

Pensei em como Peter havia me autorizado a contratar um decorador de interiores e fazer tudo que eu quisesse para mudar os ambientes da casa.

— Você não parece ser muito parecido com ele — comentei. — Não com relação à reforma da casa, pelo menos.

— Em alguns aspectos sou como ele, acho. Por exemplo, ele odiou quando Elaine contratou o chef, o mordomo, as criadas e a governanta. Como meu pai, prefiro contar com os serviços de um casal como os Barr, que voltam para casa todos os dias ao fim do expediente. Por outro lado, nunca consegui entender por que meu pai ficava tão aborrecido com o dinheiro que era gasto para a manutenção diária da propriedade. Acho que ele deve ter retrocedido aos tempos do Carrington que começou a fortuna da família com poços de petróleo. Dizem que ele era um verdadeiro sovina em tempo integral. Duvido que ele tivesse posto algum dinheiro em sementes de grama, muito menos em um complexo projeto de paisagismo.

Terminamos o café da manhã e Peter começou a agir como planejara. Ele telefonou para Conner Banks e o instruiu para pedir permissão para ir a Nova York naquela tarde para uma reunião na sala de conferências da firma de advocacia. Depois passou várias horas ao telefone com Vincent Slater e os executivos de sua empresa.

Percebi que estava ansiosa para acompanhar Peter na visita à cidade. Àquela altura, não fazia sentido eu participar das reuniões de Peter com os advogados. Queria usar todo o tempo disponível para visitar meu pequeno apartamento. Algumas de minhas roupas favoritas de inverno ainda estavam lá, e eu tinha fotos emolduradas de minha mãe e de meu pai, e queria tê-las perto de mim.

Peter obteve a permissão para deixar a propriedade, e nós partimos para Nova York no início da tarde.

— Kay, embora seu apartamento fique no caminho, acho que vou pedir para Gary seguir diretamente para a Park Avenue com a 54th — avisou ele. — Se por alguma eventualidade formos seguidos pela polícia ou pela mídia, e alguém tirar uma fotografia do carro parado em frente ao prédio onde fica seu apartamento, posso ser acusado de violar as condições da fiança. Talvez seja paranoia, mas não posso correr o risco de voltar para a cadeia. Não quero correr esse risco.

Eu entendia completamente, e fizemos tudo exatamente como Peter achava que devia ser. Quando paramos em frente ao prédio do escritório dos advogados, a chuva começava a diminuir, pelo menos. A meteorologia previa céu claro, e tudo indicava que a previsão seria precisa mais uma vez.

Peter vestia um terno escuro, camisa e gravata. Seu sobretudo era de caxemira azul e corte perfeito, e ele tinha a aparência do executivo que era. Quando Gary abriu a porta do carro, ele me deu um beijo rápido e disse:

— Venha me buscar às 16h30, Kay. Talvez possamos voltar sem ter que enfrentar a hora do rush e o trânsito intenso.

Enquanto o via caminhar apressado pela calçada em direção ao prédio, pensei em como era incongruente que, há menos de 24 horas, ele tivesse vestido um macacão cor de laranja de presidiário e, com as mãos algemadas, ouvido a acusação formal de assassinato.

Eu não voltara mais a meu apartamento desde o dia em que Peter e eu nos casamos. Agora, por um lado, ele parecia aconchegante e familiar, e por outro, visto com novos olhos, se mostrava pequeno como realmente era. Peter estivera ali algumas vezes durante nosso rápido namoro. Em nossa lua de mel, ele havia sugerido casualmente que eu simplesmente antecipasse alguns meses do aluguel e, exceto pelos objetos pessoais, me livrasse de tudo que havia dentro dele.

Eu sabia que ainda não estava preparada para isso. Sim, eu tinha uma nova vida, mas parte de mim não queria cortar completamente os laços com a antiga. Verifiquei os recados em minha secretária eletrônica. Nenhum deles era importante, exceto aquele que havia sido deixado naquela manhã mesma por Glenn Taylor, o rapaz com quem eu estivera saindo antes de me casar com Peter. Sim, eu havia conversado com ele sobre Peter assim que começamos a nos encontrar regularmente.

— E eu que já estava pensando em sair com você para comprar um anel — respondera ele rindo. Mas eu sabia que a brincadeira tinha um fundo de verdade. Depois, ele me aconselhara: — Kay, espero que tenha certeza do que está fazendo. Carrington tem uma bagagem considerável.

A mensagem deixada por Glenn naquela manhã era justamente o que eu podia esperar dele — uma manifestação de apoio, solidariedade e preocupação.

— Kay, sinto muito por tudo que está acontecendo com Peter. Que maneira terrível de começar um casamento. Sei que você é capaz de lidar com isso, mas se eu puder ajudar de alguma maneira, não deixe de me procurar.

Era bom ouvir a voz de Glenn, e me lembrei de como adorávamos ir ao teatro juntos. Talvez um dia Peter e eu pudéssemos convidá-lo para jantar conosco ou tomar um drinque. Em seguida, lembrei que não haveria noites de lazer e entretenimento para Peter novamente, a menos que ele fosse absolvido. E o confinamento era meu também, percebi repentinamente, porque num momento como esse eu jamais deixaria Peter sozinho, especialmente à noite.

Peguei algumas roupas no armário e as coloquei sobre a cama. Quase todas tinham etiquetas de lojas de departamentos baratas. Elaine não se deixaria surpreender numa delas

Nem morta. Em nossa lua de mel, Peter me dera de presente um cartão American Express Platinum.

— Compre até cair, ou seja lá qual for a expressão da moda — disse ele sorridente.

Eu me surpreendi chorando. Não queria uma montanha de roupas. Se pudesse, teria trocado todo o dinheiro dos Carrington para ver meu marido inocentado das acusações de assassinato contra Susan e Grace. Cheguei a pensar que seria ótimo se ele pudesse se mudar para aquele apartamento e viver ali comigo, trabalhando duro para pagar as prestações do crédito universitário, como Glenn fazia. Qualquer coisa para simplificar nossa vida.

Enxuguei as lágrimas e fui pegar as fotografias sobre a cômoda. Entre elas havia uma de meus pais comigo logo depois de meu nascimento. Eles pareciam muito felizes juntos e sorriam para a câmera. Eu estava enrolada em um cobertor, um bebê de rosto rechonchudo com os olhos fixos neles. Minha mãe era jovem e linda com os cabelos soltos sobre o travesseiro. Meu pai tinha 32 anos quando aquela foto fora feita, e ainda exibia uma beleza jovial e um brilho intenso nos olhos. Eles tinham tanto para viver! Mas minha mãe só viveria mais duas semanas, antes daquela embolia tirá-la de nós.

Quando soube das circunstâncias da morte de minha mãe, e que eu ainda sugava seu seio quando meu pai a encontrou já sem vida, eu tinha 12 anos. Eu me lembro de ter tentando desesperadamente imaginar como podia ter sido receber dela o leite da vida, ser amamentada por minha mãe.

Mostrei a fotografia do hospital para Peter na primeira vez em que ele estivera ali, e ele dissera:

— Espero que um dia também tenhamos fotos nossas nessa situação, Kay.

Depois, ele pegou uma fotografia na qual eu aparecia ao lado de meu pai. Ela foi tirada pouco antes de meu pai dirigir sem rumo e desaparecer no rio Hudson. Peter havia comentado:

— Eu me lembro muito bem de seu pai, Kay. Queria sempre saber por que e como ele escolhia as plantas. Tivemos algumas conversas muito interessantes.

Ainda com os olhos lacrimejantes, caminhei até a lareira para pegar também aquela foto sobre o console. Queria tê-la comigo em casa.

Naquela noite, com o consentimento de Peter, mudei de lugar o retrato que ele mais apreciava da mãe dele, e outra, dele ainda criança com os pais, e as coloquei sobre o console da lareira na sala entre nossos quartos. Acrescentei ao conjunto os retratos que havia levado do meu apartamento.

— Os avós — comentou Peter. — Um dia vamos falar sobre eles com nossos filhos.

— E o que vou contar sobre ele? — indaguei, apontando para a foto de meu pai. — Devo dizer que esse é o avô que desistiu da vida e da própria filha?

— Tente perdoá-lo, Kay — sugeriu Peter em voz baixa.

— Eu tento — sussurrei. — Mas não consigo. Simplesmente não consigo.

Olhei para a foto em que eu aparecia ao lado de meu pai, e mesmo sabendo que isso poderia parecer absurdo, naquele momento tive a sensação de que ele era capaz de me ouvir, e que me reprovava pelo que eu acabara de dizer.

Na manhã seguinte, conforme havia antecipado a meteorologia, o sol brilhava intensamente e a temperatura subiu bem depressa. Às 9 horas ouvi o som de latidos do lado de fora, e percebi que os cães caçadores de cadáveres estavam de volta.

35

NICHOLAS GRECO HAVIA MARCADO UMA ENTREVISTA COM Barbara Krause no gabinete da promotoria. Ele chegou pontualmente às 15h30 de quarta-feira.

— Não esperava vir vê-la novamente tão depressa — disse ele ao cumprimentá-la.

— Para ser honesta, nem eu esperava vê-lo aqui tão cedo — respondeu ela. — Mas, certamente, você é sempre bem-vindo.

— Estou aqui porque Philip Meredith me contratou para investigar a morte da irmã dele, Grace Meredith Carrington.

Krause há muito tempo aprendera a manter aquela expressão de jogadora de pôquer durante as sessões na corte, mas nesse momento não pôde esconder a surpresa provocada pela notícia. O sentimento estava estampado em seu rosto.

— Sr. Greco, se conseguiu encontrar algo que possa nos ajudar a relacionar essa morte com Peter Carrington, serei eternamente grata — disse ela.

— Não sou mágico, Sra. Krause. O Sr. Meredith me confidenciou uma história, informações que não tenho liberdade para discutir agora. O que posso dizer é que esse novo dado é um motivo contundente para Carrington ter realmente posto um fim na vida da primeira esposa. Apesar disso, tenho certeza de que, nos tribunais, nenhum juiz de bom-senso moderado o consideraria culpado tendo como base apenas essa informação. E é por isso que gostaria de examinar o arquivo que montou sobre esse caso, e também conversar com os investigadores que estiveram na cena por ocasião do ocorrido.

— Isso é fácil. Tom Moran chefiou aquela investigação. Nesse momento ele está acompanhando um julgamento, mas creio que estará livre em aproximadamente uma hora. Se quiser, pode esperar no escritório dele e aproveitar esse tempo para ler o material do arquivo.

— Seria ótimo.

Enquanto pressionava o botão do interfone para mandar um de seus assistentes ir buscar o material, Barbara Krause disse:

— Sr. Greco, já examinamos esse arquivo dezenas de vezes com total atenção. Não encontramos nada que pudesse servir de evidência em um tribunal. Pelo que acabou de me contar, é evidente que Philip Meredith esteve ocultando informações que poderiam ajudar na solução do caso. Independentemente de encontrar ou não alguma coisa relevante nesse arquivo, sugiro com veemência que o incentive a ser honesto e franco conosco. Talvez seja útil lembrá-lo de que, em caso de uma confissão de culpa por parte de Carrington, ele teria a porta aberta para um fabuloso processo civil que poderia render considerável indenização à família Meredith.

— Tenho certeza de que Philip Meredith já sabe disso. E também penso que, no final, mesmo que eu não encontre mais nada no arquivo, ele poderá ser persuadido a revelar à promotoria o que já me contou.

— Sr. Greco, está salvando meu dia.

* * *

Durante uma hora e meia Nicholas Greco esteve no pequeno escritório de Tom Moran, fazendo anotações precisas e organizadas no bloco que ele sempre tinha em sua pasta. De especial interesse para ele, havia entre as notas de Moran uma referência ao fato de ter sido encontrado um pedaço de papel dobrado no bolso do vestido de Grace Carrington, um artigo recortado de uma página do exemplar de 25 de agosto de 2002 da revista *People* de uma entrevista com a lendária atriz Marian Howley. "Howley acaba de estrear um espetáculo solo", Moran havia anotado. "Embora o papel estivesse ensopado, era perfeitamente possível ler as duas palavras escritas com a caligrafia de Grace Carrington: '*Comprar ingressos.*' A página integra agora o arquivo de evidências."

Grace Carrington planejava assistir a um espetáculo na Broadway, Greco pensou enquanto anotava a data da publicação da revista. Uma mulher que pensa em suicídio não faz esse tipo de plano.

Havia outro casal no jantar daquela noite em que Grace Carrington se afogou. Jeffrey e Nancy Hammond. Há quatro anos eles moravam em Englewood, e Greco esperava encontrá-los. Se o casal ainda residisse no mesmo lugar, se pudesse encontrá-los, tentaria falar com eles nos próximos dias.

Gary Barr havia servido os drinques e o jantar naquela noite, ele notou.

Interessante esse Sr. Barr, Greco refletiu. Ele havia trabalhado para os Althorp ocasionalmente, até mesmo como motorista eventual para Susan Althorp e suas amigas. Estivera servindo no jantar dançante realizado na propriedade dos Carrington na noite em que Susan desaparecera e no brunch da manhã seguinte. E ele também estava lá na propriedade, na casa da entrada, na noite em que Grace se afogara.

O onipresente Sr. Barr. Talvez valesse a pena ir visitá-lo mais uma vez, Greco decidiu.

Eram 17 horas e Moran ainda não havia retornado ao escritório. Passara a tarde toda em um julgamento. Certamente, queria ir para casa o quanto antes, Greco pensou. Telefonaria para ele no dia seguinte e marcaria um horário para vê-lo em um momento mais conveniente.

Nicholas Greco percorreu o corredor até o escritório particular de Barbara Krause para devolver a pasta do caso Grace Carrington. Moran estava com ela. Krause olhou para Greco como se tivesse esquecido sua existência. Depois de um instante, ela disse:

— Sr. Greco, receio que tenhamos que adiar qualquer nova discussão. Tom e eu estamos saindo para ir à propriedade dos Carrington. Parece que os cães farejadores encontraram mais ossos humanos no local.

36

Às vezes, quando eu organizava sessões para contar histórias para crianças na biblioteca, recitava para elas um dos meus poemas favoritos. Era o "The Children's Hour", Hora das Crianças, e começa assim: "Entre a escuridão e a luz do dia, quando a noite começa a descer..."

A luz do dia começava a se dissipar quando ouvi os cães farejadores latindo do lado de fora. O som vinha do trecho oeste do terreno. Peter havia ido ao escritório dos advogados em Manhattan mais uma vez, mas eu preferira ficar em casa nesse dia. Sentia um cansaço que me dominava por completo, e realmente passei boa parte do dia na cama, cochilando e acordando.

Eram 16 horas quando por fim decidi me levantar. Tomei um banho, me vesti e fui para a biblioteca de Peter, onde me sentei em uma poltrona confortável, disposta a me distrair com um livro enquanto esperava pelo retorno de meu marido.

Ao ouvir os latidos, me levantei e corri para a cozinha. Jane chegava da casa da entrada para preparar o jantar.

— Há mais viaturas de polícia no portão, Sra. Carrington — contou ela com evidente nervosismo. — Gary foi verificar o que está acontecendo.

Os cachorros devem ter encontrado alguma coisa, eu pensei. Sem me importar com um casaco, corri para fora, apesar do frio, e segui o som dos latidos. Os detetives já delimitavam com fitas amarelas uma área próxima do lago que, no verão, ficava cheio de peixes. Viaturas policiais circulavam em alta velocidade pelo gramado congelado, as luzes piscando freneticamente.

— Um dos cachorros desenterrou um osso de tamanho razoável — contou Gary Barr num sussurro.

— Um osso... Acha que pode ser humano? — perguntei. Vestindo apenas um suéter leve, exposta ao frio do início da noite, eu comecei a bater os dentes.

— Tenho certeza de que eles acreditam que é.

Ouvi o som de sirenes se aproximando. Mais viaturas policiais chegando, pensei. A imprensa viria em seguida. Quem poderia ter sido enterrado ali? Toda aquela área foi ocupada no passado por tribos indígenas. De tempos em tempos, alguém encontrava evidências de seus cemitérios. Talvez fosse a ossada de um desses antigos nativos americanos.

Eu ainda pensava nisso quando ouvi um dos policiais que acompanhavam os cachorros dizer:

— ... e estava embrulhado no mesmo tipo de plástico que envolvia o corpo da garota.

Senti minhas pernas dobrarem e escutei alguém gritar:

— Segurem ela.

Não desmaiei, mas um policial estendeu um braço, e Gary Barr estendeu outro. Juntos, eles me levaram para dentro de casa. Pedi para me deixarem na biblioteca de Peter. Estava tremendo muito quando me encolhi na poltrona preferida de meu marido, por isso Jane foi buscar um cobertor e me envolveu com ele. Eu disse a Gary para voltar lá para fora e me informar sobre tudo que estava acontecendo. Depois de certo tempo, ele voltou para me dizer que ouvira os policiais comentando que havia sido encontrado um esqueleto completo. Uma ossada humana. E havia uma corrente com um medalhão no pescoço da vítima.

Um medalhão! Eu já suspeitava de que os restos mortais podiam ser de meu pai. Quando ouvi a notícia sobre o medalhão, tive certeza de que era a joia que meu pai sempre havia usado, um medalhão contendo a foto de minha mãe. Naquele momento eu soube que os restos desenterrados pelos cães farejadores já haviam sido um dia carne de minha carne, ossos de meus ossos.

37

– NÃO PRECISO DE MAIS PROVAS DE QUE CARRINGTON MAtou minha irmã — disse Philip Meredith a Nicholas Greco na manhã seguinte à tarde em que o esqueleto de Jonathan Lansing foi encontrado na propriedade Carrington. — Minha esposa e eu conversamos muito sobre esse assunto. Vou procurar o gabinete da promotoria para contar tudo que sei. Aquele sujeito é um assassino serial.

Greco não estava surpreso com o telefonema de Meredith.

— Acho que procurar a promotoria e contar tudo é uma decisão muito sensata — aprovou ele. — E é possível que não haja necessidade de tornar pública as informações relativas ao relacionamento de sua irmã com outro homem. Se Carrington for convencido a admitir que a matou, a opinião pública vai deduzir que ele tentava impedir o nascimento de uma criança com problemas.

— Mas os advogados dele vão saber de tudo, não vão?

— É claro que sim. Mas, como certamente deve compreender, mesmo que estejam empenhados em obter a melhor apelação possível para o cliente, eles não vão querer que a opinião pública saiba que um homem com a fortuna de Carrington pode ter cometido assassinato para economizar dinheiro.

— E quando ele admitir que matou Grace, eu posso mover uma ação civil contra ele?

— Sim.

— Sei que pode parecer que meu maior interesse é o dinheiro, mas manter minha mãe naquela clínica especializada custa 10 mil dólares por mês, e preciso realmente de ajuda. Não quero ter que tirá-la de lá.

— Eu entendo.

— Muito obrigado por aceitar me ajudar, Sr. Greco. Acho que a promotoria vai assumir o caso de agora em diante.

Aquele podia ter sido meu trabalho mais rápido, Nicholas Greco pensou ao concordar com o que Philip Meredith dizia. Porém, depois de se despedir dele e desligar o telefone, Greco se reclinou em sua cadeira. Conseguira obter pela internet uma cópia da página da revista *People*, aquela cujo recorte fora encontrado no bolso de Grace Carrington na noite em que ela morrera afogada.

Grace usava um vestido de noite próprio para gestantes quando fora encontrada na piscina. Por que ela havia guardado o recorte no bolso da jaqueta, em vez de deixar a revista aberta sobre uma mesa, por exemplo? Greco estava intrigado.

Às vezes, quando Greco visualizava a situação, tentava imaginar o que Frances teria feito. Nesse caso, conhecia a resposta. Uma mulher que se preocupava com a própria elegância não teria corrido o risco de criar um volume desnecessário no bolso de um traje de noite. Se visse em uma revista algum artigo que despertasse seu interesse, ou que desejasse retomar posteriormente, Frances poria algum tipo de marcador na página, ou a deixaria aberta e virada para baixo sobre uma mesa.

Não havia nenhuma menção no arquivo da promotoria sobre a revista ter sido incluída entre as provas coletadas pelos investigadores. Greco decidiu que devia descobrir em que dia a revista havia chegado às bancas ou sido enviado pelo correio para os assinantes. E também estava ansioso para ter um encontro com as outras pessoas que estiveram naquele jantar, o casal de Englewood, Nancy e Jeffrey Hammond.

Vou me ater a isso, mesmo sabendo que estou desrespeitando minha regra número um, a de nunca trabalhar *pro bono*, Nicholas Greco pensou, sorrindo para si mesmo. Como a mãe sempre fazia questão de repetir, o trabalhador merece aquilo que recebe por seu trabalho.

38

Cinco dias depois de terem encontrado os restos mortais de meu pai, eles me entregaram o medalhão que estivera em seu pescoço. A peça havia sido fotografada e analisada como possível evidência, mas, concluídos os testes, me deram a joia. O laboratório havia removido dela 22 anos de sujeira, até que a prata original voltara a aparecer. O medalhão estava fechado, mas a umidade conseguira penetrar nele, e o retrato de minha mãe estava escurecido, embora ainda fosse possível reconhecer seus traços. Eu usei a corrente e o medalhão no funeral de meu pai.

É claro que Peter também foi acusado pela morte de papai. Vincent Slater conduziu meu marido na ida e volta de Manhattan naquela tarde em que a ossada foi encontrada, e eles chegaram em casa minutos depois da descoberta. Slater telefonou imediatamente para Conner Banks, que entrou em contato com a promotora Krause. Ela o informou de que já havia entrado em contato com o juiz Smith, e ele marcara uma audiência extraordinária para as 20 horas daquela mesma noite. Ela também disse que, embora não estivesse pensando em pedir um mandado de prisão para Peter com relação a esse novo homicídio, era bem possível que isso acontecesse. Naquela noite, ela pretendia solicitar apenas que o juiz aumentasse o valor da fiança de Peter, e também que os termos da fiança fossem modificados, de forma que ele não tivesse mais permissão para sair de casa, a não ser por emergência médica.

Banks disse a Vincent que ele iria encontrar Peter no fórum. Eu queria ir com meu marido e Vincent, mas Peter não permitiu.

Tentei fazê-lo entender que, depois daquele primeiro choque, minha segunda reação era de profundo pesar, porque passara anos revoltada, sentindo uma intensa raiva de meu pai. Disse a ele que todo ressentimento que havia sentido por ter sido abandonada agora se transformara em dor pela perda de meu pai, e essa dor surgia acompanhada de um avassalador desejo de descobrir quem o matara. Sentada no colo de Peter, com o cobertor ainda me envolvendo, a porta da biblioteca fechada, disse a meu marido que sabia que ele era inocente, que sabia disso com toda certeza possível, uma certeza que eu experimentava em cada parte de meu corpo, em cada fibra de meu ser.

Maggie telefonou assim que ouviu a notícia no jornal da televisão. Quando Peter percebeu que era ela ao telefone, me pediu para convidá-la para ir nos visitar. Felizmente, ela chegou quando meu marido e Vincent já haviam saído para ir ao fórum. Na companhia de minha avó, dispensei Jane Barr e sugeri que ela fosse descansar em sua casa, pois era visível sua perturbação com a descoberta da ossada de meu pai.

— Seu pai era um homem adorável, Sra. Carrington — disse-me ela chorando. — Não suporto pensar que ele esteve ali durante todos esses anos.

Agradeci pelo carinho que ela demonstrava por meu pai, mas não queria ouvir mais nada. Por isso disse a Gary para levar a esposa para casa e ficar com ela.

Maggie e eu nos sentamos na cozinha. Ela preparou chá e torradas; nenhuma de nós queria mais do que isso. Enquanto bebíamos o chá e comíamos a torrada sem muito apetite, percebíamos que os homens continuavam cavando a propriedade lá fora, e podíamos ouvir os cachorros latindo enquanto eram conduzidos por cada centímetro do terreno.

Naquela noite Maggie aparentava ter seus 83 anos. Eu sabia que ela estava preocupada comigo, e compreendia perfeitamente essa apreensão. Minha avó pensava que eu era maluca por acreditar na inocência de Peter, e não queria que eu continuasse sozinha com meu marido na mansão. Nada do que eu dissesse poderia convencê-la do contrário.

Vincent telefonou às 21 horas para me dizer que a fiança de Peter havia sido aumentada em mais 10 milhões de dólares, e que um mensageiro estava a caminho com um cheque administrativo emitido pelo banco em Manhattan para cobrir essa quantia.

— É melhor ir para casa, Maggie — sugeri. — Não quero que fique por aí dirigindo sozinha à noite, e sei que você não quer encontrar Peter.

— Kay, não quero deixar você sozinha com ele. Meu Deus, por que é tão cega e tão tola?

— Porque há outra explicação para tudo que está acontecendo, e vou encontrá-la. Maggie, assim que soubermos quando o corpo de meu pai será liberado, vou tomar as providências para que seja realizado um sepultamento apropriado. Você deve ter a escritura do túmulo.

— Sim, eu tenho. Está no cofre do banco. Vou pegar o documento e deixá-lo à mão para quando for necessário. Não leve seu marido ao funeral, Kay. Se permitir que Peter Carrington compareça fingindo lamentar a morte de Jonathan, estará dando as costas para seu pai e tudo que ele representou em sua vida.

Maggie teve de ser corajosa para fazer essa declaração, mesmo sabendo que por causa dela eu poderia cortar relações definitivamente entre nós.

— Peter não vai poder mesmo comparecer ao funeral — falei. — Mas, se a situação fosse outra, ele estaria lá comigo. Do meu lado.

Quando caminhamos juntas para a porta, eu disse:

— Maggie, escute o que vou dizer. Você sempre acreditou que papai tinha sido demitido por beber demais. Isso não era verdade. Pensou que ele havia cometido suicídio por estar deprimido. Isso também não era verdade. Sei que quando meu pai desapareceu você ficou encarregada de vender a casa e se livrar de tudo que havia dentro dela.

— Levei os móveis da sala de estar, do quarto e da sala de jantar para minha casa — lembrou Maggie. — Você sempre soube disso, Kay.

— E guardou a maior parte das coisas dele no sótão. Mas... o que mais levou para sua casa? O que aconteceu com os projetos de meu pai? Com os documentos e papéis que ele guardava em suas pastas de trabalho?

— Só há um arquivo com documentos. Seu pai nunca foi de guardar coisas. Mandei os homens da transportadora levarem o arquivo para o sótão, também. Mas, como era um móvel muito alto, ele teve de ficar deitado. Meu velho sofá está em cima dele, de cabeça para baixo.

Não era de estranhar, então, que eu não tivesse notado o arquivo

— Quero ver o que há dentro dele — afirmei. Paramos no hall para eu pegar o casaco de minha avó no armário. Eu a ajudei a vesti-lo, abotoei o casaco para ela, e a beijei. — Agora vá para casa. E tenha cuidado — pedi. — As pistas estão escorregadias com toda essa chuva e neve. Não esqueça de travar as portas do carro. E escute o que digo: um dia desses você e Peter serão grandes amigos.

— Ah, Kay — disse ela com um suspiro profundo, abrindo a porta para sair. — Não há pior cego do que aquele que não quer ver.

39

Nos últimos dias, Pat Jennings não sabia nem como tratar seu empregador, Richard Walker. Na segunda-feira de manhã ele chegara com aquela conhecida expressão de alívio que normalmente comprova que a mãe havia saldado suas dívidas de jogo. No mesmo dia, o enteado da mãe dele, Peter Carrington, foi levado à audiência de denúncia de assassinato. No dia seguinte, na terça-feira, Walker falou espontaneamente sobre ele:

— Jantamos com Peter ontem à noite, quando ele voltou para casa.

Pat havia feito perguntas sobre a ex-empregada, Maria Valdez.

— Naturalmente, Peter está bastante deprimido com tudo que aconteceu — explicou Walker. — É desprezível que essa mulher tenha modificado seu depoimento, e agora ainda se atreva a macular a memória de meu padrasto. Espero ser convocado para testemunhar. Assim, vou poder confirmar que o homem era realmente dado a surtos de generosidade. Eu me lembro de uma noite em particular, quando eu estava jantando com ele e com minha mãe. Alguém se aproximou da mesa no restaurante falando sobre uma causa qualquer, e Carrington tirou do bolso seu talão de cheques e doou 10 mil dólares ali mesmo, sem hesitar ou questionar a tal causa. Na mesma noite, ele irritou o garçom ao deixar uma gorjeta mesquinha.

Walker também havia conversado com Pat sobre a esposa de Peter, Kay.

— Uma jovem absolutamente maravilhosa — elogiara ele. — Ela é exatamente o que Peter precisava encontrar. Pelo que vi, mesmo com todo o seu dinheiro, ele nunca teve tanta felicidade.

Na quarta-feira de manhã Walker entrou na galeria acompanhado por uma jovem e belíssima artista, Gina Black. Como as outras que a antecederam, Gina foi apresentada a Pat como detentora de um talento brilhante, alguém cuja carreira floresceria sob a tutela de Walker.

É claro, Pat havia pensado.

Ela ouviu as notícias sobre o esqueleto encontrado no terreno da propriedade na noite de quarta-feira, quando assistia ao jornal noturno com o marido. O detalhe mais interessante, porém, o fato de os ossos terem pertencido ao pai de Kay Carrington, só foi revelado na manhã seguinte por Walker.

— Eles ainda não estão divulgando detalhes — confidenciou ele —, mas o homem usava uma corrente e um medalhão no qual havia uma fotografia da mãe de Kay. Minha mãe está à beira de um colapso. Ela estava em seu apartamento de Nova York quando recebeu a notícia pela televisão, como todo mundo. Ela mesma me contou que, há alguns dias, quando as buscas começaram e os cachorros foram levados para a propriedade, antes da chuva, ela perguntou a um policial se estavam pensando que a casa era um cemitério.

— *Dois* corpos foram encontrados na propriedade — comentou Pat. — Eu não iria morar lá nem por muito dinheiro.

— Nem eu — concordou Walker, passando pela recepção a caminho de seu escritório. — Vou dar um telefonema importante. Não transfira outras ligações até eu terminar.

Jennings viu Walker fechar a porta com firmeza e trancá-la. Ele ia telefonar para o homem que cuidava de suas apostas, ela pensou. Em pouco tempo vai estar novamente enterrado em dívidas. Fico me perguntando quando a mãe dele vai finalmente desistir e dizer a ele para resolver os próprios problemas.

Ela pegou a cópia do *New York Post* que havia deixado dobrada na última gaveta de sua mesa. No ônibus que a levara até a 57th Street ela havia passado os olhos rapidamente pela página seis, mas agora podia ler todo o texto com calma e atenção. Aquela pobre Kay Carrington... Como devia ser viver casada com um homem que é evidentemente um assassino em série? Ela devia estar sempre preocupada, com medo de não ver a luz do dia seguinte!

Houve apenas um telefonema durante a hora seguinte, o de uma mulher que dizia se chamar Alexandra Lloyd. Ela já havia ligado na semana anterior, e Walker não retornara sua ligação. Ele havia recebido o recado? A mulher tinha um tom arrogante.

— Definitivamente, eu transmiti a ele seu recado — respondeu Jennings com firmeza e cortesia. — Mas direi a ele que voltou a ligar.

— Por favor, anote meu número novamente. Pode, por favor, dizer a ele que o assunto é muito importante?

— É claro que sim.

Trinta minutos depois, quando Walker abriu a porta do escritório, Pat viu o rubor de empolgação em suas faces. Não havia um único cavalo correndo naquele dia em que ele não houvesse apostado, ela pensou.

— Richard — começou Pat —, deixei sobre sua mesa um recado na semana passada. Era de uma mulher chamada Alexandra Lloyd. Ela telefonou novamente e pediu para você entrar em contato. Disse que o assunto é muito importante.

Ela entregou o papel onde havia anotado o número do telefone. Richard o pegou, rasgou-o e voltou ao escritório. Dessa vez ele bateu a porta com força.

40

— A FORÇA DO GOLPE QUE MATOU JONATHAN LANSING foi tão grande que a parte posterior de seu crânio sofreu afundamento — comentou Barbara Krause ao ler o relatório da autópsia. — Fico me perguntando o que Kay Carrington pensa agora quando olha para o marido.

Tom Moran deu de ombros.

— Se ela não tem medo de ficar sozinha em casa com aquele sujeito à noite, não deve ser muito normal.

— Dessa vez podemos ter certeza de que Carrington contava com a ajuda de alguém — continuou Krause. — Ele não deixou o carro de Lansing naquele lugar afastado e voltou para casa de carona. Alguém o levou de volta.

— Estive examinando nosso arquivo do desaparecimento de Lansing e encontrei uma indicação de possível suicídio. A companhia de seguros suspeitou de fraude. Eles mandaram vários investigadores à área onde o carro foi encontrado. Um homem como Peter Carrington chama atenção. Há algo de diferente nele. Mesmo que estivesse usando roupas doadas pelo Exército da Salvação, ele teria sido notado. Ninguém que correspondesse à descrição de Carrington foi visto pegando um ônibus, ou alugando um carro naquela área. O que posso imaginar é que, se ele realmente dirigiu o carro de Lansing até lá, alguém o seguiu para pegá-lo e levá-lo para casa.

— Lansing foi demitido, supostamente, por ter um problema com bebida — disse Krause. — Mas... suponhamos que tenha havido outra razão. Vamos supor que alguém tivesse medo dele por representar uma ameaça. Ele foi demitido duas semanas depois do desaparecimento de Susan Althorp. A teoria era que havia cometido suicídio duas semanas depois de Susan ter desaparecido. Na época, a polícia vasculhou o terreno da propriedade com os cães farejadores, e sei que a área externa à cerca também foi examinada.

Krause tinha uma cópia do projeto de paisagismo de Lansing sobre a mesa.

— A pergunta é: ele apresentou o projeto depois de o corpo de Susan ter sido enterrado naquele local? Se a resposta for afirmativa, ele assinou a própria sentença de morte.

A promotora olhou para o relógio de pulso.

— É melhor se apressar. O funeral de Lansing está marcado para as 11 horas. Mantenha os olhos bem abertos e veja quem estará presente.

41

Eu arranjei tudo para que a missa fúnebre de meu pai fosse realizada na igreja mais próxima do cemitério MaryRest, onde minha mãe estava enterrada. Fica em Mahwah, uma cidade distante vinte minutos ao norte de Englewood. Eu tinha esperanças de manter em sigilo a data e o horário da cerimônia religiosa, mas quando chegamos na igreja os fotógrafos já estavam lá. E eram muitos.

Maggie e eu fomos levadas pelo motorista da agência funerária. Quando percorremos o corredor central da igreja, vi rostos conhecidos: Vincent Slater, Elaine, Richard Walker, os Barr. Sabia que eles planejavam comparecer, mas não achei prudente chegamos juntos. Eu não fazia parte daquele mundo quando meu pai faleceu. Nessas últimas horas, sentia forte necessidade de ficar afastada deles. Queria ter meu pai só para mim.

Em minha dor, me senti isolada de Maggie. Sabia que ela havia amado meu pai, e que ficara feliz quando ele e minha mãe se casaram. Acredito que, depois da morte de minha mãe, Maggie havia incentivado meu pai a sair com outras mulheres, mas, conhecendo-a como a conhecia, tenho certeza de que ela sentiu uma satisfação secreta por ele nunca ter se envolvido com alguém.

Por outro lado, Maggie sempre criticava meu pai na minha frente por causa de seu maior problema, a bebida, embora agora eu pense que ela exagerou um pouco para poder dar algum sentido a seu desaparecimento.

A igreja não estava lotada, mas havia muitas amigas de Maggie, então eu soube que ela não havia cumprido a promessa de não contar a ninguém sobre o local de realização da cerimônia. Porém, vi as lágrimas nos olhos dela e meu coração ficou apertado por minha avó. Certa vez ela me contou que nunca mais comparecera a um funeral sem reviver a dor que sentira com a morte de minha mãe.

Eu me sentei no primeiro banco da igreja, a centímetros de distância do caixão, meus dedos tocando o pingente que até pouco antes havia estado preso ao corpo de meu pai por tantos anos. Não conseguia deixar de pensar que devia saber que ele não podia ter se matado. Ele nunca teria me abandonado.

Maggie começou a chorar quando uma solista começou a cantar a "Ave-Maria", como havia sido cantada na missa de minha mãe.

"Ave, Ave, Ave, Maria." Quantas vezes eu ouvira essa mesma canção ao longo dos anos? Ouvi essa canção antes. Quando as últimas notas desapareceram no silêncio, por alguma razão comecei a pensar naquele episódio anos atrás na capela da mansão. A cena entre o homem e a mulher poderia ter mais importância do que eu havia percebido?

O pensamento passou por minha cabeça e desapareceu. A missa terminou. Eu segui o caixão de meu pai pelo corredor da igreja.

Do lado de fora a imprensa me cercou. Um dos repórteres perguntou:

— Sra. Carrington, não se incomoda por seu marido não poder estar a seu lado nesse dia tão difícil de sua vida?

Eu olhei diretamente para a câmera. Sabia que Peter estava sentado diante da televisão ligada, certo de que a mídia cobriria o funeral.

— Como já devem saber, meu marido não pode deixar nossa residência. Ele é inocente da acusação referente à morte de Susan Althorp, inocente também no caso da morte de sua primeira esposa, e é inocente na morte de meu pai. Eu desafio Barbara Krause, a promotora de Bergen County, a lembrar o princípio legal e moral de que neste nosso país uma pessoa é presumidamente inocente até que se prove o contrário. Sra. Krause, presuma meu marido inocente de qualquer crime, depois reveja os fatos referentes a essas três mortes. Saiba que é exatamente isso que *eu* pretendo fazer.

Naquela noite, quando fomos para a cama, Peter chorou em meus braços.

— Não mereço você, Kay — sussurrou ele. — Não mereço você.

Três horas depois, eu acordei. Peter não estava mais a meu lado na cama. Com um terrível pressentimento, corri até a sala entre os dois quartos, e dela para o dormitório de Peter. Ele também não estava lá. Eu ainda estava parada no meio do quarto quando ouvi o som de pneus arrancando em alta velocidade. Corri até a janela a tempo de ver a Ferrari de Peter voando para o portão.

Quinze minutos depois viaturas da polícia, alertadas pelo GPS que rastreava a pulseira eletrônica no braço de Peter, o cercavam enquanto, ajoelhado, ele permanecia no gramado gelado da casa dos Althorp. Quando um policial se aproximou para detê-lo, Peter se levantou de um salto e esmurrou o nariz do oficial.

— Ele estava dormindo. É sonâmbulo — falei a Conner Banks mais tarde, no meio da manhã, durante a audiência de acusação contra Peter. — Caso contrário, jamais teria saído de casa sem permissão.

Mais uma vez, Peter foi conduzido à sala do fórum vestindo um macacão laranja. Dessa vez, além das algemas, havia correntes prendendo seus pés. Eu ouvi atordoada a leitura das novas acusações: Desrespeito às condições da fiança... agressão a um policial... risco comprovado de fuga.

O juiz não precisou de muito tempo para tomar uma decisão. A fiança de 20 milhões de dólares foi retirada. Peter seria mantido sob custódia.

— Ele é sonâmbulo — insisti aflita com Banks e Markinson. — Ele é sonâmbulo!

— Fale baixo, Kay — repreendeu-me Banks. — Neste país, sonambulismo não é defesa. Na verdade, há dois homens neste país que estão cumprindo atualmente sentenças de prisão perpétua porque mataram alguém enquanto dormiam. Eles são sonâmbulos.

42

O VÍDEO CHOCANTE QUE A POLÍCIA GRAVOU DE PETER Carrington ajoelhado no gramado diante da casa da família Althorp, e depois, quando ele atacou o oficial que tentou detê-lo, fez Nicholas Greco se perguntar se havia alguma utilidade em manter o encontro marcado com Nancy e Jeffrey Hammond, o casal que havia sido convidado para o jantar na noite em que Grace Carrington morreu afogada.

Nancy Hammond havia telefonado explicando que eles estiveram fora da cidade, visitando parentes na Califórnia, mas que ela estava retornando a ligação assim que ouvira o recado deixado por Greco em sua secretária eletrônica. Ela mesma sugeriu que ele fosse visitá-los para conversarem.

O casal morava em uma rua agradável em Englewood, onde muitas casas eram mais antigas e tinham varandas com telhados descendentes cobrindo também a escada externa, o tipo de imóvel que era construído no início do século XIX. Greco subiu os cinco degraus até a varanda e tocou a campainha.

Nancy Hammond abriu a porta, apresentou-se e o convidou para entrar. Ela era uma mulher pequena que parecia ter cerca de 40 anos, talvez um pouco mais, com cabelos grisalhos que emolduravam e suavizavam o rosto de traços angulosos

— Jeff chegou em casa há poucos minutos — disse ela. — Ele já vai descer. Oh, aí está ele — concluiu sorridente.

Jeff Hammond estava terminando de descer a escada que unia os dois andares da casa.

— E é assim que minha esposa me apresenta? — comentou ele com uma sobrancelha erguida. — Aí está ele?

O homem alto e magro com pouco menos de 50 anos fez Greco pensar imediatamente em John Glenn, o astronauta. Como Glenn, quando sorria ele tinha ruguinhas no canto dos olhos. Estava ficando careca, e não fazia nenhum esforço para disfarçar. Uma coisa que irritava Greco era ver homens que não se conformavam com a inevitabilidade da estrutura de seu DNA. Era capaz de identificar uma peruca a quilômetros de distância, e pior ainda, em sua opinião, era ver um homem com um daqueles penteados ridículos, com fios longos puxados de um lado para o outro da cabeça, tentando ocultar a calvície.

Greco havia feito uma pesquisa exaustiva sobre o casal, e descobrira que a história dessas pessoas era justamente aquela que ele esperava para amigos de Grace Carrington. Famílias boas e sólidas dos dois lados: o pai dele havia sido senador; o bisavô fora membro de um gabinete presidencial. Ambos eram muito bem-educados e tinham um filho que, aos 16 anos, estudava em um excelente colégio interno. Jeffrey Hammond trabalhava como captador de recursos para uma fundação. Nancy Hammond trabalhava em regime de meio período no gabinete de um político local cuidando de questões administrativas.

Ele já havia explicado na mensagem que deixara na secretária eletrônica e mais tarde, na conversa que tiveram por telefone, por que queria conversar com eles. Enquanto os seguia para a sala de estar, observava os detalhes do ambiente. Um deles era músico, evidentemente. Um piano com partituras dominava a sala. Fotos de família cobriam a superfície do instrumento. A mesa de café tinha alguns exemplares de revistas formando pilhas perfeitas: *National Geographic*, *Time*, *Newsweek*. Greco podia perceber que as revistas pareciam ter sido manuseadas. O sofá e as cadeiras eram de boa qualidade, mas precisavam de uma reforma no estofamento.

Sua impressão geral foi a de um lar agradável habitado por pessoas inteligentes. Assim que se sentaram, ele foi direto ao ponto daquela visita.

— Há quatro anos vocês deram depoimentos à polícia sobre Grace Carrington e seu comportamento naquela noite, quando foram jantar com ela. A noite em que ela morreu.

Jeffrey Hammond olhou para a esposa.

— Nancy, achei que Grace parecia perfeitamente sóbria quando chegamos lá. E você concordou comigo.

— Ela estava inquieta, agitada — disse Nancy Hammond. — Grace estava grávida de sete meses e meio, e já sentia falsas contrações. Ela fazia grande esforço para ficar longe da bebida. Estava dividida. Muitos de seus amigos viviam na cidade e entravam e saíam do apartamento o tempo todo. E Grace adorava festas. Mas o médico havia receitado muito repouso, e acho que ela se sentia mais segura na mansão do que em Nova York. Porém, ela ficava entediada aqui.

— É evidente que a conhecia bem — disse Greco.

— Ela foi casada com Peter por oito anos. Durante todo esse tempo frequentamos a mesma academia de ginástica em Englewood. Sempre que estava na mansão, ela ia se exercitar na academia. Ficamos amigas.

— E ela fazia confidências?

— Confidência é uma palavra forte demais. Só uma vez ela baixou a guarda e chamou Peter de gênio milionário e careta, antiquado.

— Então, não acredita que ela estivesse deprimida?

— Grace estava preocupada com a questão da bebida. Ela sabia que tinha um problema. Queria aquele bebê desesperadamente, e não conseguia esquecer que já havia sofrido três abortos espontâneos. Meu palpite é que ela já havia tomado um drinque quando chegamos na mansão, e depois, de um jeito ou de outro, continuou bebendo sem que ninguém percebesse.

Por várias razões, ela queria que o bebê sobrevivesse, Greco pensou. E entre esses motivos, talvez o maior deles, estava o fato de que aquela criança seria sua passagem para um rendimento anual de 20 milhões de dólares até o fim da vida. Ele olhou para Jeffrey Hammond.

— O que *você* acha, Sr. Hammond?

O homem parecia pensativo.

— Eu ainda penso naquela noite de vez em quando — contou ele. — Concordo que Grace parecia inquieta quando chegamos, e depois, lamentavelmente, com o transcorrer da noite, ela começou a cambalear e falar com voz pastosa, tropeçando nas palavras.

— Alguém tentou impedir que ela se embebedasse?

— Quando percebi, era tarde demais. Ela foi ao bar e serviu vodca pura em seu copo, e não tentou disfarçar ou fingir que era outra coisa. Antes do jantar, ela alegou estar bebendo apenas club soda com uma rodela de limão.

— Ela tentou nos enganar — afirmou Nancy Hammond secamente. — Como muitos alcoólatras, ela devia ter alguma garrafa escondida em algum lugar da casa. Talvez no lavatório.

— Ela esperava que o marido chegasse em casa antes do jantar? — perguntou Greco.

— Lembre, aquele jantar não foi um evento planejado — disse Jeffrey Hammond. — Grace telefonou para Nancy um dia antes para saber se tínhamos algum outro compromisso. No início da noite ela nos informou que o aniversário de Richard Walker se aproximava e por isso aproveitaríamos para fazer do jantar uma comemoração. Não havia um lugar posto à mesa para Peter.

— Grace se referiu a um artigo que ela havia lido na revista *People* sobre a atriz Marian Howley? — perguntou Greco.

— Sim, ela mencionou o artigo — respondeu Nancy Hammond prontamente. — De fato, ela mantinha a revista aberta naquela página quando chegamos, e a deixou aberta. Falou sobre como Marian Howley era uma atriz maravilhosa, disse que ia comprar os ingressos para ir assistir ao seu novo espetáculo e contou que ela a havia conhecido e encontrado algumas vezes em festas beneficentes, além de elogiar o bom gosto de Howley. Depois do jantar, quando estávamos tomando café, ela voltou a falar exaustivamente sobre Howley, e se repetiu, como fazem os bêbados, enaltecendo o bom gosto da atriz. Depois, Grace arrancou um pedaço da página da revista, guardou-o no bolso da jaqueta e jogou a revista no chão.

— Eu não vi nada disso — disse Jeffrey Hammond.

— Porque, àquela altura, todos vocês já estavam ignorando Grace. Isso aconteceu segundos antes de Peter entrar, e depois disso o inferno caiu sobre nós. Partimos alguns minutos mais tarde.

Greco percebeu que estava desapontado. Fora até ali impelido pela esperança de descobrir algo mais importante e profundo, talvez saber se havia alguma importância naquele papel amassado encontrado no bolso da jaqueta de Grace Carrington.

— Não vou mais tomar o tempo de vocês — disse ele. — Foram muito gentis me recebendo em sua casa.

— Sr. Greco — adiantou-se Nancy Hammond —, nesses últimos quatro anos nunca acreditei nem por um minuto que a morte de Grace pudesse ter sido mais que um acidente, mas depois de ver aquela imagem de Peter Carrington esmurrando o oficial de polícia na frente da casa dos Althorp, mudei de ideia. O homem é um desequilibrado e posso perfeitamente imaginá-lo agarrando Grace quando ela desmaiou no sofá, levando-a para fora e jogando-a na piscina. Gostaria muito de poder lhe dizer alguma coisa que servisse de evidência para incriminá-lo e levá-lo a julgamento.

— Eu também — concordou Jeffrey Hammond com firmeza. — É uma pena que Nova Jersey se prepare para eliminar a pena de morte.

Greco estava prestes a concordar quando viu algo que o surpreendeu. Havia nos olhos de Hammond uma profunda e intensa angústia. Com o instinto que raramente falhava, Greco calculou que havia tropeçado sem querer na identidade do homem que fora o amante de Grace Carrington.

43

Depois da audiência o promotor permitiu que eu voltasse à cela onde Peter estava à espera do carro que o levaria de volta à prisão.

Ele ainda usava algemas e tinha correntes nos pés, e estava em pé no meio da cela. Peter mantinha a cabeça baixa, os olhos fechados, e quando o vi naquela situação meu coração se partiu. Seus ombros estavam encurvados, e todo o seu corpo parecia tão dobrado, tão ameaçado pelo peso da angústia, que era como se ele tivesse perdido 10 quilos da noite para o dia. Seu cabelo estava desalinhado, e a palidez era ressaltada pela barba que já aparecia como uma sombra escura.

A cela possuía um banheiro sujo em um canto e um cheiro desagradável pairava no ar daquele cubículo.

Peter deve ter sentido minha presença, porque levantou a cabeça e abriu os olhos. Com voz controlada, composta, mas com os olhos implorando por compreensão, ele disse:

— Kay, eu não estava tentando fugir ontem à noite. Estava sonhando que precisava encontrar alguma coisa, e então tive a sensação de que alguém me atacava. Eu esmurrei o policial ontem à noite. E o feri. Talvez eu...

Eu o interrompi.

— Sei que não estava tentando fugir, Peter. E vamos fazê-los entender tudo isso.

Peter havia recuado um passo, como se tivesse medo de que eu o rejeitasse. Mas, em seguida, caminhou até as grades e ergueu as mãos para entrelaçar os dedos nos meus. Notei que o bracelete eletrônico havia desaparecido. Não tinha mais nenhuma utilidade, agora que já servira a seu propósito, pensei amargurada. O bracelete alertara a polícia sobre a saída de Peter da propriedade. Dinheiro bem gasto pelo estado de Nova Jersey.

— Kay, quero que se divorcie de mim e retome sua vida.

Foi então que desmoronei completamente, soluçando de maneira incontrolável, furiosa comigo por estar tornando a situação ainda pior para ele.

— Oh, Peter! Oh, Peter, não diga isso. Nem pense nisso!

Ele me calou com um gesto.

— Kay, logo eles estarão aqui. Escute, não quero que fique sozinha em casa. Peça a sua avó para ir ficar com você.

Eu balancei a cabeça.

— Não!

Um policial entrou na área fechada.

— Lamento, Sra. Carrington, mas vai ter de sair agora — informou ele.

Ainda tentando conter os soluços, eu disse a Peter:

— Vou descobrir quando posso ir visitá-lo. Eu...

— Kay, você precisa cuidar disso imediatamente — disse Peter aflito. — Quero que fale com Vincent. Diga a ele para contratar uma empresa de segurança. E diga para fazer isso ainda hoje. Quero uma guarda em torno de nossa casa. Vinte e quatro horas diárias de vigilância. *Você não vai ficar sozinha em casa sem essa guarda!*

Era a declaração de um marido protetor. Peter estava preocupado comigo.

Eu o encarei, séria. O oficial segurou meu cotovelo para me levar da área de detenção. Eu não me movi. Ainda tinha algo a dizer, e não tinha importância se o guarda me ouviria.

— Peter, vou fazer uma tremenda festa de boas-vindas para você quando esse pesadelo acabar.

Minha recompensa foi um sorriso triste. Então, Peter respondeu:

— Ah, Kay, queria muito poder acreditar que isso vai acontecer um dia.

Na manhã seguinte todo o contingente da força de defesa de Peter se reuniu na mansão. Walter Markinson e Conner Banks estavam presentes, é claro. Os outros dois advogados haviam viajado de suas cidades para se reunir com os colegas. Saul Abramson chegara de Chicago horas antes e Arthur Robbins acabara de aterrissar, vindo de Boston.

Vincent Slater ocupou seu lugar de costume à mesa da sala de jantar. Os Barr haviam deixado café, pães, bolos e garrafas de água sobre o bufê, como sempre. Tudo era como sempre, mas Peter não ocupava seu lugar à cabeceira da mesa. Por isso, eu me sentei na cadeira vaga.

Se o clima havia sido pesado na semana anterior, hoje era deprimente. Conner Banks abriu a discussão:

— Kay, não sei se isso serve de conforto para você, mas o relatório que a polícia emitiu sobre os eventos daquela noite em que Peter foi detido afirma que ele estava desorientado e tonto, e tinha uma expressão vazia nos olhos. O documento relata que ele não respondeu às ordens para andar depois de ter sido algemado. Quando já estavam no carro da polícia, ele começou a perguntar o que havia acontecido e por que estava ali. De acordo com o relatório ele chegou a dizer: "Não posso sair da minha propriedade. Não quero arrumar mais problemas." Ele foi submetido a exames de sangue e urina, mas não foi encontrada nenhuma evidência de droga no organismo. De qualquer maneira, tudo indica que ninguém pensa que Peter estava representando.

— Ele não estava.

— Vamos levantar seu histórico médico completo — anunciou Markinson. — Ele sofre de sonambulismo?

Antes que eu pudesse responder, Vincent Slater se adiantou:

— Sim, ele é sonâmbulo.

Eu podia ver gotas de suor na testa e sobre a boca de Slater. "Cavalos suam; homens transpiram; damas cintilam." Maggie teria recitado isso como havia feito tantas vezes em minha adolescência quando eu dizia alguma coisa sobre suar ou estar suada. Pensar nisso em um momento tão difícil me fez acreditar que eu era a única ali em um estado de fuga.

— O que sabe sobre o sonambulismo de Peter? — perguntou Markinson a Slater.

— Como deve saber, trabalho para a família Carrington desde o dia em que me formei na faculdade. A mãe de Peter morreu quando ele tinha 12 anos. Na época eu tinha 24, e o Sr. Carrington me incumbiu de ser uma espécie de irmão mais velho para Peter. Em vez de contratar um motorista para levá-lo e ir buscá-lo na escola preparatória, ele me pedia para dirigir o carro e acompanhá-lo, e também para ajudá-lo nos primeiros dias, durante a adaptação. Esse tipo de coisa. Quando havia algum feriado escolar, o pai dele frequentemente estava fora, viajando, e se Peter não queria ir visitar um amigo, eu o levava para esquiar ou velejar.

Eu ouvi com o coração apertado, tentando imaginar aquele garoto que precisava da companhia de um estranho para se manter ocupado quando a maioria dos meninos ia para casa ficar com as famílias. Tentei decidir se Slater gostava daquele trabalho ou se apenas o utilizara como uma ponte para conquistar a gratidão do pai de Peter e, mais tarde, do próprio Peter.

— Isso é algo que eu jamais teria discutido, exceto em uma situação extrema, como agora, quando todos queremos ajudar Peter — continuou Vincent. — Eu testemunhei pelo menos três episódios de sonambulismo.

— Quantos anos tinha Peter? — perguntou Banks.

— Na primeira vez, ele tinha 13 anos. Eu estava aqui, na mansão. Ele havia ido para a cama, e eu assistia à televisão no quarto que agora uso como escritório. Ouvi um barulho e fui ver o que estava acontecendo. Peter estava na cozinha, sentado à mesa com um copo de leite e alguns biscoitos diante dele. O pai dele me havia prevenido sobre a ocorrência de outros episódios de sonambulismo, e eu deduzi imediatamente que estava testemunhando um deles. Peter bebeu o leite, comeu os biscoitos, pôs o prato e o copo na pia e saiu da cozinha. Ele passou do meu lado e não me viu. Eu o segui pela escada, até o quarto, e o vi voltar para a cama.

— Houve algum episódio no qual ele tenha tido um comportamento violento? — quis saber Conner Banks.

— Quando Peter tinha 16 anos ele e eu estivemos em Snowbird esquiando durante um período de recesso escolar. Tínhamos uma suíte com dois quartos no hotel. Havíamos esquiado o dia todo e fomos para a cama por volta das 22 horas. Cerca de uma hora mais tarde ouvi movimentos e fui olhar o que estava acontecendo no quarto dele. Peter estava completamente vestido com o traje de esquiar. Percebi que não devia acordá-lo, por isso o segui para ter certeza de que ele ia ficar bem. Peter desceu. Ainda havia algumas pessoas no bar, mas ele ignorou todo mundo e saiu. Eu havia vestido uma jaqueta pesada sobre o pijama, e foi assim que o segui, ainda descalço. Os esquis estavam trancados do lado de fora, mas ele tinha a chave do cadeado e os pegou.

— Ele abriu o cadeado dos esquis enquanto dormia? — perguntou Markinson, incrédulo.

— Sim, e depois começou a caminhar na direção do elevador. Eu não podia deixá-lo sozinho. Tinha certeza de que o elevador estava fechado, mas, por outro lado, não sabia do que ele era capaz. Lembrem, eu estava descalço. Corri atrás dele e o chamei pelo nome.

Tinha medo de ouvir o que Vincent estava por nos dizer.

— Peter se virou e, da mesma forma que atacou o policial ontem à noite, ele me atacou. Conseguiu me esquivar, mas a ponta do esqui que ele carregava me acertou na testa, bem em cima de um olho. — Slater apontou para a sobrancelha esquerda. — Esta cicatriz é prova do que aconteceu naquela noite.

— Houve algum outro episódio de sonambulismo depois disso? — foi a pergunta que Arthur Robbins formulou. Ele era o advogado de Boston.

— Não que eu tenha presenciado. Só estou contando tudo isso porque, de certa forma, pode servir para demonstrar que há um padrão que pode ser útil para a defesa de Peter.

— Ele foi submetido a tratamento médico depois desse episódio assustador na estação de esqui? — quis saber Conner Banks.

— Sim, Peter foi tratado por um médico muito experiente do hospital Englewood. Isso foi há 25 ou 26 anos, por isso duvido que ele ainda esteja vivo, considerando que já era um homem idoso naquela época, mas talvez os registros médicos ainda estejam arquivados em algum lugar.

— Pelo que sei, os meninos têm maior probabilidade para o sonambulismo do que as meninas, e parece que os episódios começam na adolescência — contou Markinson. — No entanto, não sei ao certo se informar a promotora sobre esse violento episódio de sonambulismo há 26 anos vai ajudá-lo de alguma forma.

— Houve outro incidente na semana passada — contei a eles. — Foi logo depois de Peter ter voltado para casa, depois daquela primeira audiência de acusação.

Expliquei como ele havia ido descansar e cochilara, e como, quando eu fora ver se estava dormindo, eu o encontrei em pé ao lado da cama diante de uma mala aberta e já contendo algumas peças de roupa.

Não contei sobre o episódio de sonambulismo na noite em que voltamos da nossa lua de mel. Não fui capaz de explicar com palavras a cena que havia visto, seu braço imerso na piscina como se ele puxasse ou mergulhasse um objeto. Disse a mim mesma que aqueles advogados eram regiamente remunerados para defender meu marido, mas que minha informação podia levá-los a acreditar que Peter realmente havia matado Grace.

Eu temia que, mesmo trabalhando duro para absolvê-lo, eles o considerassem culpado.

44

— Os advogados vão ficar para o almoço — disse Jane Barr ao marido quando ele entrou na cozinha depois de realizar algumas tarefas do lado de fora. — Não acha que três horas deviam ser suficientes? A Sra. Carrington parece completamente esgotada. Juro que tenho medo de que ela adoeça.

— Tudo tem sido muito difícil para ela. — Gary Barr concordou enquanto pendurava o casaco no armário ao lado da porta da cozinha.

— Fiz sopa de galinha — contou Jane desnecessariamente. O aroma de frango cozido, cebolas e aipo perfumava a cozinha. — Vou assar alguns biscoitos e preparar uma salada e queijo. Nenhum deles é vegetariano.

Gary Barr conhecia bem a esposa. Nas últimas duas semanas, desde que os restos mortais de Susan Althorp foram encontrados, Jane se mostrava cada vez mais agitada e tensa. Ele a viu se debruçar sobre a pia para lavar alface. Hesitante, aproximou-se dela e perguntou, de forma contida:

— Você está bem?

Jane se virou, o rosto contorcido pela dor e pela raiva.

— Nunca houve um ser humano melhor que Peter Carrington, e agora ele está na cadeia porque...

— Não diga isso, Jane — ordenou Gary Barr com uma expressão revoltada. — Não diga isso. Nem *pense* nisso! Por que não é verdade. Juro por minha alma que não é verdade. Você acreditou em mim há 22 anos. É melhor continuar acreditando agora, ou nós dois vamos acabar vivendo sob o mesmo teto de Peter Carrington novamente, e não vai ser aqui na mansão.

45

— NÃO ENCONTREI NO ARQUIVO NENHUMA MENÇÃO À REvista que Grace Carrington estivera lendo pouco antes de morrer — Nicholas Greco contou a Barbara Krause quando se sentou no escritório dela.

— Pelo que entendi, ela havia sido jogada fora — respondeu Krause. — Grace arrancou uma página da revista porque queria se lembrar de comprar os ingressos para o tal espetáculo que havia estreado na Broadway.

— Sim, eu sei disso. Estive com os Hammond, o casal que participou do jantar naquela noite, e conversamos sobre isso.

— Nós também conversamos com eles naquela época. Foram interrogados — disse Krause. — Em seus depoimentos, ambos confirmaram que Grace estivera bebendo e que Peter criou uma cena ao chegar em casa. Os Hammond saíram da mansão pouco depois disso. É simplesmente lamentável que Philip Meredith não tenha nos informado há quatro anos que Grace estava envolvida com outro homem, mesmo que ele não tenha revelado o nome desse amante.

Para Greco, era óbvio que Barbara Krause não compartilhava de sua desconfiança com relação a Jeffrey Hammond ser esse amante, o homem com quem Grace planejava se casar, e não tinha nenhuma intenção de dividir com ela essa suspeita. Não era necessário envolver os Hammond nisso. Não agora, pelo menos. Tinha certeza de que o homem vivia seu inferno particular, se por algum motivo pensava que Peter Carrington havia descoberto sobre o romance clandestino, e esse conhecimento podia ter contribuído para a morte de Grace.

— A Sra. Hammond afirmou categoricamente que a revista continuava sobre a mesa de café quando ela saiu da mansão — disse Greco a Krause. — Tomei a liberdade de procurar a Sra. Barr, a governanta, hoje de manhã. Ela disse lembrar vagamente que *não* se desfez da revista, e diz que ela e o marido foram para a casa em que moram, na entrada da propriedade, antes de os Hammond terem deixado a mansão. Na manhã seguinte, foi ela quem encontrou o corpo na piscina. A Sra. Barr telefonou para a polícia antes mesmo de acordar Peter Carrington.

— Ele teve tempo para se desfazer da revista antes da chegada da viatura policial, mas por que faria isso? Com que propósito? — especulou Krause. — Seria muito fácil obter outra cópia do exemplar. Não entendo qual é o significado disso.

Greco podia notar que a promotora começava a ficar irritada. Ele se levantou imediatamente.

— Não quero mais tomar seu tempo — disse. — Só queria me certificar de que tinha entendido os fatos corretamente.

— É claro — respondeu Krause, levantando-se e estendendo a mão. — Sr. Greco, tirou um coelho da cartola. Quero que saiba que estamos seguindo todas as pistas que surgem para tentarmos identificar o amante de Grace Carrington. Mesmo que o encontremos, o depoimento desse homem não vai ser suficiente para condenar Carrington pelo assassinato da primeira esposa, mas certamente será um motivo incontestável. Quanto mais soubermos sobre essa situação, maior será nossa chance de fazer Carrington confessar e negociar uma apelação.

A questão principal não girava em torno do amante, Greco pensou. Precisavam encontrar a revista. Fora ao escritório da promotora nesse dia por uma única razão — para confirmar que a revista havia mesmo desaparecido imediatamente antes ou pouco depois de Grace Carrington morrer afogada.

46

Esse é um momento em que Kay precisa muito de mim, mas ela está se afastando, Maggie pensou enquanto vagava atordoada pela casa. Se ao menos ela houvesse me escutado e não tivesse se casado com Peter Carrington... Graças a Deus ele está preso, e enquanto estiver na cadeia não vai poder fazer mal a ela. Fico tensa só de lembrar as imagens que os policiais gravaram dele diante da casa dos Althorp, especialmente quando ele pulou sobre o oficial e o atacou. Espero que o mantenham preso pelo resto da vida.

São 9 horas, Maggie pensou. Kay acorda cedo. Vou telefonar para ela. Ontem, quando telefonei, os advogados estavam lá, e ela não retornou minha ligação.

Deprimida com a distância que só aumentava dia a dia entre ela e a neta, Maggie discou o número do telefone celular de Kay. Ninguém atendeu. Talvez ela estivesse com os advogados novamente, ela pensou. Vou tentar o número do telefone da mansão. Dessa vez Jane Barr atendeu ao chamado.

— A Sra. Carrington ainda está deitada — informou ela a Maggie. — Subi para me certificar de que ela estava bem, e ela me contou que se sentiu um pouco mal à noite. Hoje os advogados não virão.

— Diga a minha neta que estarei aí para jantar, mesmo que ela não queira — declarou Maggie com firmeza.

A campainha tocou segundos depois de ela ter desligado o telefone. Pelo painel de vidro no centro da porta ela viu dois homens parados do lado de fora. Quando a viram, ambos exibiram suas identificações, credenciais de detetives do gabinete da promotoria.

Relutante, Maggie abriu a porta e os convidou a entrar.

— Sra. O'Neil — começou com tom polido o detetive mais velho —, entendemos que na época em que Jonathan Lansing desapareceu todo o conteúdo da casa dele foi trazido para cá. Por acaso sabe se havia entre as coisas dele algum registro ou arquivo relacionado ao trabalho? E, se havia, ainda tem essas coisas guardadas?

Maggie pensou no sótão entulhado.

— Eu dei todas as roupas de meu genro — comentou ela. — A mobília, eu usei aqui. Estava em melhores condições do que a minha, e a filha dele, Kay, morava comigo. Achei que ela tinha o direito de viver em um ambiente melhor, mais confortável e bonito. — Será que estão pensando que roubei os móveis que foram de minha filha, ela se perguntou, nervosa. Talvez devesse ter pagado algum imposto pelo uso da mobília...

— É claro, entendemos tudo isso — respondeu o mais jovem, tentando tranquilizá-la. — Havia algum arquivo ou registro do trabalho de Jonathan Lansing, algum documento que talvez tenha guardado?

— Kay já me perguntou isso antes. Tenho um desses arquivos de aço no sótão, mas meu antigo sofá está virado sobre ele. Kay disse que viria dar uma olhada nas gavetas do arquivo assim que pudesse, mas vou precisar da ajuda de alguém com força física para afastar tudo que está em volta dele, ou não terei espaço para o sofá. E, depois, ainda vou ter de levantar o arquivo, porque o guardei deitado no sótão.

— Se nos der consentimento para examinar o conteúdo desse arquivo, nós mesmos deixaremos tudo disposto de forma que a Sra. Carrington possa ter acesso às gavetas. É claro que não é obrigada a permitir, mas gostaríamos muito de dar uma olhada nesses papéis.

— Não vejo nada de errado nisso — respondeu Maggie.

Ela levou os detetives ao sótão, depois se desculpou pela bagunça e pela poeira.

— Estou sempre dizendo a mim mesma que preciso dar um jeito nessa confusão e limpar isso aqui — explicou, enquanto, quase sem nenhum esforço, eles abriam espaço em torno do arquivo e o levantavam —, mas sabem como são essas coisas. Há sempre uma ou outra tarefa que frequentemente adiamos e nunca conseguimos cumprir. Kay diz que gosto de guardar tralhas, e ela está certa.

Os detetives não responderam. Cada um deles havia tirado uma pasta da primeira gaveta do arquivo e examinava seu conteúdo.

Com inquietação crescente Maggie os observava e imaginava se havia agido corretamente permitindo que eles tivessem acesso àquela papelada. Talvez devesse ter consultado Kay, ela pensou. Não queria dar à neta mais uma razão para ficar aborrecida e zangada com ela. Por outro lado, se Peter Carrington havia mesmo matado seu genro, e se havia ali alguma prova disso, seria tolice perder mais um minuto da vida se preocupando com ele.

— Veja só isto aqui — disse o detetive mais velho ao parceiro, exibindo uma folha de papel. Era uma cópia de um bilhete e de um projeto de paisagismo enviado a Peter Carrington por Jonathan Lansing. O conteúdo do bilhete era o seguinte:

> Caro Peter:
>
> É uma pena não concluir o projeto. Como você provavelmente sabe, seu pai e eu falamos sobre criar um plano simples para o terreno do lado de fora da cerca. Porém, não sou mais o paisagista da propriedade, e como acredito que a Sra. Elaine Carrington não quer que eu entre em contato com seu pai, pensei em pedir que entregasse a ele esse projeto. Anexei o cartão de um paisagista que conheço e que pode executar o projeto de acordo com as especificações de seu pai.
>
> Sempre apreciei muito as conversas que tivemos, e desejo a você todo o bem do mundo.
>
> Jonathan Lansing

Enquanto o detetive mais jovem lia o bilhete, o mais velho olhou para Maggie.

— Nunca se arrependa de guardar tralhas, Sra. O'Neil — disse ele.

47

CONNER BANKS ESTAVA SENTADO DIANTE DO CLIENTE, DO outro lado da mesa da pequena sala reservada para conferências entre advogados e detentos na Penitenciária de Bergen County. Ele havia sido o escolhido pela equipe de defesa para ir conversar com Peter Carrington sobre suas opções.

— Peter, isso é o que você está enfrentando — disse ele. — A boa notícia é que, embora seja uma pessoa de interesse no caso da morte de Grace, essa investigação corre separadamente. A promotoria não vai poder mencionar o caso nesse julgamento, já que não foi possível relacioná-la às mortes anteriores. No entanto, ainda temos de lidar com o fato de que dois corpos, o de Susan Althorp e o de Jonathan Lansing, foram encontrados em sua propriedade, e isso significa que a promotoria vai tentar relacionar os casos. De qualquer maneira, o fundamental é que acreditamos que não vão conseguir provar sua culpa, não sem que haja uma dúvida razoável.

— O que constitui "dúvida razoável", levando em conta todas as evidências que se acumulam contra mim? — perguntou Peter em voz baixa. — Eu fui a última pessoa a ver Susan viva. Maria Valdez vai testemunhar e afirmar que a camisa que jurei ter posto no cesto de roupas sujas nunca esteve lá, e vai dizer que meu pai a subornou, deu a ela um cheque para mantê-la de boca fechada. Agora você está me dizendo que o pai de Kay me enviou um bilhete com um projeto de paisagismo para a área externa à cerca da propriedade, onde o corpo de Susan foi encontrado. Se eu fosse mesmo culpado pela morte de Susan, teria ficado apavorado, porque executar esse projeto significaria que o corpo dela *seria* encontrado. Isso me daria uma razão para me livrar de Jonathan Lansing. Não há saída para mim.

— Peter, concordo que tudo isso parece muito ruim, mas escute o que vou dizer. Alguém pode ter interceptado aquela carta. Eles não têm prova de que você a recebeu.

— Eles têm prova de que meu pai deu um cheque de 5 mil dólares para Maria Valdez.

— Peter, é sua palavra contra a dela nessa questão de a camisa ter ou não estado no cesto de roupa suja e não podemos esquecer que ela está desmentindo um depoimento dado anteriormente sob juramento. Os juízes costumam duvidar de testemunhas que mudam os próprios depoimentos. E, sim, seu pai deu a ela um cheque, mas vamos relacionar outros casos de generosidade espontânea para mostrar que ele pode ter simplesmente ajudado Maria, uma ex-empregada da casa dele, a pagar as despesas médicas da mãe doente.

— O júri não vai acreditar nisso — opinou Peter.

— Peter, lembre-se, só precisamos de um jurado em dúvida para impugnar a decisão. Se a condenação não for unânime, se houver a chamada dúvida razoável na decisão, você não pode ser condenado. Não posso apostar todas as minhas fichas em uma absolvição, mas tenho certeza absoluta de que não vai haver unanimidade.

— Uma condenação sem unanimidade... não é exatamente uma perspectiva animadora. — Peter Carrington olhou diretamente para o advogado, desviou o olhar e depois, com esforço evidente, voltou a encará-lo. — Nunca me imaginei capaz de cometer um ato de violência contra outro ser humano — disse ele, escolhendo cada palavra cuidadosamente. — O que fiz àquele policial me faz entender que isso não é verdade. Vincent Slater contou que eu também o ataquei quando tinha 16 anos?

— Sim, ele contou essa história.

— O que vai acontecer se, apesar de todo esse esforço, eu não for absolvido nem houver dúvida em minha condenação?

— Peter, a promotoria vai pedir, e provavelmente vai conseguir, duas prisões perpétuas consecutivas. Você nunca mais sairá da prisão.

— Suponhamos que, de alguma forma, eles consigam me relacionar ao caso da morte de Grace. O que mais eu teria, então?

— Mais uma sentença de perpétua. Mas, Peter, não existe nenhuma possibilidade de alguém comprovar que você a matou!

— Conner, não subestime minha inteligência. Não existe essa coisa de "nenhuma possibilidade". Até agora, sempre acreditei em minha inocência. Mas não tenho mais certeza de nada. Não sou mais capaz de afirmar que nunca faria mal a outro ser humano. Sei que jamais feriria ou mataria alguém conscientemente, mas feri gravemente um policial naquela noite. E fiz a mesma coisa há anos com Vincent Slater. Talvez tenha agredido outras pessoas, também.

Conner Banks sentia a boca seca.

— Peter, você não precisa responder a pergunta que vou lhe fazer, e o aconselho a pensar cuidadosamente antes de me dar uma resposta. Acredita realmente que, num estado alterado de consciência, você pode ter matado Susan Althorp e Jonathan Lansing?

— Não sei. Cheguei a pensar que, naquela noite em que agredi o policial, eu podia estar procurando pelo corpo de Susan no jardim da casa dos pais dela. Precisava ter certeza de que ela estava morta. Isso foi um sonho ou estava revivendo o que aconteceu? Não sei.

Banks havia visto aquela expressão de Carrington em outros clientes, pessoas que tinham praticamente certeza de estarem diante de uma sentença de prisão perpétua.

— E ainda há mais. — A voz de Peter soou mais baixa e assombrada. — Kay lhe disse que na noite em que chegamos em casa da viagem de lua de mel ela me viu ajoelhado na beira da piscina, enfiando o braço na água sob a cobertura? Foi mais um episódio de sonambulismo.

— Não, ela não nos disse nada disso.

— Novamente, talvez tenha sido só um pesadelo, ou eu podia estar revivendo algo que realmente aconteceu. Não sei.

— Peter, nada disso vai ser discutido no tribunal. Vamos estabelecer um caso onde haverá uma dúvida razoável.

— Pode ficar com sua dúvida razoável. Se cometi aqueles crimes, quero que minha defesa alegue que eu estava dormindo e não tinha consciência do que fazia.

Banks o encarou boquiaberto por um minuto.

— Não! De jeito nenhum! Não existe a menor possibilidade de escapar de uma condenação com esse tipo de defesa! Seria o mesmo que entregar sua cabeça à promotoria em uma bandeja de prata.

— E eu digo que não existe nenhuma chance de escapar de uma condenação com essa defesa que você está planejando. E, mesmo que exista, procure ver as coisas do meu ponto de vista. Meu julgamento vai atrair enorme publicidade. Essa é uma excelente oportunidade de dizer ao mundo que, se você é sonâmbulo, e se comete um crime em estado alterado de consciência, não pode ser responsabilizado por isso.

— Não pode estar falando sério!

— Nunca falei mais sério em toda a minha vida. Pedi a Vince para pesquisar as estatísticas. De acordo com as leis britânicas e canadenses, um crime cometido em estado de sonambulismo é chamado de "automatismo não insano" De acordo com as leis desses países, a transgressão não torna um homem culpado, a menos que sua mente seja culpada. Se na ocasião do evento houver uma ausência de controle mental de forma a tornar automática a ação ocorrida, a lei permite a aplicação do sonambulismo como defesa.

— Peter, escute. Isso pode ser verdade na Inglaterra e no Canadá, mas aqui não vai funcionar. Eu seria um idiota numa cruzada patética se fosse à corte com essa defesa. Temos dois casos nesse país em que os réus foram condenados por matar pessoas que amavam durante episódios de sonambulismo. Um deles bateu com um cacetete na cabeça da esposa até matá-la, depois jogou o corpo na piscina. Outro dirigiu quilômetros até a casa dos sogros. Ele era muito dedicado à família da esposa, mas estava sob forte estresse. Esse homem espancou brutalmente o sogro e esfaqueou a sogra até a morte. Ele acordou quando dirigia de volta para casa, foi diretamente à delegacia de polícia mais próxima e relatou que algo terrível devia ter acontecido, porque estava coberto de sangue e tinha uma vaga lembrança de um rosto de mulher.

— Vince me falou sobre esses casos, Conner. Não esqueça, tenho sido uma pessoa de interesse desde os 20 anos. Mesmo que eu seja absolvido, serei tratado como um pária que derrotou o sistema e escapou de uma condenação por assassinato.

Não estou disposto a continuar vivendo desse jeito. Se não vai me defender como eu espero ser defendido, encontrarei outro profissional que acate minha vontade.

Houve um silêncio prolongado antes de Banks perguntar:

— Já conversou com Kay sobre isso?

— Sim, nós conversamos.

— E ela está de acordo?

— Ela relutou, mas concordou comigo. E também concordou com outra condição.

— Que condição?

— Vou permitir que ela me apoie e fique do meu lado durante o julgamento. Porém, se eu for condenado, e tenho certeza de que vou ser, ela aceitou assinar o divórcio e começar uma nova vida sozinha. Se Kay não tivesse concordado com isso, eu teria proibido que ela viesse me visitar.

48

TALVEZ PAREÇA MALUQUICE, MAS DEPOIS DE UM OU DOIS dias comecei a me sentir bem com a solidão da noite. Se Peter não podia estar comigo, então eu preferia ficar só. Havia algo em Jane e Gary Barr que estava me deixando incomodada. Jane estava sempre me cercando de cuidados. Eu sabia que ela se preocupava porque percebia que eu me sentia muito mal, mas, mesmo assim, não quero viver com essa sensação de que eles me observam como se eu fosse um inseto sob a lente de um microscópio.

Depois da visita dos detetives Maggie me procurou agitada e chorando, tentando explicar que jamais teria permitido que os detetives examinassem alguma coisa no sótão se soubesse que isso me aborreceria.

Eu devo muito a ela, e a amo muito, também, para fazer minha avó se sentir pior do que já se sentia. Como os advogados me explicaram, embora aquela carta de meu pai fosse endereçada a Peter, não havia prova de que ela não fora aberta por outra pessoa. Durante a busca na casa, uma cópia daquele projeto fora encontrada nos arquivos do pai dele.

Consegui convencer Maggie de que não a estava evitando, e a fiz compreender por que não podia permitir que ela fosse morar comigo. Finalmente, ela concordou que era mais confortável permanecer na própria casa, em sua poltrona preferida, dormindo na própria cama. Como afirmei para ela, eu estava segura ali, com os seguranças sempre a postos no portão, e outros patrulhando a propriedade. Nenhuma de nós duas se referiu ao fato de que, como Peter estava preso, ela não precisava se preocupar com a minha segurança pessoal.

Minhas visitas à penitenciária eram devastadoras. Peter estava se convencendo pouco a pouco de que era culpado pela morte de Susan e de meu pai, e já estava tão certo disso que seu interesse pelo trabalho dos defensores era cada vez menor, diminuindo na proporção inversa a seu distanciamento. O grande júri havia votado por seu indiciamento nos dois assassinatos, e o julgamento estava marcado para outubro.

Os advogados, principalmente Conner Banks, faziam verdadeiras conferências com ele na penitenciária, por isso eu os via menos agora. Comecei a receber notícias de pessoas com quem eu havia trabalhado na biblioteca, e de outros amigos de Manhattan e das proximidades. Todos eram muito cuidadosos quanto à maneira como falavam comigo, solícitos, mas constrangidos, sempre sem saber o que dizer.

— Lamento sobre seu pai. Eu teria ido ao funeral se soubesse onde seria realizado...

— Kay, se eu puder fazer alguma coisa, quero dizer, se quiser sair para jantar, ou ir ao cinema...

Eu sabia o que passava pela cabeça dessas boas pessoas: é difícil lidar com tudo isso de um jeito racional. Eu era a Sra. Peter Carrington, esposa de um dos homens mais ricos do país, e também era a Sra. Peter Carrington, esposa de um homem acusado de ser o autor de dois, talvez três assassinatos.

Eu adiava todas as possibilidades de reuniões e encontros. Sabia que até o almoço mais simples seria desconfortável para todos. A única pessoa que lamentava não encontrar, porém, era Glenn. Ele soou absolutamente normal quando me ligou para dizer:

— Kay, você deve estar vivendo no inferno!

Mais uma vez, era bom ouvir a voz dele. Nem tentei disfarçar.

— Sim, estou.

— Escute, talvez isso soe idiota, mas venho tentando imaginar o que poderia querer se estivesse no seu lugar. E acho que tenho a resposta.

— E qual é?

— Jantar com um velho amigo como eu. Escute, sei que nunca fui mais do que isso para você, e não me importa. Você pode escolher sobre o que vamos conversar.

Ele estava falando sério. Glenn sabia que nunca havia sido realmente "especial" para mim. Não para mim, pelo menos. Na verdade, nunca acreditei que havia sido "especial" para ele também. E ainda não acreditava. Teria adorado aceitar o convite de Glenn para jantar, mas, por outro lado, não podia nem imaginar como me sentiria se estivesse no lugar de Peter, e acabasse lendo em algum lugar que ele fora visto jantando com uma ex-namorada.

— Glenn, seu convite é tentador, mas não é uma boa ideia — respondi. Em seguida, me surpreendi ao ouvir minha voz concluir: — Por enquanto não.

Em que ponto eu havia começado a acreditar que Peter estava certo, que em um estado alterado de consciência ele podia mesmo ter cometido os crimes de que era acusado? Comecei a ponderar, e me convenci de que, se ele mesmo acreditava nisso, como eu poderia *não* aceitar essa hipótese? E, é claro, chegar a essa conclusão me destruía por dentro.

Comecei a pensar em meu pai em suas últimas semanas de vida. Sempre perfeccionista, ele estivera ansioso para ver pronto aquele último detalhe de seu projeto de paisagismo, embora não pudesse concluir o trabalho pessoalmente.

De acordo com o relatório policial, o golpe em sua cabeça havia sido tão forte que o crânio sofrera um afundamento. Havia sido Peter quem empunhara o objeto com que meu pai fora atingido?

As boas lembranças inundaram minha mente, recordações que eu sempre havia tentado sufocar, porque acreditava que meu pai tinha me abandonado.

Lembranças como: manhãs de domingo, quando, depois da igreja, ele me levava ao Van Saun Park para cavalgar nos pôneis.

... Nós dois cozinhando em nossa casa. Ele me contando que Maggie nunca havia sido uma boa cozinheira, e por isso, por uma questão de sobrevivência, minha mãe fora obrigada a aprender a cozinhar usando receitas. Maggie ainda não cozinha, papai, eu pensei.

... O bilhete que ele escrevera para Peter: "Sempre apreciei muito as conversas que tivemos, e desejo a você todo o bem do mundo."

... O dia em que eu entrara escondida naquela casa e fora até a capela.

Durante esse tempo de solidão passei a ir à capela quase todos os dias. Ela não havia mudado em todos aqueles anos. A mesma imagem da Virgem Maria ainda estava lá, como a mesa de madeira que devia ter servido de altar e as duas fileiras de bancos. Comprei uma nova vela votiva elétrica para deixar acesa diante da imagem. Passava cerca de dez ou 15 minutos ali, às vezes orando, às vezes lembrando aquela breve discussão que havia escutado naquele dia, 22 anos e meio antes.

Foi ali que uma possibilidade começou a tomar forma e criar raízes em minha mente. Jamais havia pensado que talvez Susan Althorp fosse a mulher que eu ouvira pedindo dinheiro. A família dela era rica. Eu lera muitas notícias sobre o fundo de pensão que existia em seu nome. Uma quantia imensa.

Mas suponha que *fosse* Susan. Então, quem poderia ter sido o homem que resmungara para ela "Ouvi essa música antes"? Depois de a mulher ter deixado a capela, o homem havia assobiado alguns versos daquela canção. Mesmo sendo só uma criança, eu reconhecera a raiva em seu tom de voz.

Havia sido na capela que minha esperança angustiada também criara raízes, uma esperança de que talvez eu pudesse encontrar outra solução, uma resposta que solucionasse os crimes que Peter foi acusado de cometer.

Eu tinha medo de dar a Peter até a mais leve sugestão referente ao que eu estava pensando. Se ele começasse a acreditar em mim, e se decidisse que era completamente inocente, seu pensamento seguinte seria que o culpado, fosse ele quem fosse, ainda podia estar por perto. E, então, ele passaria a se preocupar comigo.

Na situação atual, embora estivessem todos ativamente engajados na preparação da defesa, eu podia perceber que os advogados o haviam convencido de que era inútil esperar qualquer coisa que não fosse um veredicto de "culpado". Nas minhas visitas ao meu marido, ele começou a me incentivar a me afastar, a pedir o divórcio e cuidar da papelada sem fazer alarde.

— Kay, de certa forma, você está tão aprisionada quanto eu — dizia ele. — Sei muito bem que não consegue ir a nenhum lugar sem as pessoas olharem para você, apontarem e comentarem.

Eu o amava muito. Ele estava em uma fria cela de penitenciária e ainda se preocupava por eu estar presa na mansão. Lembrei a ele que tínhamos um acordo. Eu podia ir visitá-lo e estaria com ele no julgamento.

— Sendo assim, não vamos desperdiçar o pouco tempo que temos juntos falando sobre divórcio — pedi.

É claro, eu não tinha nenhuma intenção de cumprir minha parte no tal acordo. Se Peter fosse condenado, eu sabia que não me divorciaria dele nem o abandonaria, nem deixaria de acreditar em sua inocência. Nunca.

Mas ele insistia em tocar nesse assunto.

— Por favor, Kay, estou implorando, retome sua vida — ele me disse em uma visita perto do final do mês de fevereiro.

Eu também tinha algo para dizer a ele, algo que eu sabia com certeza agora, há poucos dias, mas que ainda não sabia como e quando revelar. Então, reconheci que nunca haveria um *melhor* momento, mas que aquele era o momento *certo*.

— Eu estou retomando minha vida, Peter — respondi. — Estou grávida. Espero um filho nosso.

49

O TRABALHO DE MEIO PERÍODO QUE PAT JENNINGS conseguiu na galeria de arte de Walker estava começando a fazer dela uma espécie de celebridade. Agora que Peter Carrington fora acusado de assassinato e ainda tinha sido filmado atacando um policial em um momento de desrespeito à fiança, todos os seus amigos a procuravam para saber tudo sobre a família Carrington.

Pat não fazia comentários com ninguém, apenas com Trish, sua melhor amiga nos últimos vinte anos. Elas haviam dividido o dormitório desde o primeiro ano da faculdade, e se divertiram muito quando decidiram que cada uma deveria ser chamada por uma variação diferente do nome que tinham em comum, Patricia.

Agora Trish trabalhava no escritório administrativo de uma loja de departamentos, a Bergdorf Goodman, localizada na Quinta Avenida com a 57th Street, a apenas um quarteirão da galeria de arte. Uma vez por semana as duas almoçavam juntas, e numa prova de incontestável confiança Pat informava a amiga sobre as últimas fofocas que ouvira de sua mesa na recepção da Galeria Walker.

Ela confidenciou que acreditava que Richard Walker estava mantendo um romance com uma jovem artista, Gina Black:

— Ele organizou um coquetel para apresentá-la e não mediu despesas. Quando ela aparece na galeria, é evidente que está maluca por ele. Sinto pena da pobrezinha, porque sei que isso não vai durar muito. A julgar por como Walker fala, ele já teve muitas mulheres na vida. Pense bem: o homem tem duas ex-esposas, e nenhum dos dois casamentos durou o suficiente para terem de mandar as toalhas de mesa para a lavanderia. Aposto que as duas esposas se cansaram do vício do jogo e dos hábitos de mulherengo incorrigível dele.

Na semana seguinte ela falou sobre Elaine Carrington:

— Richard me disse que a mãe dele tem ficado no apartamento de Nova York a maior parte do tempo. Ela está ressentida porque pensa que a nova esposa de Peter Carrington, Kay, não quer que ela vá à mansão, a menos que seja especificamente convidada. E não creio que Richard tenha ido a Nova Jersey recentemente — ela continuou. — Ele me disse que entende o quanto tudo isso deve ser difícil para Kay, o quanto ela deve sofrer por saber que, provavelmente, o marido matou o pai dela, embora ele nem se lembre disso. Richard afirma acreditar que tudo deve ter sido mais ou menos como naquela fita que a polícia gravou quando ele atacou o oficial. Ficou perfeitamente claro que Peter estava fora de si, sem controle sobre os próprios atos. Foi assustador ver aquilo.

— Ele certamente matou o pai dela — opinou Trish. — Que vergonha! Casar-se com o um homem com todo aquele dinheiro e depois descobrir que ele é maluco! E, além dessa nova artista, há indícios de alguma outra mulher na vida de Richard?

— Bem, há indícios sempre, mas não sei se há algo de novo. Sei de uma mulher que tem telefonado para ele e deve ser um caso antigo. O nome dela é Alexandra Lloyd.

— Alexandra Lloyd. Um nome elegante — comentou Trish. — Será que é falso? Talvez ela tenha adotado um nome artístico. Sabe se ela é atriz, ou algo parecido? Já viu essa mulher?

— Não. Mas acredito que ela seja uma artista. De qualquer maneira, Richard tem ignorado os tais telefonemas.

Três dias depois Pat Jennings mal podia esperar pelo próximo almoço com Trish, por isso telefonou para a amiga para contar:

— Richard está péssimo! — sussurrou ela. — Sei que ele teve algumas perdas no jogo. Perdeu muito nas patas dos cavalos. Hoje de manhã a mãe dele esteve na galeria para vê-lo. Quando cheguei, os dois estavam trancados no escritório dele, e juro que fiquei assustada com o tom da discussão! Ele estava dizendo à mãe que precisava de dinheiro, e ela gritava que não, que não daria nem mais um centavo, porque não tinha o dinheiro. Ele gritou alguma coisa sobre ela saber muito bem onde podia conseguir esse dinheiro, e Elaine gritou ainda mais alto: "*Richard, não me faça usar esse trunfo.*"

— O que ela quis dizer com isso? — perguntou Trish arfante.

— Não faço a menor ideia — admitiu Pat —, mas adoraria saber. Se eu descobrir, ligo de novo para contar.

50

A ENFERMEIRA QUE O RECEBEU NA PORTA DO QUARTO DE Gladys Althorp foi logo dizendo que a visita teria de ser breve.

— Ela está muito fraca — disse a mulher a Nicholas Greco. — Falar é cansativo para alguém nessas condições.

Sua ex-cliente estava deitada em uma cama hospitalar montada ao lado da cama comum. As mãos dela repousavam sobre o cobertor, e Greco notou que a aliança de casamento, antes sempre presente, havia desaparecido.

O dedo estava fino demais para manter a aliança ou aquela era uma prova da rejeição final do marido? Greco gostaria de saber.

Gladys Althorp mantinha os olhos fechados, mas os abriu por um momento quando Greco parou ao lado da cama. Seus lábios se moveram, e ela o cumprimentou num tom muito baixo.

Greco decidiu ir direto ao ponto.

— Sra. Althorp, eu não queria incomodá-la, mas há algo que estou investigando. Talvez tenha a ver com alguém que pode ter ajudado Peter Carrington a esconder o corpo de Susan.

— Ouvi as sirenes das viaturas na noite em que ele esteve aqui. Fiz a enfermeira me levar até a janela. Vi quando os policiais o arrastaram para um dos carros... e... — O peito de Gladys se movia intensamente enquanto ela arfava, tentando levar ar aos pulmões.

A enfermeira se aproximou apreensiva.

— Sra. Althorp, por favor, não tente falar. Apenas respire bem devagar.

Eu não devia estar aqui, Greco pensou. Ele tocou a mão emaciada da mulher doente.

— Eu sinto muito. Não devia ter vindo incomodá-la, Sra. Althorp.

— Não vá. Veio por um motivo. Fale.

Greco sabia que era melhor ser direto e objetivo.

— Gostaria muito de saber os nomes dos melhores amigos de sua filha, aqueles com quem ela costumava ir a festas quando o embaixador Althorp providenciava o transporte e o motorista.

Se Gladys Althorp estava surpresa com o pedido, ela não demonstrou.

— Havia três outras garotas. Eram colegas de Susan na escola Elisabeth Morrow.

A Sra. Althorp falava mais devagar, respirando profundamente e bem devagar entre uma palavra e outra.

— A amiga mais próxima de Susan era Sarah Kennedy. Ela se casou com Stuart North. Vernie Bauer e Lenore Salem eram as outras duas. Receio não poder... — Ela suspirou e fechou os olhos.

— Sr. Greco, francamente, acho melhor não fazer mais perguntas agora — decretou a enfermeira com firmeza.

Susan teria apenas 40 anos agora, Greco pensou. As outras deviam ter a mesma idade, com um ou dois anos de diferença.

Ele calculou que os pais dessas mulheres tivessem entre 60 e 70 anos. Queria perguntar à mãe de Susan se essas famílias ainda viviam naquela região, mas, em vez disso, moveu a cabeça em sentido afirmativo para a enfermeira e se virou para sair. Mas, antes de dar as costas para a cama, viu Gladys Althorp abrir os olhos novamente.

— Todas elas estiveram no funeral de Susan — murmurou Gladys Althorp. Um esboço de sorriso distendeu um canto de sua boca. — Elas tinham o hábito de se chamar de as quatro mosqueteiras...

— Então, elas ainda moram por aqui? — indagou Greco apressado.

— Sarah, sim. Quando se casou com Stuart, eles compraram a casa ao lado da nossa. Ainda vivem lá.

Quando Greco deixou a residência da família Althorp, duvidava de que voltaria a ver Gladys. Por um lado, censurava-se por ter perturbado a pobre mulher, mesmo que só por alguns minutos. Por outro, porém, sentia uma inquietação crescente com relação à facilidade e perfeição com que tudo se encaixava, o que o levava a crer que ainda restavam importantes peças do quebra-cabeça a serem encontradas.

Alguns desses fatos que não se somavam ao panorama geral começavam a chamar sua atenção. Ele já havia concluído que Peter Carrington teve alguma ajuda para esconder o corpo de Susan até os cães farejadores concluírem a busca.

E se Peter *havia* mesmo matado Jonathan Lansing, devia ter contratado alguém para segui-lo até aquele lugar quilômetros acima pelo Hudson, onde deixou o carro de Lansing, Greco refletiu.

E havia, sim, algum significado no desaparecimento do exemplar da revista *People* que tinha sido deixado sobre a mesa na noite em que Grace morrera. Ele acreditava saber qual era o mistério por trás disso. Nancy Hammond viu Grace arrancando uma página daquela revista. Seu marido, Jeffrey, dizia não ter visto nada. Nancy Hammond afirmou que a atenção dos outros convidados voltou-se para a chegada repentina de Peter. Ela acredita ter sido a única que viu Grace arrancar a página da revista e guardá-la dobrada no bolso.

Alguém que mais tarde pegou aquela revista acreditava que a página ainda estaria ali?

Se a resposta fosse afirmativa, isso explicaria muitas coisas.

E também levantaria outra questão. Peter Carrington não sabia sobre a revista. De acordo com todos eles — Elaine, o filho dela, Richard, Vincent Slater e os Hammond —, Peter subiu a escada logo depois de ter tirado o copo da mão de Grace e despejado a bebida no tapete da sala.

Greco olhou para o relógio de pulso; eram 17 horas. Ele pegou o celular e discou o número do serviço de informações. Temia que o número do telefone de Stuart e Sarah North estivesse fora do catálogo, mas se enganara. Ele ouviu a voz computadorizada dizer: "Estamos discando para 201-555-1570 por você. Se quiser enviar uma mensagem de texto..."

O telefone na casa dos North foi atendido depois do segundo toque. O tom de voz da mulher era caloroso. Greco se apresentou rapidamente e explicou que havia falado pouco antes com Gladys Althorp.

— Ela me contratou para reabrir a investigação sobre a morte de Susan. Você é Sarah Kennedy North? — perguntou ele.

— Sim, sou eu. E você deve ser o detetive que localizou a empregada. O embaixador nos contou sobre você.

— Talvez esse seja um pedido impossível, mas estou dentro do meu carro diante da casa dos Althorp. Sei que são vizinhos dos Althorp. Será que poderiam me receber para uma conversa rápida? Seriam apenas alguns minutos. A Sra. Althorp disse que você era a melhor amiga de Susan. Eu gostaria muito de lhe fazer algumas perguntas sobre Susan.

— Eu *era* realmente a melhor amiga de Susan. É claro que pode vir agora. Estamos à direita da casa dos Althorp, primeira casa.

Três minutos depois, Nicholas Greco percorria a alameda que separa a rua da casa dos North. Sarah North o esperava com a porta parcialmente aberta.

Ela era uma mulher alta, com olhos bem afastados, cabelos de um tom escuro de vermelho e com o porte físico de uma atleta. Estava vestida de maneira casual com suéter e jeans. Seu sorriso caloroso parecia genuíno quando ela o convidou a segui-la até o estúdio logo depois do hall de entrada A impressão imediata de Greco foi de que a casa havia sido decorada com bom gosto e dinheiro.

— Meu marido nunca chega em casa antes das 18h30 — explicou Sarah ao se sentar no sofá e indicar uma cadeira para Greco. — O escritório dele fica no centro de Manhattan, e ele insiste em ir de carro. No horário do rush, o deslocamento é um horror, como deve saber.

– Li em algum lugar que no início do século XX Englewood era chamada de "o dormitório de Wall Street".

— É verdade, e o apelido era mais do que merecido. Como vai a Sra. Althorp?

— Não muito bem, infelizmente. Sra. North, localizei a empregada cujo depoimento pode ajudar a condenar Peter Carrington, mas não estou satisfeito. Algumas coisas não se encaixam, e agora sinto que ele deve ter agido com a ajuda de um cúmplice. Estou interessado em saber como foi o ano que antecedeu a morte de Susan. Pelo que sei, às vezes o pai dela contratava um motorista para levá-la a festas e eventos, e ela dava carona para as amigas mais próximas. Não tinham idade suficiente para dirigir?

— Sim, tínhamos, mas se a festa era longe daqui, o embaixador insistia em providenciar um motorista para Susan. Meus pais adoravam a ideia, é claro. Eles não queriam que pegássemos carona com amigos adolescentes que podiam beber e voltar para casa desafiando os limites de velocidade e do bom-senso. É claro, passávamos muito tempo fora de casa, na faculdade, e o embaixador não podia controlar o que fazíamos por lá. Mas, em casa, era assim que a coisa funcionava.

— No entanto, na noite da festa na propriedade dos Carrington, ele permitiu que Peter Carrington trouxesse Susan para casa.

— Ele adorava Peter. E confiava nele. Ele sentia que Peter era diferente. No verão, enquanto íamos para o clube jogar golfe ou tênis, Peter vestia uma camisa e uma gravata e ia com o pai para o escritório.

— Então, quando eram levadas por um motorista contratado pelo pai de Susan, eram sempre você, ela e mais duas garotas.

— Exatamente. Susan ia no banco da frente com Gary e Vernie, Lenore e eu íamos no banco de trás.

— Gary? — Greco não queria que Sarah North suspeitasse de que essa era justamente a pessoa sobre quem ele mais queria obter informações.

— Gary Barr. Ele e a esposa trabalhavam nos jantares na casa dos Althorp quando havia convidados. Ele também era o motorista sempre que íamos a algum lugar mais distante.

— E como ele era? Amistoso ou sério?

— Ah, ele era muito simpático. Susan se referia a ele como "parceiro".

— Acha que poderia haver algum tipo de... — Greco hesitou — ... bem, um interesse *romântico* nesse relacionamento? Nos tempos de meu pai, as pessoas costumavam falar em "paixão recolhida". Acha que Susan estava apaixonada por ele?

— Por Gary? Ah, não, de jeito nenhum. Ela me dizia que se sentia bem com ele, mas no sentido de que se sentia segura, protegida.

— Sra. North, espero que entenda que não quero ser bisbilhoteiro quando faço perguntas que você, como amiga de Susan, pode não querer responder. Mas é que simplesmente não estou satisfeito. Acredito que Peter Carrington deve ter tido alguma ajuda para se livrar do corpo de Susan. Se há algo que possa me contar para me ajudar a entender por que ela saiu de casa naquela noite depois de ter dado boa-noite para os pais...

— Passei 22 anos tentando entender isso — respondeu Sarah North com franqueza. — Nunca acreditei que Peter poderia ter ajudado Susan a enganar os pais dela. Na verdade, até ouvir as sirenes das viaturas policiais na noite em que Peter foi encontrado no jardim da casa dos Althorp, eu duvidava de que ele fosse culpado. Mas naquela noite nós vestimos nossos robes e corremos até lá fora para ver o que estava acontecendo. Vi o policial que ele atacou. O homem sofreu ferimentos sérios. Faz sentido que esse tipo de coisa possa ter acontecido antes, e que ele tenha machucado Susan durante um episódio de sonambulismo.

— Esteve na festa na casa dos Carrington naquela noite?

— Todas nós estávamos lá.

— Até que horas ficou na mansão?

— Até meia-noite e meia, 0h45, talvez. Eu tinha de chegar até 1 hora.

— Mas Susan era a Cinderela naquela noite. Ela recebeu ordens para chegar em casa até meia-noite.

— Eu percebi que o pai dela estava muito zangado naquela noite. Creio que por isso exigiu que ela voltasse mais cedo. Só para puni-la.

— E por que ele desejaria puni-la?

— Não sei.

— Susan estava aborrecida com a atitude do pai?

— Sim. Na verdade, Susan estava estranha naquela noite. Mas só quem a conhecia muito bem pôde perceber a diferença.

— O embaixador é conhecido por ser um homem de temperamento explosivo, não é verdade, Sra. North?

— Quando éramos crianças, costumávamos chamá-lo de o diplo-MATA. Não era raro ouvirmos os gritos dele com Susan e os irmãos dela. O homem era difícil.

— Alguma vez parou para pensar no que ele poderia ter feito, caso houvesse surpreendido Susan saindo novamente escondida?

— Acho que a teria matado. — Sarah North olhou assustada para o detetive. — Oh, por favor, não estou falando no sentido literal!

— É claro que não. — Greco sorriu para tranquilizá-la. Ele se levantou para partir. — Foi muito gentil me recebendo em sua casa, Sra. North. Posso telefonar se tiver mais alguma dúvida ou pergunta?

— Sem problema. Não creio que nenhum de nós possa ficar satisfeito enquanto não soubermos toda a verdade sobre a morte de Susan e do pai dela.

— Do pai... dela? Refere-se ao pai da Sra. Carrington?

— Sim. — Sarah tinha no rosto uma expressão muito aborrecida. — Sr. Greco, Kay Carrington veio me procurar. Ela me fez as mesmas perguntas que o senhor acabou de fazer. Prometi a ela que não diria a ninguém que esteve aqui.

— Tem a minha palavra de que não revelarei nada a ninguém, Sra. North.

Quando Nicholas Greco voltou ao carro, percebeu que estava profundamente perturbado. E se viu formulando para si mesmo as duas perguntas que sempre se fazia quando tentava solucionar um caso: "Suponha que... E se..."

Suponha que Peter Carrington é completamente inocente de qualquer envolvimento nessas três mortes.

E se houver outro culpado, alguém ligado aos Carrington, alguém que é o verdadeiro assassino? O que essa pessoa faria se soubesse que a esposa de Peter Carrington estava fazendo perguntas que poderiam levá-la à verdade, afinal?

Kay Carrington pode não querer falar comigo, mas *eu vou* conversar com ela, Greco decidiu ao entrar em seu automóvel. Ela *precisa* ser prevenida.

51

SABER QUE EU ESTAVA ESPERANDO UM FILHO CAUSOU EM Peter uma enorme euforia e, ao mesmo tempo, uma profunda tristeza.

— É maravilhoso, Kay, mas você precisa descansar bastante. Esse estresse todo a que está submetida pode fazer mal a você e ao bebê. Oh, Deus, por que tudo isso tinha de acontecer? Por que não posso estar em casa com você, cuidando de você?

Ele também concluiu que a defesa que ele havia escolhido ajudaria a explicar toda essa história a nosso filho:

— Kay, quando nosso filho estiver crescendo, quero que ele entenda que os crimes que provavelmente cometi aconteceram quando eu não tinha controle sobre mim mesmo.

Ele pressionou os advogados para fazer uma moção à corte a fim de enviá-lo para realizar exames em um centro de estudos das desordens do sono. Queria que constasse dos registros legais que ele, de fato, sofria episódios de sonambulismo, e que, enquanto nesse estado, não tinha consciência de seus atos.

A questão se tornou motivo de batalha entre Peter e sua equipe de defesa.

— Declarar dessa maneira à corte que o fato de ser sonâmbulo é ou pode vir a ser a base da sua defesa é o mesmo que se declarar "Inocente por razão de insanidade" — disse Conner Banks a Peter. — É o mesmo que mandar publicar nos jornais uma declaração sua: "Sou culpado. Eu fiz tudo isso, mas posso explicar."

— Eu quero que essa moção seja feita — insistia Peter com firmeza.

Isso o obrigou a passar mais um dia na corte do juiz Smith. Eu pressionava as mãos contra meu abdome, buscando conforto naquele pequeno ser que já crescia dentro de mim, enquanto via o pai de meu filho entrando na sala mais uma vez algemado e com correntes nos tornozelos, usando aquele macacão laranja da penitenciária.

Foi Conner Banks quem argumentou:

— Excelência — ele se dirigiu ao juiz —, sei que essas circunstâncias são extraordinárias, e não nego que o Sr. Carrington deixou a propriedade sem consulta prévia, o que, aparentemente, é considerado uma violação da fiança.

Vincent Slater estava sentado a meu lado; eu sabia que ele não aprovava a moção proposta pelos advogados.

— Porém, Excelência — Banks continuou —, acredito que os próprios relatórios policiais deixaram claro que Peter Carrington estava confuso e desorientado no momento em que foi detido. Testes posteriores revelaram que não havia nenhum sinal do uso de álcool ou drogas em seu sangue. É imperativo para a nossa linha de defesa que o Sr. Carrington seja adequadamente avaliado em uma clínica especializada em distúrbios do sono no Hospital Pascack Valley. Isso exigiria que ele passasse uma noite internado na clínica para que seus padrões de sono fossem monitorados.

— Imperativo para nossa linha de defesa — cochichou Vincent para mim. — São essas as palavras que a mídia vai apreender e divulgar.

— Pedimos que a corte permita a realização desses exames. Estamos dispostos a depositar os 25 milhões de dólares relativos à fiança, caso essa permissão seja concedida. Reconhecemos que não é responsabilidade da polícia local escoltar o réu enquanto ele verifica possíveis defesas para seu caso, e por isso nos propomos a compensar o Estado pelas horas de trabalho dos policiais que terão de ser designados para acompanhar o réu. Também nos dispomos a contratar uma empresa particular de segurança que emprega policias aposentados, e essa companhia cuidará da contenção do Sr. Carrington caso ele tente fugir, o que posso assegurar que não vai acontecer.

O juiz ouvia com atenção.

Banks continuou falando:

— Excelência, uma em cada 200 pessoas sofre episódios de sonambulismo. O perigo potencial de um sonâmbulo para si mesmo e para os outros nunca foi reconhecido ou compreendido pela população de maneira geral. Duvido que muitas pessoas neste país saibam que os sonâmbulos são vetados nas Forças Armadas. Teme-se que possam representar riscos para si mesmos e para terceiros por terem acesso a armas ou veículos e não terem consciência do que estão fazendo quando se movimentam durante o sono.

A voz de Conner Banks ia se tornando mais forte e imponente à medida que pronunciava as últimas palavras. Depois, quando voltou a falar após uma breve pausa, o advogado baixou o tom.

— Permita que Peter Carrington prove de uma vez por todas que suas ondas cerebrais indicam que ele é vítima da perturbação do sono a que se atribui o nome de sonambulismo. Dê a ele essa chance.

O rosto do juiz Smith permanecia impassível. Eu não sabia o que esperar. Mas sabia o que Peter sentia, e era satisfação. Ele estava transmitindo sua mensagem. Começava a julgar seu caso ele mesmo, e usava a mídia como um canal de avaliação de eficiência.

Banks e Markinson estavam preocupados, eu logo percebi. Durante o recesso que se seguiu à solicitação, eles se aproximaram para falar comigo.

— O juiz não vai atender a esse pedido, e nós arriscamos mais do que devíamos. Não há uma pessoa nesta sala que não esteja pensando que vamos adotar a defesa com alegação de insanidade partindo de um novo ângulo.

O juiz retornou à sala. Ele começou dizendo que em quase vinte anos como juiz criminal nunca havia recebido uma petição com circunstâncias semelhantes àquela. Ele afirmou que, embora o Estado se preocupasse com a possibilidade de fuga, a promotoria não ignorava o relatório policial que mencionava a condição de atordoamento e confusão mental em que o Sr. Carrington havia sido encontrado e detido diante da casa dos Althorp. Acrescentou que, desde que um membro da equipe de defesa estivesse sempre presente, e uma empresa particular de segurança fosse contratada para conter Peter Carrington em caso de uma tentativa de fuga, estava aprovada uma permanência de 24 horas em um centro de estudos dos distúrbios do sono.

Peter considerou a decisão do juiz como uma vitória. Seus advogados não tinham a mesma opinião. Eu sabia que, mesmo que fosse obtida a confirmação do sonambulismo por um relatório médico, isso não faria diferença no veredito em um julgamento. Então, de certa forma, não havia nenhuma vitória ainda.

Ao final da sessão da corte eu me aproximei de Banks e Markinson e pedi que fossem me encontrar na mansão. Mais uma vez, recebi permissão para visitar Peter na cela do fórum antes de ele ser levado de volta à penitenciária.

— Sei que considera essa vitória irrelevante, Kay — disse ele.

— Só existe um tipo de vitória, Peter — respondi com firmeza. — Queremos você em casa conosco. E é isso que vai acontecer.

— Oh, amor, você parece uma Joana d'Arc. Tudo, menos a espada. — Por um momento o sorriso de Peter foi autêntico, uma lembrança da expressão que vi quando estávamos em nossa lua de mel.

Eu queria muito dizer a ele que estava investigando cada detalhe das pistas e evidências relacionadas à morte de Susan e à de meu pai, e que parti da premissa de que talvez a voz que ouvi na capela naquele dia fosse a de Susan. Mas eu sabia que traduzir esses pensamentos em palavras teria um efeito negativo — ele só começaria a se preocupar comigo.

Em vez disso, disse que estava passando muito tempo no terceiro andar da mansão.

— Peter, aqueles cômodos são versões refinadas do sótão de minha avó — falei. — Quem colecionava obras de arte?

— Minha avó, eu acho, embora minha bisavó também tenha adquirido várias telas. Tudo que há de melhor está nas paredes da casa. Meu pai mandou avaliar cada uma daquelas telas.

— E quem colecionava porcelana? Há uma tonelada em peças no terceiro andar da mansão.

— Minha bisavó reuniu boa parte dessa coleção.

— Há um conjunto de Limoges que é simplesmente lindo! E ainda está na caixa. Tirei algumas peças da embalagem

Simplesmente amei o padrão. É exatamente a porcelana que quero usar quando oferecermos nossos jantares.

O guarda estava em pé na entrada do corredor.

— Sra. Carrington?

— Já sei — respondeu ela sem desviar os olhos de Peter. — É claro, se não gostar desse padrão, escolheremos outro. O que não falta naquela casa é opção.

Eu pude reconhecer a expressão de solidariedade no olhar do guarda quando passei por ele. Era como se ele gritasse "Ele vai usar a porcelana tanto quanto eu gostaria de usá-la."

Preferia que ele falasse em voz alta. Assim, poderia ter respondido que, quando Peter fosse para casa, eu o convidaria para jantar conosco.

Conner Banks e Walter Markinson já estavam na mansão quando Vincent me levou para casa. Naquele dia aconteceria uma reunião entre os diretores da Carrington Enterprises, e ele participaria como representante de Peter. Meu marido agora se referia a Vincent Slater como "meus olhos e ouvidos". Ele não tinha poder de voto, é claro, mas mantinha Peter informado sobre tudo que acontecia na corporação de múltiplas atividades.

Como sempre, Jane Barr havia conduzido os advogados à sala de jantar, onde me reuni a eles. Decidi informá-los de minha suspeita crescente de que Susan Althorp podia ter sido a mulher cuja voz eu ouvi na capela da mansão 22 anos atrás.

Nenhum deles sabia sobre minha travessura de menina, mas quando me ouviram sua reação me surpreendeu. Todos se mostraram horrorizados.

— Kay, sabe o que está dizendo? — perguntou-me Banks.

— Estou dizendo que podia ser Susan na capela naquele dia, e que ela podia estar fazendo chantagem com alguém.

— Com seu marido, talvez — disparou Markinson. — Tem alguma ideia do que a promotoria poderia fazer com essa informação?

— O que está dizendo? — murmurei, verdadeiramente aturdida.

— Estamos falando — interferiu Conner Banks — que, se sua suposição for verdadeira, você acabou de fornecer o motivo para Peter ter assassinado Susan.

— Alguma vez falou com Peter sobre ter estado na capela e ter escutado essa conversa? — quis saber Markinson.

— Sim, eu contei a ele. Por quê?

— Quando, Kay? — indagou Banks. — Quando contou isso a ele?

Eu começava a me sentir como se estivesse sendo interrogada por dois promotores hostis.

— Contei a ele na noite da recepção para captação de fundos para o programa de alfabetização. Minha avó sofreu um pequeno acidente, e Peter foi comigo levá-la ao hospital e esperou até ter certeza de que ela estava bem, depois me levou para casa. Ele entrou e nós conversamos um pouco.

— Se bem me lembro, essa recepção aconteceu na mansão, no dia 6 de dezembro — disse Markinson, consultando suas anotações.

— Sim, foi isso mesmo. — Eu começava a me sentir na defensiva.

— E você e Peter Carrington se casaram no dia 8 de janeiro, menos de cinco semanas depois disso?

— Sim. — Agora me sentia frustrada e furiosa. — Será que podem me dizer aonde querem chegar com tantas perguntas?

— Queremos chegar, Kay, na essência desse romance tórrido e devastador — respondeu Conner Banks, com tom ainda mais sério e grave. — Sempre especulamos sobre a rapidez com que vocês se casaram. Agora você deixou tudo muito claro. Se era Susan Althorp quem estava na capela naquele dia, e se ela fazia chantagem com Peter, no minuto em que você disse a ele que havia escutado toda a discussão, ele passou a vê-la como uma ameaça. Peter não podia correr o risco de você mencionar essa ocasião em conversas com outras pessoas, alguém que pudesse unir dois e dois. Lembre-se, a recepção aconteceu logo depois de a revista *Celeb* ter publicado aquela matéria de capa sobre Peter. Com o casamento apressado, ele a tornou indisponível como testemunha, caso algum dia fosse levado a julgamento. Poderia invocar privilégio marital na corte e, além disso, deve ter se empenhado em realmente conquistá-la, em fazer você se apaixonar por ele de forma que, emocionalmente, também estivesse impossibilitada de incriminá-lo.

Enquanto ouvia, eu ia ficando cada vez mais furiosa por ter feito confidências àqueles abutres. Se tivesse alguma coisa à mão, certamente teria arremessado contra eles. Em vez disso, comecei a gritar:

— Saiam! Saiam daqui e não voltem nunca mais! Prefiro ter a *promotoria* defendendo meu marido a um de vocês. Não acreditam que, mesmo que tenha matado Susan e meu pai, ele tenha agido em um momento de inconsciência e impossibilidade de controle sobre seus atos. Agora estão dizendo, também, que ele se casou comigo porque é um homem calculista, um assassino frio que queria me calar. Vão para o inferno, vocês dois!

Eles se levantaram para sair.

— Kay — falou Banks em voz baixa —, se você procura um médico e ele descobre que você tem um câncer, mas diz que está tudo bem, ele é um mentiroso. A única maneira pela qual sinto que posso defender Peter é tendo conhecimento sobre todo e qualquer fator que possa influenciar em um julgamento. Você acabou de divulgar uma informação que, felizmente, não somos obrigados a compartilhar com a promotoria, porque isso é algo que *nós* descobrimos. Só teremos de divulgar se planejarmos usar esse dado como evidência da defesa no julgamento. Obviamente, jamais faremos tal coisa. Mas, pelo amor de Deus, não conte a mais ninguém o que acabou de nos dizer aqui.

Eu perdi a vontade de brigar.

— Eu já contei — disse. — Na noite em que Peter voltou para casa depois da audiência de acusação.

— Contou a alguém que acha que podia ser Susan na capela? Com quem falou sobre isso?

— Elaine, Richard e Vincent Slater estavam aqui conosco. Eu não disse que acreditava que podia ser Susan. Na verdade, disse a eles que não sabia quem era. Elaine até brincou, dizendo que poderia ter sido ela discutindo com o pai de Peter, porque eles tinham passado o dia todo brigando por causa do dinheiro que ela havia gastado com a festa.

— Bem, é um alívio saber disso. Mas nunca mais diga a ninguém que esteve naquela capela. Se alguém tocar nesse assunto, uma dessas três pessoas que acabou de citar, por exemplo, enfatize o fato de não ter a menor ideia sobre quem podia estar lá, porque, na verdade, *você não sabe* quem era.

Eu vi os dois advogados trocarem um olhar cheio de significados.

— Vamos ter de falar com Peter sobre isso — disse Banks. — Gostaria de poder convencê-lo a cancelar essa visita ao centro de estudos das desordens do sono. Sua única chance de conseguir voltar para casa é contar com a "dúvida razoável".

Eu havia contado aos advogados que estava esperando um bebê. Quando eles saíam, Markinson me falou:

— Talvez agora que sabe que vai ser pai ele nos deixe assumir o controle da defesa e pelo menos tentar absolvê-lo.

52

NICHOLAS GRECO ESTAVA SENTADO NA SALA DA RECEPção da Joined-Hands Fund, uma instituição de caridade criada para ajudar vítimas de desastres. Jeffrey Hammond era vice-presidente da organização, e de acordo com a pesquisa realizada por Greco sua principal responsabilidade não era distribuir dinheiro, mas obtê-lo.

Os escritórios da instituição ficavam no novo Time Warner Center em Columbus Circle, Manhattan, um endereço caro que certamente agregava valor à organização, Greco concluiu. Hammond ganhava 150 mil dólares por ano, um salário elevado para a média dos americanos, mas não tanto para alguém que tinha um filho cursando uma escola preparatória que custava 40 mil dólares anuais.

A esposa de Jeffrey, Nancy, trabalhava em regime de meio expediente no escritório de um político local em Nova Jersey. Sem saber seu salário real, Greco presumia que ela não ganhava mais do que o piso nacional. Sabia também que o salário do próprio congressista era baixo demais para permitir que ele fosse muito generoso com sua equipe. Não era de estranhar que, sem grandes riquezas pessoais, muitos membros do Congresso dividissem apartamentos em Washington.

Todos esses pensamentos passavam pela cabeça de Greco enquanto ele esperava na área de recepção, e ele continuou refletindo até a animada recepcionista convidá-lo a segui-la até a sala de Hammond. Noventa e nove por cento das recepcionistas nasciam alegres, Greco pensou enquanto a acompanhava pelo longo corredor.

As linhas de sorriso em torno dos olhos de Jeffrey Hammond hoje não eram evidentes. Seu cumprimento tinha um tom de animação forçado quando ele recebeu Greco. Sua mão estava suada quando apertou a do detetive e o convidou a sentar-se. Depois, ele se certificou de que a porta da sala estava realmente fechada antes de voltar e se acomodar em sua cadeira giratória.

— Sr. Hammond, pedi para vê-lo em seu escritório porque achei melhor não abordar o assunto que quero discutir na presença de sua esposa — começou o detetive.

Hammond anuiu com a cabeça sem dizer nada.

— Estive fazendo minha lição de casa, como se costuma dizer, e descobri que Grace Carrington era uma das grandes patrocinadoras de sua instituição de caridade.

— A Sra. Carrington era muito generosa com diversas obras sociais. — A voz dele era cuidadosamente neutra.

— É claro. Porém, ela foi presidente da fundação por dois anos, e ajudou a captar fundos consideráveis, o que foi bastante benéfico para sua posição na instituição. Para ser bem franco, seu trabalho depende do sucesso que tem na captação dessas doações, certo?

— Prefiro pensar que meu trabalho é conseguir dinheiro porque esse dinheiro beneficia muitas pessoas que necessitam dele, Sr. Greco.

Talvez, Greco pensou.

— Peter Carrington não comparecia a muitos desses jantares formais que a ex-esposa dele tanto apreciava, não é? — perguntou ele.

— Peter odiava essas ocasiões. Ele não se incomodava por Grace doar grandes quantias para a realização desses eventos, desde que não tivesse de frequentá-los.

— Então, por vários anos, você foi o acompanhante da Sra. Carrington em diversos desses eventos. Estou correto?

— Sim, está.

— O que a Sra. Hammond pensava disso?

— Ela pensava que era parte do meu trabalho. E compreendia.

Greco suspirou.

— Creio que estamos dando voltas aqui. Receio ter de informá-lo, Sr. Hammond, de que não seria um bom espião. A expressão inescrutável não é sua máscara. Quando o visitei em sua casa e falamos sobre a morte de Grace Carrington, olhei em seus olhos e vi uma emoção que pode perfeitamente ser chamada de angústia.

Hammond olhou para um ponto além do detetive. Sua voz soou monótona quando ele disse:

— É verdade. Grace e eu estávamos muito apaixonados. Em muitos aspectos éramos bastante parecidos; tínhamos uma boa formação familiar, estudamos em boas escolas, mas não havia dinheiro. Ela nunca amou Peter. Gostava muito dele, e Deus sabe que apreciava a riqueza proporcionada pelo casamento. Ela estava enfrentando o problema com o alcoolismo e queria superá-lo. De fato, Grace havia ingressado no AA.

— Se ela se divorciasse de Peter, receberia uma indenização de 20 milhões de dólares, muito dinheiro para você e para mim, mas uma quantia certamente insuficiente para manter o estilo de vida ao qual ela estava habituada e aprendera a apreciar: o jato particular, o palazzo na Toscana, o apartamento em Paris, enfim, todos os brinquedos com os quais Peter Carrington nem se incomodava, exceto pelo avião, que ele usa muito por causa dos negócios. Então... planejavam ter um romance duradouro?

— Não. Eu havia decidido romper nosso relacionamento. Sei que impressão deve ter do meu comportamento, mas, mesmo que não acredite no que vou dizer, nunca quis ser um gigolô. Eu amava Grace com todo o meu coração, mas também reconhecia como éramos injustos com Peter e Nancy.

Jeffrey Hammond mordeu o lábio, levantou-se e caminhou até a janela, dando as costas para Greco. Depois de um momento, ele continuou:

— Telefonei para Grace e disse que nosso romance tinha de acabar. Ela desligou sem me dar uma resposta, retornou a ligação na manhã seguinte. Disse que ia pedir o divórcio a Peter, que todo o dinheiro dele não era, afinal, o que ela queria ter pelo resto da vida. Ela brincou, dizendo que trocaria um cara que era dinheiro por outro que captava dinheiro. Peter estava fora, em uma de suas intermináveis viagens nessa época. Meu filho estava se formando. Decidimos esperar um mês para comunicar a Peter e Nancy o que pretendíamos fazer. Antes do final desse prazo, Grace descobriu que estava grávida.

— Ela planejava se divorciar de Peter antes de saber que estava grávida? — perguntou Greco. — É incoerente, não acha?

— A decisão cabia a Grace, e eu não me senti no direito de questioná-la. Ela vivia infeliz, e deve ter decidido que todo o luxo não compensava o constante sentimento de solidão e insatisfação. Mas, é claro, saber que estava grávida mudou tudo. Ela havia perdido três bebês anteriormente e quase já não tinha esperanças de ser mãe. Mas Grace logo percebeu que então, quando tivesse o filho de Peter Carrington, não só teria o bebê que tanto queria, mas também poderia se divorciar e ainda manter o estilo de vida que apreciava e com o qual se acostumara. Antes de tudo isso, eu estava disposto a dizer a Nancy que nosso casamento chegara ao fim, e Grace planeava se divorciar de Peter. Mas, com a gravidez, decidimos esperar.

— Havia alguma possibilidade de Grace estar esperando um filho seu?

— Nenhuma. Tomávamos todas as precauções para que isso não acontecesse.

— Acha que sua esposa suspeitava do relacionamento que mantinha com a Sra. Carrington?

— Perto do final, sim, acredito que ela desconfiava — admitiu Hammond.

— Eu concordo com essa teoria. Sua esposa parece ser uma mulher muito astuta. No entanto, ela nunca o questionou quanto ao relacionamento extraconjugal, antes ou depois da morte de Grace Carrington?

— Nunca. No início de nosso casamento, Nancy me contou que o pai dela havia mantido muitos romances fora do matrimônio. Ela acreditava que a mãe havia agido corretamente fingindo não saber de nada. Quando ele estava com pouco mais de 50 anos, acomodou-se e passou a ter uma vida pacata e serena ao lado da esposa. Acho que, depois da morte de Grace, Nancy passou a ter esperanças de que pudéssemos nos reaproximar.

— Grace bebia durante a gravidez?

— No início, sim, mas estava tentando parar. Ela não havia consumido uma única gota de álcool no mês que antecedeu sua morte.

— E então, na presença de outras pessoas, na noite do jantar da mansão, ela teve uma recaída. Sr. Hammond, se, como você mesmo acaba de admitir, sua esposa tivesse conhecimento de seu envolvimento com Grace Carrington, seria possível ela ter misturado alguma bebida alcoólica ao club soda que Grace bebia naquela noite?

— É improvável, mas possível. Alguém fez isso, é claro. Grace nunca teria se arriscado a beber na presença de Elaine e Vincent Slater. Um deles teria contado a Peter, e ela sabia disso.

— Você me falou que foi para casa minutos depois de Peter ter subido para o quarto. Os portões da propriedade estavam abertos?

— Sim. Os portões podem permanecer fechados agora, mas naquela época isso era raro, mesmo à noite. Duvido que Peter e Grace lembrassem de ligar o sistema de alarme durante boa parte do tempo.

Greco não sabia se isso era verdade, ou se Hammond indicava, por alguma razão pessoal, que a propriedade e a mansão eram locais de fácil acesso.

— A que horas foi para casa naquela noite? — indagou o detetive.

— Um pouco depois das 23 horas. Como viu, moramos perto da casa dos Carrington, embora nossa residência não seja tão espetacular quanto a deles.

— O que fez quando chegou em casa?

— Fui para a cama. Nancy não estava cansada e ficou na sala, lendo.

— Lembra-se do horário em que ela foi se deitar?

O rosto de Jeffrey Hammond ficou muito vermelho.

— Eu não poderia saber — respondeu ele. — Havíamos tido uma briga muito séria, e eu dormia no quarto de meu filho. Ele estava fora, dormindo na casa de um amigo.

— Foi mais do que franco comigo, Sr. Hammond. — Greco estava verdadeiramente intrigado. — Gostaria de saber por quê.

— Vou lhe dizer por quê. — De repente a voz de Jeffrey Hammond soava com aquela raiva incontrolável que Greco ouvira anteriormente, quando ele manifestou o desejo de que Nova Jersey mantivesse a pena de morte. — Eu *amava* Grace. Poderíamos ter tido uma vida muito feliz juntos. Quero que o assassino seja encontrado. Se há uma coisa que não tenho é um motivo para ter matado Grace. Acho que já se deu conta disso, por isso não me preocupo com a possibilidade de ser um suspeito nesse caso. É possível que ela tenha simplesmente se levantado e saído, e que tenha perdido o equilíbrio e caído na piscina. Sei bem que é uma possibilidade. Mas se alguém tirou a vida dela, quero que essa pessoa seja encontrada e condenada, mesmo que nosso relacionamento seja divulgado, com todas as consequências. Amo meu filho, mas não o suficiente para deixar que a vida de uma bela mulher seja interrompida sem que o responsável por isso receba a merecida punição.

— Acredita que Peter Carrington matou Grace?

— Acredito e não acredito. Não por dinheiro, porque, nesse aspecto, ele não era nada parecido com o pai. Também não creio que a tenha matado por orgulho, por ultraje de marido traído. Peter não é esse tipo de homem. Ele ficou frustrado, em vez de furioso, quando tirou o copo da mão dela. Pelo que sei agora, acredito que é possível que ele a tenha matado durante um episódio de sonambulismo. Depois de ver aquelas imagens de Peter atacando o policial, acredito que isso é inteiramente possível.

— E também acha que é possível que sua esposa tenha voltado à mansão, talvez acordado Grace, e sugerido que saíssem para respirar e arejar as ideias, então tenha aproveitado para empurrá-la na piscina?

— Nancy jamais teria feito isso — negou Hammond com veemência. — Ela é equilibrada demais para perder o controle dessa maneira. Ela nunca se exporia ao risco de ser presa, porque, então, certamente seria separada de mim e de nosso filho para sempre. A ironia maior nisso tudo é que ela sinta por mim o mesmo que eu sentia por Grace. Ela ainda tem esperança de que, com o tempo, eu possa me apaixonar por ela novamente.

— E isso é possível, Sr. Hammond?

— Eu adoraria poder dizer que sim.

53

Depois de Banks e Morrinson irem embora, eu subi e fui me deitar para descansar um pouco. Eram quase 17 horas. Sabia que havia um guarda de segurança no portão e outro patrulhando a propriedade. Eu havia mandado Jane para casa, dizendo que não me sentia bem e que mais tarde eu mesma esquentaria um pouco da sopa caseira que ela havia preparado. Felizmente, ela não se opôs. Imagino que meu comportamento tenha deixado bem clara minha vontade de ficar sozinha.

Sozinha naquela casa tão grande e silenciosa de onde, centenas de anos antes, em outro país, um sacerdote havia sido arrastado para ser morto e esquartejado no jardim. Deitada na cama em nossa suíte, eu também me sentia em pedaços.

Seria possível, eu me perguntava, que meu marido, Peter Carrington, me houvesse levado ao altar às pressas porque precisava ter certeza de que eu nunca testemunharia contra ele?

Seria possível que todas as declarações de amor fossem meramente maquinações de um assassino de sangue-frio que, em vez de correr o risco de me matar, preferiu se casar comigo?

Pensei em Peter em pé naquela cela do fórum, olhando para mim com os olhos transbordando de amor. Por trás daquela expressão, ele estivera debochando de mim, Kay Lansing, a filha do paisagista que cometera a colossal estupidez de pensar que ele se apaixonou por mim à primeira vista?

Não há pior cego do que aquele que não quer enxergar, eu lembrei.

Pousei a mão em meu abdome, um gesto que se tornava quase um reflexo a pensamentos e situações com os quais eu não queria lidar. Tinha certeza de que o bebê era um menino, não porque preferia ter um menino a uma menina, mas porque simplesmente sabia que era um menino. Tinha certeza de que estava esperando um filho de Peter.

Peter me ama, eu disse a mim mesma com firmeza. Não há outra resposta.

Estou me iludindo? Não. Não. Não.

Agarre-se ao que você tem, porque isso é a felicidade. Quem tinha dito isso? Eu não lembrava. Mas vou me agarrar a meu amor por Peter e à confiança que ele tem em mim. Tem que ser assim, porque todos os instintos me dizem que essa é a verdade. Isso é o que é real.

Com o tempo fui me acalmando. Acho que até que cochilei, porque o toque do telefone sobre o criado-mudo me assustou e eu despertei. Era Elaine.

— Kay — disse ela com voz trêmula.

— Sim, Elaine. Sou eu. — Esperava que ela não estivesse em casa, porque isso certamente implicaria em recebê-la na mansão.

— Kay, preciso falar com você. É muito importante. Posso ir até aí em cinco minutos?

Eu não tinha escolha. Tive de dizer que sim. Levantei-me, lavei o rosto com água fria, me maquiei levemente e desci. Pode parecer bobagem ter todo esse trabalho para receber a madrasta de Peter, mas tinha a crescente sensação de que enfrentaria uma batalha com Elaine. Com Peter preso e eu sozinha e nova por ali, ela estava adquirindo o hábito de entrar e sair da casa como se fosse novamente a dona do lugar.

Quando ela chegou naquela noite, porém, não havia nenhum indício de arrogância ou ousadia em sua atitude. Elaine estava pálida e suas mãos tremiam. Não havia nenhuma dúvida de que ela estava nervosa e muito agitada. Notei que carregava uma sacola plástica sob um braço.

Ela nem me deu a chance de cumprimentá-la antes de começar a falar:

— Kay, Richard está com um problema muito sério. Ele esteve jogando novamente. Preciso de 1 milhão de dólares imediatamente.

Um milhão de dólares! Isso era mais dinheiro do que eu poderia ter conseguido ganhar mesmo que passasse a vida inteira trabalhando na biblioteca!

— Elaine — protestei —, em primeiro lugar, não tenho essa quantia, e é inútil pedir isso a Peter. Ele já me disse que considera tolice você estar sempre pagando as dívidas de Richard. Peter acredita que no dia em que você se recusar a pagar as dívidas de jogo Richard finalmente vai ter de fazer alguma coisa para livrar-se do vício.

— Se Richard não pagar essa dívida, ele não vai viver para se preocupar com o vício — declarou Elaine. Era evidente que estava à beira da histeria. — Escute, Kay, estive protegendo Peter por quase 23 anos. Eu o vi chegar em casa na noite em que ele matou Susan. Peter estava sonâmbulo, e havia sangue em sua camisa. Não sabia em que tipo de encrenca ele havia se metido, mas sabia que precisava protegê-lo. Tirei aquela camisa do cesto de roupa suja para que a criada não pudesse encontrá-la. Se acha que estou mentindo, veja isto.

Ela jogou sobre a mesa de café a sacola plástica que carregava, e tirou alguma coisa de dentro dela. Era uma camisa masculina. Ela me mostrou a peça branca com manchas escuras perto do colarinho, na área dos três últimos botões.

— Percebe o que isto significa? — perguntou ela.

Uma onda de tontura me obrigou a sentar no sofá. Sim, eu entendia perfeitamente o que ela tinha nas mãos. Nem por um instante duvidei de que aquela fosse a camisa de Peter, ou de que as manchas escuras fossem o sangue de Susan Althorp.

— Tenha o dinheiro disponível amanhã de manhã, Kay — disse Elaine.

De repente minha mente ficou cheia de imagens horríveis. Peter atacando Susan. O relatório da necropsia atestava que ela havia sofrido um forte golpe na boca. Foi assim que ele atacou o policial. Meu Deus, pensei. Meu Deus! Não há esperança para ele.

— Você viu Peter voltar para casa naquela noite? — perguntei.

— Sim, eu vi.

— Tem certeza de que ele estava sonambúlico?

— Certeza absoluta. Ele passou por mim no corredor e não me viu.

— Que horas eram quando ele entrou?

— Duas da manhã.

— E por que você estava no corredor no meio da madrugada?

— O pai de Peter ainda reclamava do dinheiro que foi gasto na festa, por isso decidi dormir em um dos outros quartos Foi quando vi Peter subindo a escada.

— E foi ao quarto de Peter para pegar a camisa suja. Suponha que ele a tivesse visto, Elaine. O que teria acontecido?

— Eu teria dito a ele que sabia que ele havia sofrido um episódio de sonambulismo e que estava preocupada em ajudá-lo a voltar para a cama em segurança. Mas ele não acordou. Graças a Deus consegui pegar a camisa e tirá-la de lá. Se alguém a tivesse encontrado no cesto na manhã seguinte, ele teria sido preso e condenado. E, provavelmente, ainda estaria na prisão.

Elaine começava a dar sinais de alívio. Acho que percebeu que eu providenciaria o dinheiro. Ela dobrou a camisa com cuidado e a guardou outra vez na sacola plástica, como se fosse uma balconista em uma loja de departamentos satisfeita com a venda concluída.

— Se estava mesmo tentando ajudar Peter, não acha que teria sido uma boa ideia se livrar da camisa? — perguntei.

— Não, porque ela é a prova de que vi Peter naquela noite.

Uma espécie de apólice de seguros, pensei. Uma poupança para os tempos difíceis.

— Vou conseguir o dinheiro, Elaine — prometi —, mas só se me der a camisa em troca.

— Você a terá, Kay. Lamento muito ter feito tudo isso. Tenho protegido Peter porque o amo. Agora preciso proteger meu filho. Por isso estou aqui negociando com você. Quando tiver seu filho, você vai entender.

Talvez eu já entendesse, pensei. Não havia revelado a gravidez a ninguém além dos advogados. Era cedo demais para isso e, além do mais, eu não queria que a notícia vazasse para a imprensa. Certamente, não ia contar a Elaine sobre o bebê. Não agora, pensei amargurada, não enquanto negociava a compra da camisa que provava que o pai dele era um assassino.

54

Vincent Slater havia comparecido a um jantar de negócios em Manhattan e não chegara em casa a tempo de responder ao pedido urgente de Kay para retornar sua ligação.

— Se não puder me ligar ainda esta noite, por favor, telefone amanhã bem cedo — registrou ela na secretária eletrônica.

Eram 23h30 quando ele ouviu a mensagem. Sabia que Kay ia para a cama sempre muito cedo, por isso nem tentou telefonar para ela. Mas o que podia ser tão urgente? Embora costumasse dormir bem e sem interrupções, naquela noite ele despertou várias vezes e não conseguiu relaxar.

Seu telefone tocou às 7 horas. Era Kay.

— Não quero falar pelo telefone — disse ela. — Passe por aqui a caminho da cidade, por favor.

— Já estou de pé e vestido — respondeu ele. — Estou indo.

Quando Vincent chegou à mansão, Kay o levou diretamente à cozinha, onde ela tomava uma xícara de café.

— Queria falar com você antes de Jane vir, e ela sempre chega às 8 horas — explicou Kay. — No mês passado, naque la primeira manhã depois que voltamos da nossa lua de mel, Peter e eu saímos cedo para correr. Eu fiz café para nós antes de sairmos. Foi divertido estar aqui só com ele, como o Sr. e a Sra. Recém-casados morando no subúrbio. Parece que foi há tanto tempo...

À luz clara da manhã, Slater notou que Kay estava perdendo peso. Os ossos do rosto pareciam mais proeminentes, os olhos eram enormes. Temendo o que estava prestes a ouvir, ele perguntou o que havia acontecido para deixá-la tão perturbada.

— O que aconteceu? Nada muito importante. Apenas a madrasta de Peter, que acredita tê-lo protegido durante todos esses anos, e agora espera uma certa compensação por isso.

— O que está querendo dizer, Kay?

— Ela esteve aqui tentando me vender um objeto que pode prejudicar meu marido se cair em mãos erradas. Mais precisamente, nas mãos da promotora. O preço é 1 milhão de dólares, e ela precisa do dinheiro hoje.

— Que objeto? — Slater impacientou-se. — Kay, do que está falando?

Ela mordeu o lábio.

— Não posso revelar o que é, por isso não me faça perguntas. Ela precisa do dinheiro hoje porque seu querido e maravilhoso filho Richard está metido em dívidas pesadas de jogo. Sei que Peter abriu uma conta conjunta para nós. Quanto tenho de fundos? O suficiente para fazer um cheque para Elaine?

— Kay, você não está usando a cabeça. Um cheque leva tempo para compensar. A única maneira de obter esse valor hoje é transferi-lo diretamente para a conta dela. Tem certeza de que é isso que você quer? Sabe qual é a opinião de Peter sobre as dívidas de Richard. Ele não quer patrocinar esse vício. Além do mais, Elaine pode estar blefando.

— Ela não está blefando! Ela não está blefando! — Kay gritou, cobrindo o rosto com as mãos ao sentir as lágrimas brotando dos olhos numa torrente incontrolável.

Assustado, Slater a viu limpar as lágrimas com gestos impacientes num esforço inútil para manter o controle.

— Desculpe. Eu só...

— Tudo bem, Kay — interrompeu-a ele com tom calmo. — Tudo bem. Não se torture dessa maneira. Eu vou providenciar a transferência para a conta de Elaine.

— Não quero que Peter saiba — disse Kay em voz baixa, contida. — Ainda não, pelo menos. Hoje à noite ele vai à clínica de estudos de desordens do sono. Já tem muito com que se preocupar sem mais essa história para atormentá-lo.

— Ele não precisa saber. Não agora. Sou procurador, posso transferir o dinheiro. Mas entenda uma coisa: uma vez transferida essa quantia, não vai poder recuperá-la. Ela vai entregar o tal objeto antes da transação?

— Duvido. Deixe-me terminar de tomar meu café, depois vou telefonar para ela. Não quero que ela perceba que estou nervosa ou perturbada.

Slater observou Kay segurar a xícara de café com as duas mãos, como se quisesse aquecê-las. Eles ficaram sentados à mesa da cozinha por mais alguns minutos, sem falar, ambos bebendo pequenos goles do café forte e quente. Depois, Kay deu de ombros.

— Vou ligar para ela agora mesmo. — Ela discou o número de Elaine e ouviu os vários toques do outro lado. — Há uma certa satisfação em saber que vou tirá-la da cama — Kay comentou amargurada. — Ela estava desmoronando quando veio me procurar ontem à noite, mas quando prometi que entregaria o dinheiro hoje cedo, Elaine se animou bem depressa Ah, finalmente!

Slater viu a expressão de Kay adquirir uma súbita dureza durante a conversa com Elaine. Era óbvio, pelo que podia ouvir, que Elaine não entregaria o que tinha em mãos, seu tão valioso trunfo, enquanto a transação não estivesse concluída.

O que poderia ser? Ele gostaria de saber.

Elaine ainda morava na mansão na noite em que Susan desapareceu, Slater pensou. A suíte master fica no corredor logo depois do antigo quarto de Peter.

Seria possível que ela tivesse visto Peter voltando para casa naquela noite usando uma camisa suja de sangue?

Era possível, ele decidiu.

Slater lembrava os episódios de sonambulismo que havia testemunhado anos antes, quando acompanhava Peter em viagens de férias e feriados. Um deles, aquele que ocorrera na estação de esqui, fora especialmente memorável, porque ele acordara Peter repentinamente e fora atacado. As outras três ou quatro experiências haviam sido mais corriqueiras, e em todas elas, ao voltar para a cama, Peter adormecera imediatamente. Elaine poderia ter ido ao quarto dele e retirado de lá a camisa sem que sua presença fosse notada.

Kay desligou o telefone.

— Ela não confia em mim. Disse que o gerente do banco em que ela tem conta a informará assim que o dinheiro for transferido, e só então virá me entregar o pacote de que falamos anteriormente.

— É a camisa que Peter vestia naquela noite, Kay? — perguntou Slater.

— Não vou responder. Não posso.

— Entendo. Tudo bem. Estou saindo, então. Vou à Nova York para assinar os papéis e realizar a transferência.

— Dinheiro! Esse é o motivo da maioria dos crimes, não é? Amor ou dinheiro. Susan precisava de dinheiro, não é verdade?

Slater a encarou, espantado.

— Como pode saber disso?

— Ah, é claro que eu não sei! — Ela evitou o olhar penetrante de Slater virando o rosto em outra direção. Então, num tom surpreso, disse: — Oh, Gary, não ouvi você entrar!

— Parei para falar com o guarda que está na porta da frente, Sra. Carrington. Ofereci a ele uma xícara de café, e acabei entrando por lá.

Pela porta da frente? Slater estava perplexo com a informação. Gary sabia que não devia entrar pela porta da frente. Quanto da conversa ele podia ter escutado? Sabia que Kay estava pensando a mesma coisa.

Ela se levantou.

— Vou acompanhar você até a porta, Vince.

Ela não voltou a falar até estarem no hall da frente da mansão, e mesmo assim baixou a voz para um sussurro.

— Acha que ele ouviu o que dizíamos?

— Não sei, mas ele não devia ter entrado pela porta da frente. Creio que viu meu carro lá fora, percebeu que estávamos na cozinha e voltou para entrar pela frente e ouvir o que estávamos conversando.

— É o que eu penso, também. Telefone quando a transferência estiver concluída e eu... — Kay hesitou. — Eu completo a transação com Elaine.

Por volta do meio-dia Slater telefonou para Kay informando que o valor combinado já estava na conta bancária de Elaine.

Trinta minutos depois Kay telefonou de volta para ele. Sua voz soava furiosa e muito agitada.

— Ela se recusa a cumprir o acordo. Disse que vendeu seu trunfo barato demais. Elaine acha que o acordo pré-nupcial foi mesquinho, e quer discutir agora uma quantia que seja apropriada para suprir suas necessidades futuras.

55

— Essa é uma maneira de sair da penitenciária de Bergen County — comentou Peter Carrington com Conner Banks quando, algemado e com as correntes nos tornozelos, era acompanhado por dois oficiais e quatro guardas de uma empresa privada de segurança e entrava no saguão do Pascack Valley, o hospital onde funcionava o Centro de Desordens no Sono, no segundo andar.

— Não é uma maneira que eu necessariamente escolheria — respondeu Conner.

— É óbvio que você acha que tudo isso é uma bobagem — disse Peter.

— Não foi isso que eu quis dizer. O que estou dizendo é que preferia que fosse para casa, em vez de estar aqui.

— Bem, mas vou ter de passar a noite aqui. Lamento causar tantos inconvenientes.

Eram 20 horas. Banks havia lido várias informações sobre os testes e sabia o que esperar. Peter seria entrevistado por um especialista, responderia a uma série de perguntas, depois seria levado a um quarto para os testes. Seria realizado um registro chamado polissonograma e seriam avaliados o ritmo cardíaco, as ondas cerebrais, a respiração, os músculos dos olhos, os movimentos das pernas e os cinco estágios do sono. Uma câmera instalada no quarto também monitoraria Peter a noite toda. Na manhã seguinte ele seria levado de volta à penitenciária.

Uma corrente especial e uma tranca haviam sido instaladas do lado de fora da porta do quarto que seria ocupado por Peter. Banks e três guardas ficariam sentados em cadeiras no corredor, enquanto o quarto guarda, acompanhado por um técnico do hospital, assistiria ao vídeo do interior do quarto Os oficiais de polícia ficariam do lado de fora da porta.

À 1 hora a maçaneta da porta do quarto se moveu. Os guardas pularam assustados, mas a corrente que havia sido instalada anteriormente pelo lado de fora impediu a abertura. Havia apenas uma fresta de uns 15 centímetros. A força do outro lado foi mantida por cerca de um minuto, depois disso a porta se fechou novamente.

Banks correu para a frente do monitor; podia ver Peter sentado na cama. Ele olhava diretamente para a câmera, o rosto inexpressivo, os olhos fixos e muito abertos. Enquanto Banks o observava, Peter tentou recolocar o tubo de respiração, depois se deitou e fechou os olhos.

— Ele estava sonambúlico, não estava? — perguntou Banks ao técnico.

— Você acaba de testemunhar um exemplo clássico de sonambulismo — respondeu o profissional.

56

Pela segunda manhã consecutiva Vincent Slater recebeu um telefonema às 7 horas; dessa vez era Conner Banks.

— Temos um problema. — Banks foi logo dizendo sem introdução. — Peter teve um episódio de sonambulismo ontem à noite, durante os testes na clínica do sono, e tentou abrir a porta do quarto onde estava. Isso pode ser visto como uma violação dos termos do acordo de autorização. Assim que a promotora souber disso, vai haver outra audiência de acusação. Krause não vai medir esforços para fortalecer ainda mais as condições da fiança.

Slater sentou-se na cama.

— O que quer que eu faça?

— Nada. Ou melhor, só uma coisa: reze para o juiz ver as coisas de outra maneira. Ele precisa entender que Peter não sabia o que estava fazendo. Caso contrário, pode dar adeus a outros 25 milhões de dólares.

— Não pode permitir que isso aconteça! De jeito nenhum!

— Acha que não vou fazer tudo que puder? Vince, estou dizendo desde o começo que essa defesa com base no sonambulismo é loucura. Nenhum juiz vai se deixar convencer por essa tese. Ele certamente não gostou de autorizar a ida de Peter ao centro de estudos do sono, mesmo com os guardas. Minha maior preocupação é que isso tudo pode parecer um truque para fortalecer a defesa de Peter com base no sonambulismo e usá-la no julgamento. Se o juiz pensar dessa maneira, seu dinheiro vai ajudar o estado de Nova Jersey a reduzir o orçamento consideravelmente.

— Já falou com Kay sobre isso? — perguntou Slater.

— Não queria incomodá-la tão cedo. A última vez que a vi foi na segunda-feira passada, e ela parecia muito abalada.

— Estive com ela ontem, e Kay estava ainda pior. Eu falo com ela, está bem?

— Tenho certeza de que a promotoria vai solicitar uma audiência de emergência com relação à fiança de Peter — insistiu Banks. — É melhor prevenir Kay. Ela vai querer estar lá. Eu aviso quando houver uma data e um horário determinados.

Prevenir Kay, Slater pensou enquanto tomava banho e se vestia. Ontem ela me fez enviar 1 milhão de dólares para a conta bancária de Elaine porque acreditava que ela tinha em mãos alguma coisa que poderia prejudicar Peter. E agora Elaine mudou as regras do jogo. Chantagem em cima de chantagem.

Só pode ser a camisa, ele pensou.

Ou poderia ser outra coisa?

Era inútil ir ao escritório em Manhattan hoje, ele decidiu. Se ia haver uma audiência de emergência para alteração da fiança, ele pretendia estar presente. Em vez de ir à cidade, trabalharia no escritório da mansão, depois levaria Kay à audiência.

Não foi nada fácil telefonar para Kay e informá-la do que havia acontecido no centro de estudos do sono, mas ele foi direto ao ponto. Uma hora depois Slater entrava com seu automóvel pelos portões da propriedade Carrington. O guarda de segurança acenou para ele com simpatia. O guarda diante da porta da casa o cumprimentou quando ele passou por lá ainda dentro do carro, que estacionou nos fundos da mansão. Ele usou a chave do escritório e a entrada privada para não incomodar Kay nem invadir sua privacidade. Mal havia fechado a porta quando seu celular tocou.

Era Nicholas Greco, e o detetive queria conversar com ele quando fosse conveniente.

— Sr. Greco, não vejo motivo algum para esse encontro, nem hoje, nem em nenhuma outra ocasião. Peter Carrington foi indiciado por assassinato porque você localizou a empregada que, por razões próprias e insondáveis, agora afirma que seu depoimento anterior, um depoimento que ela deu sob juramento há 22 anos, era mentiroso. Por que eu estaria interessado em ouvir o que tem para dizer?

— Sr. Slater, dessa vez não estou trabalhando para ninguém. Por mim, não quero deixar pontas soltas nesse caso, porque não costumo nunca deixar um caso inacabado. Ouvi dizer que Peter Carrington pode admitir no tribunal que é possível que tenha cometido aqueles crimes enquanto não tinha consciência dos próprios atos. Mas não é possível que haja outra resposta? Como seu amigo próximo e assistente, por favor, conceda-me 30 minutos de seu tempo. Ouça o que tenho a dizer.

Sem dizer nada, Vincent Slater desligou o telefone com violência desnecessária.

— Quem era, Vince?

Ele se virou. Kay estava parada na porta.

— Ninguém importante, Kay — respondeu ele. — Um desses vendedores chatos que de alguma forma conseguem obter o número do celular das pessoas.

57

QUANDO OS OFICIAIS DE POLÍCIA RELATARAM À PROMOTORA Barbara Krause que Peter Carrington havia tentado sair do quarto da clínica forçando a porta trancada, ela solicitou imediatamente, e foi atendida, outra audiência para tratar da fiança de Peter, exatamente como Conner Banks antecipara.

Às 14h30 ela e os advogados de defesa e Peter Carrington estavam mais uma vez diante do juiz Smith. E como antes, a sala do fórum estava repleta de representantes da imprensa e curiosos.

Eu me sentei com Vincent Slater no banco atrás de Markinson e Banks. É difícil explicar como eu me sentia. Acho que a melhor maneira é dizer que me sentia entorpecida. No espaço de alguns poucos dias — desde que admiti a possibilidade de que Susan fosse a mulher que ouvi na capela muitos anos atrás — eu havia, de acordo com os advogados de Peter, estabelecido um motivo para ele ter assassinado a jovem. Vi a camisa manchada de sangue, a que ele vestia quando Susan desapareceu, e transferi 1 milhão de dólares para a conta da madrasta de Peter para protegê-lo de suas ameaças e conseguir aquela camisa. Era chantagem, mas eu não conseguia encontrar alternativa. E então, depois de pagar a quantia que ela havia pedido, fui vítima de mais chantagem. Também fui visitar a melhor amiga de Susan Althorp e soube que Susan se referia a Gary Barr como "seu parceiro". Tantas coisas estavam acontecendo que eu ainda tentava entender ao menos uma parte delas.

Vi Peter, meu marido, meu amor, ser levado para dentro da sala de audiências, emocionalmente ferido e abatido, algemado e com os tornozelos presos por correntes, exibido para ser visto pelo mundo todo nos telejornais da noite.

A promotora tinha uma expressão triunfante, mas ultrajada, quando começou a falar. A cada palavra que ela pronunciava, eu a odiava mais.

— Excelência, esta é a segunda vez que esse homem, que está indiciado por dois assassinatos, e é suspeito em um terceiro caso de morte, violou as condições de sua fiança. Na primeira vez, ele saiu de sua casa e foi à propriedade da família de Susan Althorp, causando a eles enorme abalo. Um dos oficiais de polícia que tentou detê-lo foi seriamente ferido. Ontem à noite, Peter Carrington tentou forçar a porta do quarto da clínica em que se encontrava em mais uma tentativa de fuga. Os policiais que o acompanhavam relataram que ele puxava a porta desesperadamente, e que o esforço se estendeu por um minuto, pelo menos. Para nossa felicidade, ele não teve sucesso.

Peter, eu pensei. Peter. Em que você está pensando? Por que esse pesadelo está acontecendo conosco?

— Excelência — a promotora estava dizendo —, o Estado solicita que a fiança de 25 milhões de dólares imposta para que ele pudesse ir à clínica de estudos de sono seja suspensa. Solicitamos que ele agora permaneça na penitenciária de Bergen County até o julgamento. É difícil imaginar alguém que constitua maior risco de fuga do que o Sr. Carrington.

Conner Banks esperava impacientemente pela conclusão da promotora. Agora seria sua vez de falar. Eu o vi se levantar da cadeira na mesa da defesa e se preparar para falar ao juiz. Ele tinha um ar confiante que me deu certa esperança. Banks olhou para a promotora como se não pudesse nem acreditar no que acabara de ouvir; depois, começou sua argumentação.

— Excelência, vamos falar sobre o risco de fuga. Se Peter Carrington quisesse deixar o país, ele já teria desaparecido há 20 anos. Mas, em vez disso, ele continuou morando na mesma casa, tentou ignorar os rumores maledicentes, cooperou com todas as investigações e agora, certo de que jamais faria mal a outro ser humano de forma consciente, ele tenta encontrar uma explicação para os crimes que pode ter cometido. Ou que, talvez, não tenha cometido.

Era cedo para eu ter uma resposta da criança que crescia em meu ventre, mas juro que senti um chute de aprovação.

Conner continuou com sua argumentação:

— Todo o propósito dos exames neurológicos na clínica de desordem de sono era determinar se Peter Carrington era sonâmbulo, e, se realmente for, determinar a severidade e a frequência desse problema. Fui informado pelos médicos que tratam de meu cliente que a leitura neurológica, quando ele está adormecido, é altamente irregular, e claramente indicativa de um quadro de desordem do sono denominado parassonia. Os médicos que assistiram à fita que continha as imagens gravadas durante o incidente me disseram que, na opinião deles, o episódio de insônia se configura sem nenhuma dúvida, e que Peter Carrington estava absolutamente inconsciente de seus atos.

Ele está fazendo um bom trabalho, eu pensei. Por favor, Deus, faça o juiz acreditar nele.

— Excelência — continuou Banks, num tom mais veemente —, não negamos que Peter Carrington se levantou e tentou sair do quarto. Porém, considerando as substanciais medidas de segurança adotadas, medidas das quais Peter não só tinha conhecimento, mas cujo preço pagava ele mesmo, é abundantemente claro que esse episódio foi mais um resultado das aflições causadas por essa terrível desordem do sono. Excelência, de acordo com sua ordem prévia, ele passou a noite na clínica, e agora foi levado de volta à penitenciária. Seria uma terrível injustiça alterar o valor da fiança em razão de ações sobre as quais ele sequer tinha controle.

O juiz Smith ouvira atentamente os dois lados. Ele ergueu a cabeça, seus olhos vagando pela sala por um instante enquanto se dirigia à corte. O que ele podia ter visto ao olhar para mim? Eu gostaria de saber. Via em minha expressão que eu rezava por sua compreensão? Senti meu coração bater mais depressa quando ele começou a falar.

— Posso afirmar sem medo de errar que essas são as circunstâncias mais incomuns que já encontrei com relação a audiências de fiança e acusação. Tenho plena consciência de que o sonambulismo pode ser um tema recorrente no iminente julgamento do Sr. Carrington. É claro que dessa vez não estou tomando nenhuma posição quanto ao mérito do caso, ou quanto à validade da defesa com base no sonambulismo. Toda a questão a ser debatida hoje é se o Sr. Carrington tentou deliberadamente violar as condições da fiança e se devemos cobrar os 25 milhões postados para essa eventualidade. O conselho de defesa não discute que o Sr. Carrington tentou deixar o quarto de hospital em que estava confinado.

Eu olhei para a promotora. Notei que uma expressão furiosa se formava em seu rosto. Por Deus, que o juiz não decidisse cobrar o valor depositado como fiança! Porque, se ele tomar essa decisão, será o mesmo que anunciar que ele acredita que Peter está fingindo.

O juiz continuou:

— O conselho de defesa produziu indicação substancial de que os exames médicos revelaram uma séria desordem de sono relacionada ao sonambulismo. Também é um argumento sólido o de que Peter Carrington tinha plena consciência do aparato de segurança que o cercava, e que sabia que qualquer tentativa de fuga seria inútil. Também é verdade, como aponta o conselho de defesa, que o Sr. Carrington concordou com esse sistema de segurança e pagou por ele. Considerando todas essas circunstâncias, e reconhecendo mais uma vez que todo o propósito da avaliação médica em ambiente hospitalar era saber se havia ou não um caso de sonambulismo, a corte não está convencida de que o Sr. Carrington tentou conscientemente fugir ou violou de alguma outra maneira as condições da fiança. A preocupação do Estado com a possibilidade de fuga é legítima, e o réu vai permanecer detido até o julgamento. Mas, dadas as informações que tenho, não vou ordenar a cobrança da fiança de 25 milhões de dólares.

Finalmente conseguíamos uma pequena vitória. Eu me deixei amolecer sobre o banco. Vincent Slater bateu no meu ombro, um gesto incomum para ele.

— Kay, isso é *realmente* importante — disse ele com uma voz de alívio mas preocupada.

Era tão raro Slater demonstrar qualquer emoção, que fiquei surpresa e tocada com seu gesto. Sempre havia pensado nele como alguém eficiente e dedicado aos interesses de Peter, mas, de maneira geral, um homem basicamente frio e insensível. Sua reação me deixou entrever inesperadamente o interior de Vincent Slater. É claro, eu me lembrei, ele estava muito satisfeito por não ter de realmente pagar os 25 milhões de dólares. O dinheiro voltaria para os cofres dos Carrington.

Tive permissão para passar alguns minutos com Peter enquanto ele esperava na cela de contenção.

— Kay — disse ele —, ontem à noite eu sonhei que estava ajoelhado no gramado na frente da casa dos Althorp, como aconteceu quando os policiais me prenderam. Quando tentei abrir a porta, foi porque, em meu sonho, eu precisava ir lá novamente. — Meu marido baixou a voz para um sussurro de forma que o guarda na entrada do corredor não pudesse ouvi-lo. — Mas ontem à noite foi diferente. — Ele fez uma pausa. — Tive a impressão de que Gary Barr estava sentado na sala, me observando.

58

Nicholas Greco ouviu pelo rádio do carro que Peter Carrington podia ter tentado fugir do centro de estudo de desordens do sono. Sabendo que haveria uma audiência para solicitação de cobrança da fiança, ele telefonou para Barbara Krause e descobriu o horário marcado para a audiência.

Por isso ele estava presente na sala do fórum durante a audiência, e por isso ficou esperando do lado de fora, no corredor, quando a audiência foi encerrada, com o intuito de falar com a esposa de Carrington, Kay.

Quando ela saiu, estava acompanhada por Vincent Slater. Quando Slater viu Greco, ele tentou fazer Kay andar mais depressa e passar por ele, mas Greco se colocou no caminho.

— Sra. Carrington, gostaria muito de trocar algumas palavras com a senhora — anunciou o detetive sem rodeios. — Existe uma possibilidade de eu poder ajudar nesse caso.

— Ajudar! — Slater disparou. — Kay, esse é o detetive que localizou aquela empregada que modificou o depoimento.

— Sra. Carrington, estou procurando a verdade. — Greco deu a ela um cartão. — Por favor, fique com isto. E telefone para mim, por favor! — Satisfeito ao ver que ela guardava o cartão no bolso, ele se virou e caminhou na direção dos elevadores, afastando-se sem dizer mais nada.

Sabia que àquela altura já se tornara uma espécie de figura familiar no gabinete da promotoria. A porta da sala de Barbara Krause estava fechada, mas Tom Moran estava no corredor do lado de fora, falando com um policial. Greco conseguiu atrair o olhar de Moran, depois esperou até que ele se aproximasse.

Moran nem se deu o trabalho de responder ao pedido de desculpas por ter aparecido sem marcar hora.

— Venha a meu escritório — sugeriu ele. — Minha chefe não está muito feliz depois de seu pedido ter sido rejeitado na audiência de fiança.

— Compreendo — respondeu Greco, fazendo uma breve e silenciosa prece de gratidão por não ter invadido o escritório de Krause, afinal. Sabia que havia um limite muito tênue entre ela o tratar como alguém útil ou como um estorvo. Também sabia que não devia tomar muito do tempo de Moran.

Uma vez no escritório do assistente da promotoria, Greco foi direto ao ponto.

— Estive falando com a amiga mais próxima de Susan Althorp, Sarah Kennedy North. Como sabe, Gary Barr era o motorista de Susan e das amigas delas quando o grupo ia a algumas festas. Mas, de acordo com Sarah North, parece que ele tinha um relacionamento próximo demais com Susan.

Moran ergueu uma sobrancelha.

— Estou ouvindo

— Aparentemente, Susan se referia a Gary como "seu parceiro". Bastante incomum, não acha, que uma menina de 18 anos considere parceiro um empregado de mais de 40? Além disso, a atmosfera na casa dos Althorp não é sugestiva de parceria ou amizade entre a família e os empregados. Pelo contrário, se quer saber minha opinião.

— Sr. Greco, sempre suspeitamos de que Peter Carrington recebeu ajuda para esconder e, posteriormente, para enterrar o corpo de Susan Althorp. Sabemos, é claro, que Gary Barr desempenhava a função de motorista para ela e suas amigas. A polícia também procurou as amigas de Susan na época em que ela desapareceu. Nenhuma mencionou a existência de um relacionamento incomum entre Barr e Susan. Talvez seja hora de conversarmos com ele novamente. Talvez a memória *dele* tenha melhorado com o passar dos anos.

Greco se levantou.

— Não vou mais tomar seu tempo. Se me permite, sugiro que investigue exaustivamente o passado de Gary Barr para ver se ele pode ter tido algum problema com a lei. Pensei em uma possibilidade que ainda não estou pronto para divulgar. Bom dia, Sr. Moran. É sempre um prazer vê-lo.

59

Eu sentia um profundo desprezo por Elaine por sua atitude desonesta, mas, de maneira um pouco estranha, também me sentia aliviada por não ter a famosa camisa. Embora nos chantagiasse, Elaine também ajudava a adiar um dilema moral para mim. Como esposa de Peter, por lei, eu não era obrigada a testemunhar contra ele. Mas esconder ou destruir uma evidência era completamente diferente. No momento, eu dizia a mim mesma, não estava ocultando provas, simplesmente porque não as tinha.

A mídia fez um verdadeiro carnaval em torno da audiência de solicitação de cobrança da fiança. A capa de um dos tabloides tinha uma foto de Peter em pé ao lado do juiz, de costas para a lente da câmera. O juiz mantinha os olhos baixos. A manchete era: ZZZZZZZZZZ. O JUIZ TAMBÉM ESTÁ DORMINDO? Uma charge em outro jornal retratava Peter com eletrodos e um machado na mão, tentando derrubar uma porta.

Não sabia qual era o acesso que Peter tinha aos jornais, nem perguntei a ele. Em minha visita seguinte, quis saber so bre o sonho que ele tivera no centro de estudos de distúrbios do sono, quando tentou abrir a porta porque queria voltar à casa dos Althorp.

— Acha que há alguma possibilidade de você ter realmente *visto* Gary na casa de Susan na noite em que ela desapareceu? — indaguei.

— De jeito nenhum, Kay! Se essa possibilidade existisse, eu não permitiria que ele se aproximasse de você!

É claro que não. Meu marido estava convencido de que as imagens eram só as produções tortuosas de um sonho... mas eu não tinha tanta certeza disso.

Nossos encontros eram dolorosos: nós nos olhávamos através de um painel de vidro inquebrável e conversávamos por um interfone. Ele podia se sentar com os advogados em torno de uma mesa para uma reunião, mas não tinha permissão para me tocar. Eu queria muito abraçá-lo, sentir sua força em torno de meu corpo. Mas isso era proibido.

A sugestão de Conner Banks sobre Peter ter se casado comigo por causa da conversa que ouvi na capela estava sempre no fundo de minha mente. Mas quando eu via Peter olhar para mim, quando via seu rosto se iluminar ao me ver chegar para mais uma visita, voltava a ter certeza de que ele me amava, de que havia me amado desde o início.

Porém, algumas horas mais tarde, quando eu chegava em casa e ficava sozinha, não me parecia tão impossível que ele e Susan tivessem discutido por causa de dinheiro na capela anos atrás. Peter frequentava a faculdade naquela época. Que tipo de mesada recebia de um pai que era um notório sovina? Se Susan tinha algo contra ele, Peter poderia ter se desesperado, talvez por medo do pai, e tomado uma atitude extrema para mantê-la calada?

Essas dúvidas me assombravam, mas quando chegava o dia de uma nova visita, eu me sentia terrível por ter duvidado de Peter.

Muitas vezes durante as semanas seguintes àquela última audiência peguei o cartão de Nicholas Greco da gaveta de minha escrivaninha e pensei em telefonar para ele. Tinha uma sensação maluca de que, de alguma maneira, talvez ele pudesse ajudar Peter. Mas, cada vez que isso acontecia, eu me lembrava de que Peter não teria sido indiciado se Greco não tivesse localizado Maria Valdez, e sempre acabava devolvendo o cartão à gaveta, e a fechava com violência e revolta.

Vivíamos um mês de fevereiro de temperaturas amenas, e eu voltei a correr, exercitando-me todas as manhãs em volta do terreno da propriedade. Sempre parava no lugar onde os restos mortais de meu pai haviam sido encontrados. Aquele túmulo parecia mais real para mim do que o outro onde seu corpo agora repousa ao lado do de minha mãe no cemitério MaryRest. A polícia escavou pelo menos 3 metros em todas as direções em torno do ponto no qual os cães haviam começado a latir freneticamente. A terra foi novamente colocada, mas ainda se destacava da grama adormecida em torno no lugar, mas eu sabia que começaria a afundar quando as chuvas de primavera recomeçassem.

Decidi que queria plantar roseiras ali, mas depois percebi que ainda era muito nova em minha posição de Sra. Carrington para saber quem era o responsável pelo paisagismo.

Às vezes eu parava perto da cerca e olhava para fora, para a área onde o corpo de Susan fora encontrado. Tentava imaginar Peter, então com 20 anos, pensando que seria seguro enterrar o corpo ali, porque os cães farejadores já haviam vasculhado a propriedade. Cheguei até a telefonar para a Companhia Pública de Gás e Energia Elétrica. Um empregado me disse que havia um cano de gás perto da cerca da propriedade, junto da calçada, e que a companhia tinha uma licença perpétua para manutenção ou substituição da linha. Ele me disse que, normalmente, nunca era necessário cavar mais de 15 metros partindo da calçada.

— Quando há uma suspeita de vazamento, nós começamos o trabalho imediatamente, sem nenhuma notificação — explicou ele. — No dia em que o corpo da jovem Althorp foi encontrado, havíamos recebido uma denúncia de odor forte de gás, e nosso pessoal foi imediatamente para o local. Nossos detectores cavaram buracos para teste muito perto de sua cerca, muito mais próximos do que jamais voltarão a fazer.

E isso podia explicar por que, mesmo que fosse culpado, Peter não parecera particularmente preocupado quando viu os operários cavando a área perto da calçada.

Pensei em tudo que eu sabia sobre aquela noite. Elaine dizia ter visto Peter retornando por volta das 2 horas. Não há nenhuma dúvida de que ele havia levado Susan para casa à meia-noite. Ela teria tido a ousadia de sair imediatamente, ou esperou 20 minutos ou meia hora no quarto, certificando-se assim de que os pais não a veriam ou diriam boa-noite? Era o que eu me perguntava. E onde Peter escondeu o corpo de Susan entre a meia-noite e meia e as 2 horas da manhã, com ou sem sonambulismo?

E se havia feito isso, então alguém o ajudara. Minha suspeita de que Gary Barr estava envolvido em toda essa história se tornava cada vez mais forte. Isso explicaria por que, recentemente, Gary se comportava como se estivesse sempre nervoso, e por que havia tentado ouvir minha conversa com Slater. Ele devia estar muito preocupado com a possibilidade de ser acusado de cumplicidade na morte de Susan Althorp, se por lealdade ele realmente havia ajudado Peter.

Conner Banks me deu uma cópia da fita de um programa do The Learning Channel mostrando reconstituições de crimes cometidos nos Estados Unidos por dois homens que, na ocasião, viviam episódios de sonambulismo. Ambos cumpriam prisão perpétua em penitenciárias estaduais. A mesma fita continha imagens da reconstituição de um homicídio e de um assalto cometidos por dois homens no Canadá nas mesmas circunstâncias. Ambos foram absolvidos. Eu fiquei muito perturbada ao assistir àquela fita. Dois homens ficaram perplexos ao serem acordados pela polícia, sem nenhuma lembrança do que havia acontecido. O outro despertou em seu carro, e dirigiu ele mesmo até a delegacia mais próxima porque estava coberto de sangue.

Uma coisa com que me ocupava — e isso era algo que me agradava muito — era fazer modificações na mansão. Pelo que Peter me contou, Grace não mudara muita coisa na casa, mas havia redecorado completamente o apartamento da Quinta Avenida. Eu só estive no apartamento algumas poucas vezes, durante as semanas entre a recepção para o programa de alfabetização e nosso casamento. Agora, não tinha nenhuma vontade de ir até lá sem Peter. É bobagem, mas sei que teria me sentido uma intrusa. Se Peter fosse mandado para a prisão, eu sabia que teria de tomar decisões muito importantes com relação a todas as propriedades.

Enquanto isso, porém, comecei a realizar algumas pequenas modificações na casa — minha casa, eu lembrei. Pedi a Gary para descer as caixas de porcelana Limoges sobre as quais já havia conversado com Peter. Jane lavou e enxugou os pratos, as xícaras, os pires e todos os pratos extras que eram usados nos jantares esplendorosos do final do século XIX.

— Não se vê mais nada como isto hoje em dia, Sra. Carrington — comentou Jane maravilhada.

Havia uma esplêndida cristaleira do século XVIII na sala de jantar. Nós acomodamos as peças Limoges naquele móvel, e guardamos todas as peças que Elaine havia escolhido. Não queria manter nada dela diante de meus olhos.

Em um quarto do terceiro andar eu encontrei uma arca muito pesada cheia de prataria de mesa antiga e enegrecida. Quando Jane e Gary concluíram o trabalho de polimento, descobrimos que cada uma das peças continha um monograma.

— ASC. De quem são essas iniciais? — perguntei a Peter durante uma de minhas visitas.

— ASC? Deve ser uma tatara... tatara... seja lá quantas vezes for... avó. O nome dela era Adelaide Stuart quando ela se casou com meu tatara... enfim, com meu antepassado em 1820. Eu me lembro de minha mãe ter dito que Adelaide alegava ser parente distante do rei Charles, e nunca deixava o marido esquecer que ela estava degraus acima dele socialmente. Ela foi a responsável pela mudança da mansão de Gales para cá.

Eu sabia que conversas como essa eram a melhor maneira de colocar um sorriso no rosto de Peter. Ele gostava da ideia de eu estar deixando minha marca pessoal na casa.

— Faça o que você quiser, Kay. Alguns cômodos são rígidos e formais demais para o meu gosto. Mas não mexa na minha biblioteca, nem pense em reformar o estofado da minha cadeira!

Eu disse a ele que também ia mudar algumas telas das paredes do segundo andar, porque encontrara outras que apreciava mais no sótão do terceiro andar.

Maggie ia jantar comigo duas vezes por semana, ou saíamos juntas para ir àquele mesmo restaurante de massas. Eu sabia que os frequentadores me seguiam com os olhos quando entrávamos, mas decidi que não poderia me esconder para sempre, e que, em algum momento, ou pelo menos até o início do julgamento, eu não seria motivo de muita curiosidade.

Não vi Elaine por quase três semanas depois de ela ter quebrado o acordo que havia feito comigo, mas notava a presença do carro dela de vez em quando. Mandei trocar todas as fechaduras da casa para que ela nunca mais pudesse entrar sem tocar a campainha. Então, certa noite, quando os Barr já haviam ido para casa e encerrado o expediente, eu estava lendo na biblioteca de Peter e a campainha começou a soar freneticamente.

Eu corri para abrir a porta e Elaine entrou na mansão como uma rajada de vento, os olhos transtornados, as mãos crispadas como garras. Por um momento pensei que ela as cerraria em torno de meu pescoço.

— Como *se atreveu*? — gritou ela. — Como teve a ousadia de invadir e revirar minha casa?

— Sua casa? — Creio que o choque em minha voz e a expressão em meu rosto a fizeram perceber que eu realmente não sabia sobre o que ela estava falando.

Imediatamente, a fúria deu lugar ao pânico.

— Kay — gemeu ela. — Oh, meu Deus! Kay! Desapareceu! Alguém a roubou!

Eu não tive de perguntar a que ela se referia. A camisa de Peter manchada pelo sangue de Susan. A camisa que certamente o marcaria como um assassino havia desaparecido.

60

Pat Jennings passava cada vez mais tempo na Galeria Walker falando ao telefone, porque não tinha mais nada para fazer. Nas várias semanas desde que discutira com a mãe em seu escritório, Richard mal aparecia por lá. Ele tinha dito a Pat que estava vendendo o apartamento e comprando outro, menor, e que procurava um espaço mais barato para manter a galeria de arte.

— Acho que o grande romance com Gina Black acabou — confidenciou Pat à amiga Trish durante uma de suas frequentes conversas telefônicas. — Ela tem deixado recados para ele, mas Richard me pediu para dizer que está fora da cidade.

— E a outra mulher? Alexandra Lloyd?

— Tenho a impressão de que ela desistiu. Há duas semanas não telefona para cá.

— A mãe dele também não esteve mais na galeria?

— Não, nenhuma vez. Mas acho que ela perdeu alguma coisa. Hoje de manhã Richard esteve aqui e, puxa, ele quase teve um ataque! Foi direto para o telefone e ligou para a mãe. Ouvi quando ele disse que não havia conseguido dormir nem por um minuto na noite passada, porque estava muito preocupado. Ele não percebe que, quando altera o tom de voz, eu escuto tudo aqui fora.

— Quando foi isso? — perguntou Trish.

— Há cerca de uma hora.

— O que mais ele disse?

— Alguma coisa sobre a absoluta estupidez de ter deixado algo em casa, e por que ela não pendurou logo no poste para todos verem. Enfim, ele desligou o telefone, e ela ligou de volta uns dez minutos mais tarde. Percebi que ela estava chorando. Disse que não queria falar com Richard, e me pediu para dizer ao filho dela que era tudo culpa dele, ele era o culpado pela situação em que estavam, e ele era culpado por ela ter mantido aquilo em casa. Para concluir, ela me mandou dizer que ele podia ir para o inferno.

— E você disse isso? Deu o recado a ele com todas as palavras? — Trish estava ofegante.

— Ela mandou, não mandou? Richard acabou saindo, batendo a porta e dizendo que não voltaria mais hoje.

— Pat, esse seu emprego é muito interessante — opinou Trish. — É fascinante conviver com pessoas como os Carrington. O que acha que Elaine pode ter perdido?

— Ah, não sei. Joias, talvez — Pat arriscou um palpite. — Ou um bilhete para a fortuna dos Carrington. Richard teria bom uso para isso.

— Talvez seja o "trunfo", qualquer que seja — sugeriu Trish.

As duas riram com vontade.

— Mantenha-me informada — pediu Trish antes de desligar.

61

— Peter marcou um ponto importante na corte hoje à tarde, Kay — disse-me Conner Banks apontando o dedo em minha direção para ser mais enfático enquanto se referia às anotações. — Temos uma cópia da fita com as imagens feitas na clínica de estudos de distúrbios do sono, quando ele se levantou da cama. Há uma tomada muito clara do rosto dele, olhando diretamente para a lente. Qualquer um pode ver como seus olhos estão vidrados na imagem, como ele não tem nenhum foco. Creio que quando os jurados virem a fita, alguns, ou todos, talvez, vão acreditar que Peter estava em estado de sonambulismo naquele momento e, portanto, que ele é um sonâmbulo. Mas, Kay, ainda assim, essa defesa não funciona. Se realmente quer ver Peter entrando nesta casa novamente como um homem livre, precisa convencê-lo a nos deixar atacar o caso proposto pelo Estado, e argumentar que há dúvida razoável sobre ele ser de fato o autor da morte de Susan e de seu pai.

— Eu concordo com você. Inteiramente — manifestou-se Markinson.

Banks e Markinson estavam novamente na mansão. Uma semana havia transcorrido desde que a camisa de Peter fora roubada da casa de Elaine. Não sei qual de nós duas estava mais perturbada com o desaparecimento, Elaine ou eu.

Só havia duas pessoas das quais eu desconfiava: Gary Barr e Vincent Slater. Vincent havia deduzido imediatamente que o "objeto" usado por Elaine para fazer chantagem era, provavelmente, a camisa, e estou praticamente certa de que Gary ouviu nossa conversa sobre esse assunto.

Eu podia até imaginar Vince tentando recuperar a camisa depois de Elaine ter recebido o dinheiro, especialmente quando ela tentou dar prosseguimento à chantagem, mas por que não me contar? Eu o enfrentei, e disse que o "objeto" era mesmo a camisa desaparecida. Ele negou veementemente que a pegara. Eu não sabia se acreditava nele ou não.

Se Gary Barr pegou a camisa, o que pretendia fazer com ela? Talvez a estivesse guardando como uma apólice de seguro para conseguir um acordo com a promotoria, alguma coisa nas linhas de "Peter era só uma criança. Eu senti pena dele. Escondi o corpo, depois o ajudei a enterrá-lo perto da cerca".

É claro que Vincent e Gary tinham acesso fácil à casa de Elaine. Gary estava sempre por ali; Vincent entrava e saía da mansão regularmente. O guarda da casa estava quase sempre parado diante da porta da frente. De vez em quando ele ia até a porta dos fundos, mas seria muito fácil para um ou outro evitar ser visto por ele.

Antes de descobrir que sua casa foi invadida, Elaine havia passado quatro dias em seu apartamento de Nova York. Quem pegou a camisa teve tempo suficiente para vasculhar o lugar. Além de Vincent e Gary, havia outro possível suspeito na minha lista, embora parecesse improvável. Elaine deixou escapar enquanto me contava desesperada sobre o desaparecimento da camisa que Richard também sabia sobre a existência do tal trunfo. Ele a pegara para garantir o próprio futuro, caso voltasse a perder no jogo? Mas Elaine me contou que Richard não sabia que ela não havia devolvido a camisa ao cofre do banco onde a mantivera durante os últimos 22 anos, e ela também revelara que o filho ficou verdadeiramente furioso ao saber da perda.

Todos esses pensamentos giravam em minha cabeça enquanto eu ouvia Conner Banks relacionando, passo a passo, todos os fatores que ele considerava fundamentais para uma defesa baseada em "dúvida razoável".

— Peter e Susan eram amigos, mas ninguém jamais sugeriu que eles tivessem algum envolvimento sério — dizia Banks. — A camisa que ele usou naquela noite desapareceu, mas não havia um traço de sangue no paletó do terno que ele vestiu durante o jantar, nem em suas meias, na calça ou nos sapatos. Tudo isso precisa ser levado em conta.

— Vamos supor que a camisa apareça em algum lugar — falei. — Suponhamos, só pelo bem da argumentação, que ela apareça manchada com o sangue de Susan.

Banks e Markinson olharam para mim como se eu tivesse duas cabeças.

— Se houvesse a menor possibilidade de acontecer o que você diz, eu estaria apelando por duas sentenças coincidentes de trinta anos — respondeu Banks. — E me sentiria um sujeito de sorte se fosse atendido.

Girando, girando, girando vamos, onde vamos parar, ninguém sabe, eu pensei. Sem saber, Banks havia me dado a resposta que eu procurava. Se os advogados soubessem da existência da camisa, iam querer barganhar um acordo, e Peter nunca admitiria ter cometido esses assassinatos só para conseguir uma sentença que daria a ele uma possibilidade — na melhor das hipóteses — de sair da prisão com 72 anos.

Nosso filho terá 30 anos então, eu pensei.

— Não vou tentar persuadir Peter a mudar de ideia quanto ao foco de sua defesa — falei a eles. — Será como ele quiser, e eu o apoiarei.

Eles se levantaram para sair.

— Então, vai ter de encarar o inevitável, Kay — anunciou Markinson. — Vai criar seu filho sozinha.

Quando já saía da sala de jantar, Markinson parou diante da cristaleira.

— Magnífica porcelana — elogiou ele.

— Sim — respondi, consciente de que agora encenávamos uma conversa polida, pois os advogados de Peter estavam jogando a toalha, emocionalmente falando.

Conner Banks olhava para uma das pinturas que eu havia retirado do quarto no terceiro andar.

— Isso é fabuloso — disse ele. — É um Morley, não é?

— Não sei — confessei. — Sou terrivelmente desprovida de conhecimentos artísticos. Só o trouxe para cá porque gostei mais dele do que do outro que estava aí antes.

— Então tem um bom olho. — Ele aprovou minha escolha. — Bem, estamos de saída. Vamos relacionar médicos que já trataram pessoas que sofrem de parassonia, e que podem atestar que essas pessoas são completamente inconscientes de seu comportamento quando em um episódio de sonambulismo. Se você e Peter insistem nessa defesa, vamos ter de acionar testemunhas especializadas.

Era dia de visita na penitenciária de Bergen County. Minha cintura engrossava e, naquela manhã, quando eu me vestia, tive de deixar aberto o botão do cós da minha calça. Passara a usar suéteres de gola alta quase o tempo todo; eles me ajudavam a disfarçar o quanto eu estava magra, mas o obstetra me dissera que isso não era incomum nos primeiros meses da gravidez.

Quando todas as minhas dúvidas sobre a inocência de Peter começaram a desaparecer? Creio que isso tinha algo a ver com os arquivos que havia começado a examinar no terceiro andar. Eu estava aprendendo muito sobre a infância de meu marido com o que eu encontrava neles. A mãe dele havia organizado um álbum de fotografias para cada ano de sua vida até ela morrer; na época Peter tinha 12 anos. Fiquei surpresa com o fato de o pai dele aparecer em pouquíssimas fotos. Peter havia me contado que, depois de seu nascimento, a mãe deixara de acompanhar o marido em suas viagens de negócios.

Ela fizera anotações em algumas páginas, referências amorosas enaltecendo a inteligência de Peter, comentando como ele aprendia depressa, sua disposição sempre radiante, seu senso de humor.

Percebi claramente a proximidade de Peter com sua mãe, e cheguei a lamentar não ter com ele essa mesma relação. Pelo menos ele teve doze anos com ela, eu pensei. Então encontrei uma fotografia tirada pelo repórter da *Record* de Bergen no dia do funeral da mãe dele. Um menino de 12 anos totalmente devastado pela perda, Peter piscava para tentar conter as lágrimas e caminhava ao lado do caixão da mãe com a mão repousando sobre ele.

Seus álbuns escolares estavam em uma das gavetas do arquivo. Em um deles a descrição do aluno falava em "elegância sob pressão", e eu percebi que ele estava justamente começando seu último ano em Princeton quando Susan desapareceu. Nos meses seguintes, o gabinete da promotoria o chamara inúmeras vezes para interrogá-lo.

Quando cheguei à penitenciária naquela tarde e Peter foi levado à sala das visitas, ele olhou para mim através do vidro por um longo momento sem falar nada. Meu marido tremia, e seus olhos brilhavam pelas lágrimas. Peter pegou o interfone do seu lado da divisória. Com voz rouca, disse:

— Kay, não sei por que, mas tive a sensação de que você não viria hoje, não viria nunca mais, porque já havia chegado ao limite de sua capacidade de suportar tanta infelicidade.

Por um momento me senti como se estivesse olhando para o rosto daquele menino de 12 anos no funeral da pessoa que ele mais amava no mundo.

— Jamais deixarei você — falei a ele. — Eu o amo demais para abandoná-lo, Peter. Não acredito que tenha feito mal a alguém. Você não seria capaz. Há outra resposta, e eu vou encontrá-la, com a ajuda de Deus.

Naquela noite eu telefonei para Nicholas Greco.

62

Jane Barr preparou sopa de carne com legumes para o caso de os advogados ficarem para o almoço, mas eles saíram da mansão 15 minutos antes do meio-dia. Ela estava feliz por ter tido um motivo para cozinhar — precisava de algo que a distraísse. Gary havia sido chamado ao gabinete da promotoria, e estava lá agora. Por que queriam falar com ele? Ela estava preocupada. Depois de tantos anos, não o interrogavam novamente sobre Susan Althorp, não é?

Por favor, não permita que seja isso, ela orou.

Kay Carrington aceitou um prato de sopa antes de ir visitar Peter na penitenciária. Havia algo de estranho nela, Jane pensou. Kay não era de uma família rica, mas tinha um ar altivo, de conhecimento. Era perfeita para Peter. E acho que ela está grávida. Ela não disse nada, mas está grávida.

Onde estava Gary? A hora passava depressa, e ainda não tinha recebido nenhuma notícia. Que tipo de perguntas eles estavam fazendo? Quanto ele revelava?

Depois do almoço, Jane normalmente ia para casa onde morava com o marido, na entrada da propriedade, e passava lá boa parte da tarde, depois voltava à mansão para acender as luzes, fechar cortinas e preparar o jantar. Hoje, quando chegou em casa, ela encontrou Gary comendo um sanduíche e bebendo cerveja.

— Por que não me avisou que estava em casa? — perguntou ela. — Estava apavorada imaginando o que eles perguntaram!

— Desenterraram algumas coisas do meu passado, de quando eu era um menino — contou Gary impaciente. — Eu já lhe contei sobre isso. Tive alguns problemas quando era adolescente, mas os registros deviam ser preservados, privados. Havia algumas coisas nos jornais da época, porém, e acredito que foi assim que eles descobriram tudo.

Jane se deixou cair em uma poltrona.

— Isso foi há muito tempo. Eles não o estão acusando de novo pelas mesmas coisas, estão? Ou estão lendo mais nas entrelinhas agora?

Gary Barr olhou para a esposa com algo que se aproximava de desprezo nos olhos.

— O que está pensando? — perguntou ele.

Jane ainda não havia começado a desabotoar o casaco de inverno. Ela levou a mão ao primeiro botão. Seus ombros estavam caídos como se ela carregasse o peso do mundo.

— Passei toda a minha vida nesta cidade — disse. — Nunca desejei estar em outro lugar. Trabalhamos para pessoas boas. Agora tudo isso está em risco. O que você fez foi horrível. Eles fizeram perguntas sobre isso? Sabem sobre essa parte de seu passado? *Eles sabem?*

— Não — respondeu Gary irritado. — Eles não desconfiaram de nada. Pare de se preocupar. A lei garante minha liberdade atualmente. Ninguém pode me acusar ou processar, porque já se passou muito tempo. E mesmo que tentem me incriminar de alguma outra forma, tenho uma oferta que eles não vão poder recusar.

— Do que está falando? — perguntou Jane sem tentar esconder o desânimo. — Não há ressalvas na lei em casos de assassinato!

Garry Barr se levantou da cadeira com um movimento brusco e jogou o sanduíche que comia contra a esposa.

— Nunca mais use essa palavra! — gritou ele.

— Sinto muito, Gary. Eu... me desculpe. Eu sinto muito. — Lágrimas começaram a se formar em seus olhos. Jane olhou para a mancha de mostarda em seu casaco, para os pedaços de pão de centeio espalhados pelo tapete, para as fatias de presunto e tomate a seus pés.

Fechando e abrindo as mãos, Barr fazia um esforço visível para controlar-se.

— Tudo bem. Certo. Por favor, lembre-se: uma coisa era estar lá; outra coisa foi matá-la. Tudo bem. Eu limpo essa sujeira. Não faz mal: o sanduíche estava mesmo muito ruim. Sobrou um pouco daquela sopa que você estava preparando hoje de manhã?

— Sim. Há bastante sopa pronta.

— Faça-me um favor e vá buscar um pouco para mim, sim? Tive um dia difícil. E peço desculpas por ter perdido o controle. Você não merece isso, Jane. É uma boa mulher.

63

NICHOLAS GRECO FICOU SATISFEITO POR RECEBER UM TElefonema inesperado de Tom Moran, o assistente da promotoria.

— Sua dica foi excelente — disse Moran a ele. — Barr teve problemas que foram mantidos em segredo, vetados para o público, mas conseguimos ter acesso a essa informação. Ele foi preso por levar maconha para a escola e fumar no ginásio de esportes. Também descobrimos seu álbum do colégio e localizamos alguns de seus antigos colegas que ainda vivem em Poughkeepsie. Barr era conhecido por seu temperamento explosivo. Não era exatamente o vizinho adolescente simpático e amigo que todo mundo quer ter, entende?

— Sim, é claro.

— Mas isso foi há muito tempo. — Moran continuou: — Mesmo assim é interessante que esse colega tenha se lembrado dele como alguém atormentado, sempre carrancudo e com um evidente complexo de inferioridade. Ele não se empenhava no colégio, não quis ir para a faculdade e anos mais tarde, em uma reunião de sua turma do ensino médio, queixou-se por nunca ter tido uma chance de ser bem-sucedido.

— Tenho a impressão de que ele é um homem muito inseguro, insatisfeito e sempre zangado com o mundo — opinou Greco. — O que acaba de me contar se encaixa no padrão que tenho observado.

— Mudando de assunto — disse Moran —, há outra coisa que você precisa saber. A Sra. Althorp faleceu hoje.

— Oh, eu sinto muito mesmo por saber disso, mas acho que, para ela, a morte foi uma bênção.

— Pelo que entendi, não haverá velório, e o funeral será privado. Creio que eram esses os desejos dela, e a família já teve a cobertura da mídia para se satisfazer até o fim dos tempos.

— Sim, eu entendo tudo isso — respondeu Nicholas Greco com tristeza. — Obrigado, Tom.

Greco olhou para o relógio de pulso. Passava das 17 horas, mas ainda não estava pronto para ir para casa. Queria pensar um pouco e com tranquilidade, e às vezes era mais fácil ter paz quando todos iam para suas casas e os telefones do escritório silenciavam. Felizmente, essa era a noite em que Frances se reunia com seu grupo de leitura, o que significava que ela não se incomodaria se ele chegasse mais tarde em casa.

Greco sorriu para si mesmo. Frances era uma mulher que no fim do dia cobrava sua atenção, e ela a queria inteiramente, sem divisões. Na maior parte do tempo, ele atendia a esse desejo da esposa, o detetive pensou com afeto, mas nesse momento precisava da paz de seu escritório. Precisava imergir em um estudo marrom. Na primeira vez que usara essa expressão perto de Frances, ela perguntara qual era o significado.

— A expressão foi extinta de nossa linguagem há muito tempo, mas no século XIX era muito comum — dissera ele — Um "estudo marrom" é algo parecido com uma séria e profunda absorção pelos próprios pensamentos, meu bem.

— Ah, pelo amor de Deus, Nick! — respondera ela impaciente. — Por que não fala com clareza que está tentando entender alguma coisa?

E é justamente isso que ele estava tentando fazer, Greco pensou agora.

Gary Barr estava no topo da lista de coisas e pessoas a serem estudadas. Greco sentia que Barr tinha uma espécie de ressentimento contra aqueles que, em sua opinião, gozavam de uma vida de privilégios. Qual havia sido seu relacionamento com a família Althorp? Durante os anos em que ele e a esposa não haviam trabalhado para os Carrington, ambos cozinharam e serviram jantares na residência dos Althorp com certa regularidade. Gary também era motorista da filha deles. Como e por que ele se tornara um "parceiro" para Susan? Greco decidiu que precisava ir conversar novamente com Sarah, a amiga de Susan.

A página arrancada da revista *People* e encontrada no bolso da jaqueta de Grace Carrington era o item seguinte em sua lista de considerações. Era importante, muito importante, disso ele tinha certeza. Mas *por quê*?

Em terceiro lugar estava a bolsa de Susan Althorp. Por que Gary Barr tinha uma lembrança tão nítida de Peter Carrington pedindo a Vincent Slater para ir devolvê-la na manhã seguinte e por que ele também se lembrava de que Peter Carrington ficou assustado ao ser informado de que a bolsa não estava em seu carro? Ou Barr inventou essa história por motivos próprios? Slater confirmou essa conversa, mas só até certo ponto. Ele afirmou que Carrington simplesmente havia pedido a ele para verificar se a bolsa estava no carro e devolvê-la a Susan, caso estivesse.

Mas Susan era esperada para o brunch na manhã seguinte. Além do mais, a bolsa era pequena, e não podia conter muito mais do que um lenço, batom, uma escova de cabelo. Então, por que tanta urgência em devolvê-la? Havia na bolsa algo especial de que ela poderia necessitar? Greco precisava descobrir.

Todas essas peças se relacionavam, ele pensou, sentado com as mãos cruzadas sobre a mesa, notando que a noite caía lá fora. Mas como?

O telefone tocou. Um pouco irritado com a interrupção, Greco pegou o aparelho e identificou-se.

— Sr. Greco, aqui é Kay Carrington. O senhor me deu seu cartão no fórum há algumas semanas.

Greco se endireitou na cadeira.

— Sim, eu lembro, Sra. Carrington — respondeu ele devagar. — É muito bom ouvir sua voz.

— Podemos conversar amanhã de manhã? Em minha casa?

— Certamente. Qual é o horário mais conveniente?

— Às 11 horas? É possível para o senhor?

— Perfeitamente possível.

— Sabe onde moro?

— Sim, eu sei. Estarei em sua casa às 11 horas.

— Muito obrigada.

Greco ouviu o barulho indicativo do final da ligação, depois desligou. Ainda pensativo e intrigado, ele se levantou e andou pelo corredor até o armário dos casacos. No último minuto, lembrou-se de deixar um bilhete sobre a mesa da recepcionista: "Estarei em Nova Jersey amanhã de manhã."

64

Eu ainda não havia contado a Maggie sobre o bebê porque tinha certeza de que ela espalharia a notícia entre as amigas, e logo eu estaria lendo sobre o assunto nos tabloides. Maggie é categoricamente *incapaz* de guardar um segredo. Mas eu pensava ter sido vista no consultório do obstetra por pessoas que me conheciam, e como não queria que Maggie ouvisse rumores sobre minha gravidez, decidi que eu mesma devia dar a notícia a ela.

Depois de telefonar para Nicholas Greco e marcar a visita para o dia seguinte, fui buscar Maggie e a levei para jantar comigo na mansão. Jane havia preparado um frango assado e quis servir a mesa, mas eu disse a ela para ir para casa, porque nós mesmas poderíamos nos servir. A última coisa que precisava era de Gary Barr ouvindo nossa conversa. Acho que Jane estava ficando preocupada com a possibilidade de Gary e ela perderem o emprego, e ameaçou se opor à ordem. Mas então parou, nos desejou um boa-noite e saiu.

A cozinha da mansão é grande e possui uma mesa onde os empregados costumavam comer. Maggie quis jantar ali mesmo, mas eu vetei a ideia. As cadeiras na pequena sala de jantar são infinitamente mais confortáveis. Além do mais, sei que ela se sente intimidada na mansão, e quis ajudá-la a superar esse sentimento.

Quando nos sentamos à mesa, eu contei a Maggie sobre o bebê. Ela ficou absolutamente eufórica com a notícia, mas, em seguida, é claro, começou a se preocupar comigo.

— Oh, Kay, é mesmo uma tragédia que o pai de seu filho não estará por perto para ver a criança crescer.

— Maggie — falei firme —, o nome dele é Peter, e eu ainda não perdi a esperança. Ele não matou Susan Althorp, e, certamente, não matou meu pai. Mas, por favor, vamos falar sobre outro assunto. Papai foi morto algumas semanas depois do desaparecimento de Susan. Peter me contou que Elaine Carrington o demitiu porque ele não se interessou quando ela começou a assediá-lo.

— Você já me disse isso, Kay — respondeu Maggie contrita. Eu sabia que ela já se arrependera por ter tirado conclusões precipitadas sobre a demissão ter sido resultado do problema que meu pai tinha com a bebida.

— O que papai pretendia fazer? Ele tinha alguma oferta de emprego?

— Não sei, Kay. Poucas semanas depois de ter sido demitido ele desapareceu, e nós pensamos que havia cometido suicídio. Vi seu pai pela última vez no dia 30 de setembro, há 22 anos e meio. Já falamos sobre tudo isso.

— Vamos falar sobre isso novamente.

— No dia 30 de setembro seu pai telefonou para mim por volta das 17 horas da tarde para perguntar se você podia dormir na minha casa. Ele disse que tinha um compromisso com alguém. Você não ficou muito feliz por ter de ir para minha casa, porque ele havia prometido que tentariam fazer uma receita nova para o jantar daquela noite. Ele prometeu compensá-la pela frustração. Mas, no dia seguinte, ele não apareceu para ir buscá-la, nem telefonou, e mais tarde a polícia informou que o carro dele havia sido encontrado perto do rio, e que sua carteira foi deixada no assento.

— Eles chegaram a investigar para ver com quem ele estivera no dia 30 de setembro?

— Na época, a polícia deduziu que ele simplesmente havia inventado a história como uma desculpa para deixar você na minha casa.

Eu percebi que não faríamos grandes progressos com aquela conversa. Tinha esperança de que, talvez, um fragmento qualquer de memória perdida pudesse retornar, mas Maggie não parecia se lembrar de nada que já não houvesse me contado.

Enquanto bebíamos uma xícara de chá, decidi que era hora de finalmente contar a Maggie sobre o tempo em que, tantos anos atrás, eu invadira a mansão impelida pela curiosidade de ir ver a capela.

A reação de minha avó, como eu já esperava, foi comentar que meu espírito aventureiro sempre havia me colocado em situações difíceis. Inesperadamente, ela não persistiu nesses comentários críticos.

Provavelmente por causa de sua reação, acabei dizendo a ela que naquele dia eu escutara uma discussão entre um homem e uma mulher que parecia estar fazendo chantagem, algo que eu não tinha intenção nenhuma de revelar.

— Eu sabia o que o homem estava assobiando, embora fossem apenas algumas notas — concluí. — E reconheci a melodia porque você costumava cantarolar aquelas notas quando falava sobre minha mãe cantando no coral da escola.

Maggie olhou para mim com uma expressão que não consegui interpretar.

— O que é? — perguntei.

— Kay, você devia ter contado isso ao seu pai! — exclamou ela. — Quando ele e sua mãe começaram a namorar, eu contei a ele sobre o coral da escola e me gabei de como ela fazia sucesso quando cantava essa música. Ele a fez cantar. Desde aquele dia, ele passou a chamar essa música de "sua canção", uma espécie de trilha sonora do relacionamento com sua mãe. Eles a escolheram para a primeira dança na festa de casamento. Você sabe disso.

— Maggie, eu sabia sobre o coral na escola. Mas não me lembro de ninguém ter me contado que papai chamava essa música de "sua canção", ou de que eles a escolheram para dançar na festa do casamento — protestei.

— Não importa. Depois de seu pai ter vindo para cá correndo com você para verificar a iluminação para a festa, ele a deixou na minha casa. Eu me lembro bem de como ele parecia deprimido e desanimado. Ele me disse que havia escutado alguém assobiando essa canção quando esteve aqui, e havia falado com esse homem. Imagino que seu pai comentou com essa pessoa sobre a nostalgia que sentia quando ouvia essa melodia.

— Ele disse quem era essa pessoa? — perguntei ansiosa.

— Sim, mas eu não lembro.

— Maggie, isso é muito importante! Por favor, pense! Tente lembrar.

— Vou tentar, Kay. Vou me esforçar, pode estar certa disso.

Havia uma pergunta que eu precisava fazer.

— Maggie, pode ter sido Peter?

— Não. Com toda certeza, não. — Maggie soava firme. — Eu me lembraria se fosse Peter Carrington. Ele era o jovem príncipe por aqui. Por isso fiquei tão desapontada por pensar que ele havia matado aquela menina. Não, tenho certeza absoluta de que não foi ele que seu pai mencionou!

Ela me encarou por um instante.

— Kay, qual é o problema? — perguntou minha avó. — Por que está chorando?

Não era Peter, eu pensava aliviada. Não era Peter! Outro homem havia sido vítima de chantagem naquela capela há 22 anos. Mas, por Deus, se eu tivesse contado a meu pai sobre o que escutei naquele dia, e ele revelasse a história para a polícia, talvez ele ainda estivesse vivo, e talvez Peter não estivesse na cadeia, acusado de assassinato.

65

Vincent Slater estava convencido de que Garry Barr roubara a camisa de Peter da casa de Elaine Carrington. Há uma semana ele pensava em qual poderia ser a melhor maneira de recuperá-la.

A necessidade de encontrar e resgatar a camisa tornara-se mais urgente depois de um telefonema de Conner Banks tarde da noite. Ele queria que, como amigo e assistente, Slater tentasse convencer Peter a permitir que sua equipe de advogados modificasse a estratégia da defesa.

— Vincent — disse Banks —, estamos cada vez mais convencidos de que temos uma boa chance de evitar unanimidade do júri, e talvez até de conseguir uma absolvição, se basearmos nossa defesa na dúvida razoável. Uma absolvição significa que Peter volta para casa e fica definitivamente livre de tudo isso. Um júri sem unanimidade em sua decisão significa que podemos argumentar por uma fiança, e Peter provavelmente passaria algum tempo com o filho antes de um segundo julgamento. Se obtivermos o mesmo resultado no segundo julgamento a promotoria provavelmente desistirá e retirará as acusações.

— O que acontece se a camisa de Peter aparecer e tiver o sangue de Susan nela? — perguntou Slater.

— O que está acontecendo aqui, afinal? Kay me fez essa mesma pergunta. — Houve um silêncio prolongado; depois, Conner Banks voltou a falar. — Como disse a Kay, se essa camisa aparecer e tiver o sangue de Susan nela, o melhor que poderemos fazer será apelar por um acordo para Peter.

— Entendo.

Eram 21 horas; não era tarde demais para telefonar para Kay, Slater decidiu. Quando ela atendeu, disse que havia acabado de voltar da casa da avó, porque tinha ido levá-la depois do jantar.

— Kay, tenho certeza de que Gary Barr roubou a camisa — ele revelou sem rodeios. — Precisamos pegá-la de volta. Há um molho de chaves em uma das gavetas da cozinha. As chaves da casa onde os Barr vivem atualmente estão lá. Vou passar por aí por volta das 7h30, antes de Jane chegar. Depois, vou telefonar para você às 21 horas como se estivesse em Nova York, e vou pedir para você mandar Gary à cidade para me ajudar a levar os documentos particulares de Peter para casa. Vou tomar providências para que meu pessoal na empresa o mantenha ocupado por algum tempo. Você só precisa se certificar de que Jane não volte para casa cedo.

— Vincent, não sei o que pensar de tudo isso.

— Eu sei. Não vou deixar aquela camisa nas mãos de Gary Barr. Vamos rezar para que ele a tenha escondido em algum lugar da casa ou em seu carro. Esse é outro ponto: vou dizer a ele que nossos executivos podem aproveitar para voltar com ele para visitá-la, por isso ele vai ter de usar um dos automóveis da família.

— Sei que já disse isso antes, mas não sei o que pensar. De qualquer maneira, vamos fazer como está dizendo, Vince — concordou Kay. — E já que estamos sendo francos, é melhor que você saiba... Vou encontrar Nicholas Greco, o investigador. Ele virá conversar comigo amanhã, às 11 horas.

Vincent Slater disse algo que jamais havia imaginado que um dia poderia dizer à esposa de seu empregador:

— Que idiotice, Kay! Pensei que amasse seu marido!

66

O EX-EMBAIXADOR CHARLES ALTHORP SENTOU-SE NO ESTÚDIO de sua falecida esposa com uma xícara de café na mão, ao lado da bandeja sobre a qual o desjejum ainda nem fora tocado. A realidade física da morte de Gladys já havia provocado várias mudanças na casa. A cama de hospital, a tenda de oxigênio, os tubos intravenosos, os aparentemente infinitos suplementos médicos, tudo havia desaparecido. Brenda, a governanta, havia limpado e aberto o quarto de Gladys na noite anterior, e trabalhou chorando copiosamente.

Ele notou o olhar deprimido de Brenda naquela manhã, quando ela servira seu café, e chegara a ter esperanças de que ela decidisse espontaneamente começar a procurar outro emprego.

Seus filhos haviam telefonado, tristes com a morte da mãe, mas aliviados por ela ter se libertado do sofrimento.

— Se há um museu no céu, mamãe e Susan devem estar debatendo os méritos das telas nesse momento — dissera Blake, o caçula.

Althorp sabia que os filhos não nutriam grande afeto por ele. Depois da faculdade, os dois preferiram aceitar propostas de emprego longe de casa, o que dava a eles uma excelente desculpa para só aparecer duas vezes por ano. Agora eles voltariam em um curto espaço de tempo. A primeira vez que fizeram isso havia sido para o funeral da irmã; agora, para o funeral da mãe.

O corpo de Gladys estava na funerária. Não haveria velório, mas a cerimônia do sepultamento não aconteceria antes da sexta-feira, porque o filho mais velho, cuja filha havia sido recentemente submetida a uma cirurgia de apêndice de emergência, não podia viajar antes disso. Ele e a esposa não queriam deixá-la naquelas condições.

Vizinhos telefonavam para expressar suas condolências; ele ordenou a Brenda que anotasse os recados. Mas, por volta de 8h45, ela entrou no estúdio e, hesitante, disse que um certo Sr. Greco estava ao telefone e insistia em falar com ele.

Althorp quase se recusou a atender, mas pensou que Gladys podia ter ficado devendo algum dinheiro ao homem pelos serviços prestados. Era possível. De acordo com a enfermeira, o investigador estivera com Gladys recentemente. Ele pegou a extensão do telefone no estúdio.

— Charles Althorp. — Sabia que a voz era intimidadora, e sentia certo orgulho por isso.

— Embaixador Althorp — começou Nicholas Greco —, antes de tudo quero expressar minhas sinceras condolências pela perda de sua esposa. A Sra. Althorp era uma verdadeira dama, uma mulher corajosa e elegante, e foi ela a responsável em colocar em movimento as rodas que em breve levarão às barras da Justiça um assassino.

— Do que está falando? Carrington já está preso.

— É exatamente sobre isso que quero falar, embaixador. Peter Carrington está na prisão. Mas deveria estar? Ou, posto de outra maneira, não deveria haver outra pessoa na cela que agora ele ocupa? Sei que esse é um momento muito inoportuno, mas posso ir vê-lo em sua casa hoje, mais tarde? Será só por alguns minutos. Tenho uma entrevista marcada com a Sra. Kay Carrington para as 11 horas. Seria possível ir vê-lo às 12h30?

— Esteja aqui ao meio-dia. Você terá apenas 15 minutos. — Althorp bateu o telefone, deixou a xícara de café na bandeja e se levantou. Ele caminhou até a mesa onde havia fotos de sua esposa e de Susan, sua filha.

— Eu sinto muito, Gladys — disse ele em voz alta. — Sinto muito, Susan.

67

Eu estava na cozinha quando Vince chegou para pegar a chave da casa dos Barr. Eram 7h30. Depois, conforme o planejado, ele telefonou às 9 horas. Gary Barr estava passando o aspirador de pó no andar de cima, e, conforme combinamos anteriormente, fui dar o recado a ele.

— O Sr. Slater está pedindo para você ir até a cidade apanhar alguns documentos no escritório de Peter — falei. — É possível que alguns executivos da empresa aproveitem a carona e venham me visitar, por isso é melhor você ir com o Mercedes. O Sr. Slater vai informá-lo sobre a vaga que deve usar na garagem do prédio.

Se Barr desconfiou de alguma coisa, não demonstrou. Usando o telefone do segundo andar, ele falou com Slater e confirmou os arranjos referentes ao estacionamento. Alguns minutos mais tarde, de uma janela de um dos quartos, vi Barr deixar a propriedade a bordo do Mercedes e pegar a estrada.

Vincent devia estar observando de algum lugar e esperando que ele saísse, porque, quase imediatamente, seu Cadillac passou pelos portões e virou à esquerda. Acho que ele ia estacionar atrás da casa da entrada, em um local que não podia ser visto da mansão. Agora, era minha responsabilidade impedir Jane de voltar para casa por qualquer razão antes do horário em que ela fazia o intervalo para almoçar.

Havia uma maneira muito simples de garantir sua permanência na mansão. Disse a ela que estava com dor de cabeça e que esperava que ela atendesse ao telefone e anotasse todos os recados, e que só me chamasse se o Sr. Greco ligasse ou chegasse.

— O Sr. Greco?

Ouvi sua voz alarmada e me lembrei de que alguém me contara que, depois de ter sido contratado pela Sra. Althorp para reabrir as investigações, Greco estivera conversando com Gary Barr.

— Sim — confirmei. — Tenho um encontro marcado com ele para as 11 horas.

A pobre mulher parecia apavorada e confusa. Nesse momento tive certeza de que, se Vince estava certo, se Gary havia mesmo roubado a camisa da casa de Elaine, Jane não participara do roubo. Porém, em seguida lembrei que ela havia jurado que Gary estava em casa na noite em que Susan desapareceu. Ela havia mentido? Nessa altura dos acontecimentos eu tinha quase certeza que sim.

Durante uma hora e meia me senti inquieta demais para descansar, por isso passei o tempo no terceiro andar. Não havia examinado o conteúdo nem da metade dos quartos, porque levava tempo para soltar e remover as coberturas da mobília que havia sido guardada ali. Eu procurava especificamente por móveis para bebê, e finalmente encontrei um berço de madeira muito antigo. Era pesado demais para ser erguido, por isso o empurrei, balançando-o para ver se estava firme. Ele era entalhado de maneira artesanal, e eu procurei alguma assinatura do artista. A peça fora criada por um certo Eli Fallow no ano de 1821.

Eu tinha certeza de que o berço devia ter sido encomendado por Adelaide Stuart, a dama da corte que se casara com um Carrington em 1821. Disse a mim mesma que não podia esquecer de procurar por informações de Eli Fallow e descobrir se ele construiu boa reputação como artesão. Eu estava achando fascinante descobrir todos aqueles tesouros, e pelo menos a atividade me distraía um pouco da preocupação constante com Peter.

Esse tipo de passatempo, porém, era poeirento. Às 10h30 fui ao meu quarto para lavar as mãos e o rosto, e vesti uma calça e um suéter limpos. Estava terminando de me arrumar quando ouvi a campainha da porta pontualmente às 11 horas, e Nicholas Greco entrou na mansão.

Eu o vira pela primeira vez na casa de Maggie, e me ressentira contra sua sugestão de que meu pai podia ter encenado o próprio suicídio. Ele havia insinuado, inclusive, que poderia haver uma ligação entre ele e o desaparecimento de Susan Althorp. Quando Greco falou comigo no corredor do fórum depois da audiência da fiança, eu estava tão perturbada que quase nem notei sua presença. Mas agora, olhando-o diretamente, senti que podia detectar simpatia e ternura em seus olhos. Eu apertei a mão dele e o levei à biblioteca de Peter para conversarmos.

— Que espaço maravilhoso — elogiou ele ao entrar.

— Foi exatamente o que pensei na primeira vez em que estive aqui — respondi. Tentando superar meu súbito ataque de nervosismo, certamente uma reação ao movimento radical que eu fazia encontrando esse homem, acrescentei: — Vim aqui para pedir para realizar uma recepção de captação de fundos para um programa de alfabetização da biblioteca local.

Queria fazer a festa aqui, porque sabia que seria um sucesso. Peter estava sentado em sua cadeira quando me recebeu. — Eu apontei o móvel. — Fiquei muito nervosa, e só conseguia pensar que não estava adequadamente vestida. Era um dia frio de outubro, e eu usava uma jaqueta leve de primavera. Enquanto expunha meu caso, aproveitei para admirar a biblioteca, e me apaixonei por ela.

— Era de se esperar. — Greco sorriu.

Eu me sentei atrás da mesa de Peter e Greco acomodou-se na cadeira diante dela.

— Disse que poderia me ajudar — comecei. — Gostaria muito de saber como.

— Não há melhor maneira de ser útil nesse caso do que afirmando toda a verdade sobre o que aconteceu. Como deve saber, seu marido se vê diante de uma forte possibilidade de passar o resto da vida na prisão. Ele até pode se sentir aliviado por saber que o mundo todo compreenderá que ele é inocente — e aqui vou usar exatamente as palavras que ouvi — "devido ao ato ter sido provocado por um automatismo não insano". Isso até poderia absolvê-lo se estivéssemos no Canadá, mas não estamos.

— Não acredito que meu marido, sonâmbulo ou não, tenha cometido algum desses crimes — protestei. — Ontem à noite recebi o que, para mim, é prova incontestável de sua inocência.

Eu já havia decidido que queria contratar Nicholas Greco. Disse isso a ele, e depois desabafei, começando pela incursão que fiz à capela quando tinha 6 anos.

— Nunca me ocorreu que eu poderia ter ouvido Susan Althorp naquele dia — expliquei. — Quero dizer, por que ela teria necessidade de fazer ameaças para arrancar dinheiro de alguém? A família Althorp sempre foi rica. E, pelo que sei, ela também dispunha de um considerável fundo de pensão.

— Seria interessante estabelecer exatamente quanto dinheiro ela tinha disponível — disse Greco. — Poucas jovens de 18 anos têm acesso a esse tipo de fundo, e as amigas de Susan afirmam que o pai dela estava muito zangado na noite em que aconteceu o jantar e o desaparecimento.

Ele me perguntou sobre a noite em que Peter desrespeitou as condições da fiança e foi detido no gramado da casa dos Althorp.

— Peter estava sonâmbulo e não sabe por que foi até lá, mas ele acredita ter tido o mesmo sonho que o fez tentar sair do quarto da clínica quando se submetia aos exames relativos aos distúrbios do sono. Na segunda vez, ele teve a impressão de ter visto Gary Barr na sala com ele — expliquei. — Como se Gary o observasse.

Eu disse a Greco que comecei a pensar na possibilidade de Peter ter sido o alvo da chantagem na capela.

— Ontem à noite descobri que isso não é verdade — acrescentei, e repeti tudo que Maggie havia me contado, fazendo um grande esforço para não me emocionar.

A expressão de Greco tornou-se grave.

— Sra. Carrington — disse ele —, tenho me preocupado com sua segurança desde que soube que foi visitar a amiga de Susan Althorp, Sarah North. Vamos presumir que seu marido é inocente de todos esses crimes. Nesse caso, o culpado ainda está solto por aí, e acredito — e temo — que essa pessoa esteja muito próxima de você.

— Tem alguma sugestão de como podemos desmascarar essa pessoa? — perguntei, consciente de que não conseguia esconder minha frustração. — Sr. Greco, sei que eu tinha apenas 6 anos quando tudo aconteceu, mas se tivesse contado a meu pai sobre a visita que fiz à capela, e se houvesse relatado tudo que ouvi lá, ele poderia ter ido à polícia quando Susan desapareceu. O mesmo homem que ouvi na capela deve ter sido o indivíduo que meu pai ouviu assobiando pouco tempo depois. Não acha que isso está me torturando?

— Quando eu era criança, pensava como uma criança — disse Greco num tom gentil. — Sra. Carrington, não seja tão dura consigo mesma. Essa informação abre novas vias de investigação, mas eu lhe peço que não conte a mais ninguém o que contou a sua avó ontem à noite e, por favor, peça a ela para não repetir essa história. Alguém pode começar a ter medo das suas lembranças... e das dela. — Ele olhou para o relógio de pulso. — Agora tenho que ir. Pedi ao embaixador Althorp para conceder-me alguns minutos hoje, e sugeri que nos encontrássemos às 12h30. Infelizmente, ele me pediu para chegar ao meio-dia em ponto. Há mais alguma coisa que saiba e que possa ser útil para a minha investigação?

Até aquele momento eu não sabia que ia contar a ele sobre a camisa de Peter, mas decidi que tinha de ser completamente franca.

— Se eu lhe disser algo que pode prejudicar seriamente a defesa de Peter, vai se sentir obrigado a levar essa informação à promotoria? — perguntei.

— O que me diz aqui é só história, e eu não poderia testemunhar afirmando o que não vi — respondeu ele.

— Durante todos esses anos Elaine Carrington guardou a camisa que Peter usou naquela noite, e parece que há manchas de sangue nela. Há alguns dias ela me procurou para vender a camisa por 1 milhão de dólares, mas, depois de receber essa quantia, ela se recusou a entregá-la. Depois disso, a camisa foi roubada da casa dela aqui na propriedade. Vincent Slater acredita que Gary Barr roubou a camisa, e no momento ele está vasculhando a casa da entrada procurando por essa camisa.

Se Nicholas Greco estava atônito com o que acabara de ouvir, não demonstrava. Em vez disso, ele me perguntou como Elaine havia conseguido a camisa, e até que ponto eu podia estar certa de que havia nela manchas de sangue.

— Manchas é uma palavra muito forte — falei. — Pelo que pude ver, eram sombras muito apagadas bem aqui. — Eu toquei meu suéter pouco acima do coração. — Elaine disse ter visto Peter voltando para casa em estado sonambúlico às 2 horas, depois do jantar dançante, e embora jure que não tinha nenhuma ideia do que podia ter acontecido, reconheceu que havia sangue na camisa do enteado, e que ela a tirou do quarto para impedir que a empregada visse a roupa ensanguentada na manhã seguinte.

— E agora ela usa a camisa para fazer chantagem, e ainda se recusa a cumprir a parte dela na transação. Por que ela a procurou com essa prova tão importante?

— O filho dela, Richard, é jogador compulsivo, e ela está sempre pagando as dívidas que ele contrai no jogo. Dessa vez, aparentemente, ele precisava de mais dinheiro do que ela tinha disponível, ou não havia tempo para ela levantar a quantia necessária e salvá-lo sozinha. Não sei.

— Entendo. — Greco se levantou para partir. — A senhora me deu muito em que pensar, Sra. Carrington. Diga-me uma coisa: se alguém deixasse algo nesta casa, um item pessoal qualquer, e seu marido pensasse que esse objeto poderia ser necessário, o que acha que ele faria?

— Devolveria o objeto — respondi. — Imediatamente. Posso lhe dar um exemplo. Em uma noite no mês de dezembro, Peter me deixou na porta do prédio onde eu morava, e partiu na direção da casa dele. Ele havia acabado de atravessar a ponte quando percebeu que meu xale de lã havia ficado no carro. Acredita que ele fez o retorno e percorreu todo o caminho de volta só para me devolver o xale? Eu disse que ele era maluco, mas Peter me explicou que estava frio e que eu precisaria caminhar para chegar ao estacionamento de meu carro na manhã seguinte. Ele achou que eu podia precisar do xale. — Percebi aonde Greco queria chegar. — Está pensando na bolsa de Susan — deduzi. — Acha que naquela noite, quando Peter dormiu e entrou em estado de sonambulismo, ele tentou devolver a bolsa?

— Não sei, Sra. Carrington. Essa é uma das muitas possibilidades que devo considerar, mas certamente explicaria a surpresa e a inquietação de seu marido na manhã seguinte, quando ele soube que a bolsa não estava no carro. Não concorda comigo?

Ele não esperou por uma resposta. Em vez disso, abriu a pasta que carregava, retirou dela uma folha de papel e a entregou a mim. Era uma cópia de uma página de um exemplar da revista *People*.

— Isso tem algum significado para você? — indagou.

— Oh, é um artigo sobre Marian Howley — falei. — Ela é uma atriz maravilhosa. Jamais perco uma de suas peças.

— Aparentemente, Grace Carrington compartilhava seu entusiasmo por essa atriz. Ela arrancou a página da revista; estava no bolso da jaqueta que ela vestia quando foi encontrada na piscina.

Tentei devolver o papel a Greco, mas ele o recusou.

— Pode ficar. Baixei pela internet várias cópias desse artigo. Por favor, fique com essa. Talvez possa mostrá-la ao Sr. Carrington.

O telefone tocou. Eu me aproximei do aparelho, mas lembrei que Jane Barr devia atender a todas as ligações e anotar os recados. Momentos depois, quando Greco e eu deixávamos a biblioteca, ela se aproximou correndo.

— É o Sr. Slater, Sra. Carrington — anunciou ela ofegante. — Ele diz que é importante.

Greco esperou enquanto eu voltava à biblioteca para atender a ligação.

— Kay, não encontrei nada — revelou Vince. — Ele deve ter escondido a camisa em algum outro lugar.

Havia algo na voz dele que me fez ter certeza de que ele mentia.

— Não acredito em você — eu disse.

O telefone estalou em meu ouvido.

— Vincent Slater disse que não encontrou a camisa de Peter — contei a Nicholas Greco. — Não acredito nele. Ele está com a camisa. Eu apostaria minha vida nisso.

— Vincent Slater tem uma cópia da chave da mansão? — perguntou-me Greco.

— Troquei todas as fechaduras e dei a ele apenas uma cópia da porta do terraço do aposento que ele utiliza como escritório. Mas é possível entrar na casa pelo escritório.

— Então, ele tem uma cópia da chave, Sra. Carrington. Mande trocar aquela fechadura imediatamente. Creio que Vincent Slater pode ser um homem muito perigoso.

68

— Decidi fechar a galeria no final da semana — disse Richard Walker a Pat Jennings. — Sei que estou avisando sem praticamente nenhuma antecedência, mas o proprietário do imóvel alega que alguém quer o espaço e tem pressa, e parece que o interessado se dispõe a pagar um bônus para ter o lugar desocupado imediatamente.

Jennings o encarou, perplexa.

— E acha que vai conseguir outro espaço para a galeria tão depressa? — perguntou ela.

— Não, estou dizendo que vou fechar a galeria *permanentemente*. Como já deve saber, gosto muito de corridas de cavalos. Estou pensando em experimentar algo novo. Uma mudança de cenário. Tenho um amigo mais velho que é dono de uma galeria pequena, mas muito interessante, em Londres, e ele tem insistido muito para que eu vá trabalhar com ele.

— Isso parece ótimo — comentou Jennings, tentando parecer sincera. Na verdade, estava pensando se a mamãe havia anunciado o fim da mordomia. E quem poderia culpá-la por isso? E talvez Richard estivesse certo. Seria muito melhor ir viver longe dos banqueiros que o enchiam de dicas quentíssimas que nunca davam em nada além de desastre. — O que sua mãe pensa de tudo isso? — perguntou ela. — Certamente vai sentir sua falta.

— Mesmo sem o Concorde, a Inglaterra ainda está bem perto daqui, e ela tem muitos amigos por lá.

Pat Jennings percebeu que sentiria falta não só do salário, mas do horário flexível que tinha ali. Havia sido um arranjo perfeito para quem, como ela, tinha de se ajustar aos horários escolares dos filhos. E fora muito divertido poder ver Trish regularmente, sem mencionar o local privilegiado de onde assistia à saga da família Carrington.

Ela decidiu obter mais informações antes que fosse tarde demais.

— Como vai a Sra. Carrington? — perguntou Pat a Richard, tentando soar preocupada, mas não muito interessada.

— Quanta gentileza sua perguntar! Não tenho visto Kay nas últimas semanas, mas minha mãe diz que elas têm se mantido em contato bem próximo, e vamos jantar juntos antes de minha partida para a Inglaterra.

Com um sorriso amarelo, como se compreendesse que estava sendo sondado, Richard Walker se retirou e fechou a porta do escritório. O telefone tocou. Quando Pat Jennings atendeu, uma voz furiosa disparou:

— Aqui é Alexandra Lloyd. Richard está aí?

Sem sequer perguntar, Pat já sabia que resposta devia dar, mas, dessa vez, ela a tornou um pouco mais elaborada.

— O Sr. Walker está a caminho de Londres, Srta. Lloyd. Quer deixar algum recado?

— Ah, sim, eu quero. Diga ao Sr. Walker que estou muito desapontada com ele, e que ele sabe o que isso significa.

Aquele era um recado que Pat não queria transmitir. Sempre havia imaginado que a mulher de nome requintado era uma artista, mas agora começava a suspeitar de que ela podia ser uma banqueira de apostas.

Eram 15 horas. Tinha de sair e ir buscar as crianças na escola. A porta de Richard estava fechada, mas podia ouvir a voz dele murmurando, o que significava que estava ao telefone. Pat escreveu o recado deixado por Alexandra, palavra por palavra, e insatisfeita com a aparência das frases no papel bateu na porta do escritório de Richard, entrou e o colocou sobre a mesa diante dele.

Então, com uma pressa típica de alguém que espera por uma violenta explosão, ela agarrou o casaco, a bolsa, e partiu.

69

QUANDO NICHOLAS GRECO FOI ESCOLTADO PELA GOVERnanta até o estúdio onde anteriormente havia encontrado Gladys Althorp, ele sentiu uma certa revolta diante da rapidez com que o marido havia se apoderado do espaço que até pouco antes fora dela. Greco notou que o xale de Gladys havia desaparecido da cadeira, e que as persianas não estavam mais fechadas. A luz do sol que prenunciava a primavera inundava a sala, destruindo a atmosfera recatada e quieta que ele havia conhecido em sua primeira visita.

— O embaixador virá recebê-lo em seguida — anunciou a governanta.

O que era aquilo? Um jogo de poder? Greco estava irritado. Ele me pede para vir ao meio-dia em ponto; insiste na necessidade de pontualidade. E agora vai me fazer esperar?

Greco lembrou como a governanta se mostrara preocupada com Gladys Althorp. Qual era o nome dela? Ele fez um esforço de memória e conseguiu lembrar.

— Brenda, notei como sempre foi solícita com a Sra. Althorp. Tenho certeza de que foi um grande conforto para ela

— Espero ter sido. Não estou aqui há muito tempo, mas gostava muito dela. E sei que ela morreu feliz, porque sabia que o homem que matou a filha dela finalmente vai pagar pelo crime. A Sra. Althorp me disse que aquele dia em que ela esteve na corte, o dia em que viu Peter Carrington algemado e acorrentado, foi a realização de algo que ela pedia em suas orações todos os dias nos últimos 22 anos.

Charles Althorp havia entrado na sala enquanto Brenda ainda estava falando, e ouvira suas últimas palavras.

— Estamos muito encantados por podermos tomar conhecimento de sua opinião, Brenda — disse ele, sarcástico. — Agora pode ir.

Greco sentiu uma antipatia imediata por Althorp. Humilhar uma empregada doméstica diante de um visitante provavelmente indicava o tipo de relacionamento que era padrão entre moradores e empregados naquela casa, e considerando a atitude de Althorp no telefone, ele não esperava nada diferente.

Brenda reagiu como se tivesse levado um golpe. Seu corpo ficou rígido, tenso. Depois de um instante ela se virou e saiu com uma dignidade silenciosa, altiva.

Althorp apontou uma cadeira para Greco e se sentou em outra.

— Tenho um compromisso para a hora do almoço — anunciou ele. — Sendo assim, espero que entenda que 15 minutos serão mesmo 15 minutos.

— Tenho plena consciência das limitações de tempo — respondeu Greco, evitando deliberadamente usar o título de Althorp, o que seria uma cortesia que, em sua opinião, o homem não merecia. — Sr. Althorp, estava muito zangado com Susan, sua filha, naquela última noite em que ela esteve nesta casa. Sua disposição foi notada e comentada por várias pessoas. Por que estava tão aborrecido com ela?

— Eu nem me lembro, e não é importante. Naturalmente, sempre me senti muito mal por meu último contato com Susan ter acontecido nessas circunstâncias.

— O senhor e a Sra. Althorp deixaram o jantar dançante muito cedo naquela noite em que Susan desapareceu.

— Sim, saímos logo após o fim do jantar. Como já era habitual, Gladys não se sentia bem.

— Antes de sair, disse a sua filha que ela deveria estar em casa à meia-noite. Pelo que entendi, a festa ainda se estendeu por uma hora depois disso, pelo menos. Por que o horário tão rígido?

— Susan estava exausta. Eu estava preocupado com ela. Queria que ela fosse para casa conosco. O baile havia começado minutos antes, e Peter me pediu para deixá-la ficar um pouco mais; ele se ofereceu para levá-la para casa.

— O senhor gostava de Peter.

— Sim, gostava muito, naquele tempo.

— Sr. Althorp, vou repetir a pergunta: por que estava tão preocupado com sua filha?

— Isso não é da sua conta, Sr. Greco.

— Ah, mas eu acho que é. Se minha suposição estiver correta, essa é a razão da morte de Susan.

Greco viu o rosto de Althorp se tingir de um vermelho intenso. Raiva ou medo? Era o que o detetive gostaria de saber.

— Quando a Sra. Kay Carrington tinha 6 anos, ela estava sentada em um banco no jardim da propriedade dos Carrington, onde esperava pelo pai dela, Jonathan Lansing. Como sabe, ele era o paisagista da propriedade. Essa história aconteceu no mesmo dia da festa. Lansing cuidava da nova iluminação do jardim. Kay ouvira falar sobre a capela escondida na mansão e, sendo uma criança tipicamente curiosa, ela entrou na casa para ir procurá-la. Quando estava lá, ela ouviu a porta da capela se abrir e se escondeu entre os bancos. Kay não viu as pessoas que entraram, mas ouviu as palavras que trocaram. Era um casal, e a mulher exigia dinheiro do homem.

Greco fez uma pausa. Depois, friamente, prosseguiu:

— Acredito que a mulher na capela era sua filha Susan. Na minha opinião, ela estava enfrentando um problema relacionado ao uso de drogas, e precisava de dinheiro porque queria comprar mais drogas. Creio que o senhor tinha conhecimento desse problema, mas queria controlar a situação à sua maneira, certificando-se de que ela não tivesse nenhum dinheiro e vigiando-a sempre de forma que ela não pudesse ter acesso ao fornecedor.

— Não é de espantar que tenha uma reputação tão sólida como investigador, Sr. Greco. Mas, supondo que tudo isso seja verdade, o que essa história prova? E que importância tem agora? — A voz de Althorp era igualmente fria.

— Na minha opinião, tudo isso é muito importante, Sr. Althorp. Se houvesse buscado ajuda profissional para Susan, ela poderia estar viva ainda hoje.

— Quando ela desapareceu, pensei que tivesse fugido com o traficante. Tinha certeza de que ela apareceria novamente um dia — respondeu Althorp.

— E, pensando nisso, cometeu o pecado imperdoável de deixar Peter Carrington ser tratado como suspeito do desaparecimento de Susan? Apesar de ter pensado que havia de fato uma possibilidade de ela ainda estar viva?

— Eu simplesmente não sabia. Não podia ter levantado essa possibilidade. Isso teria acabado com a vida de minha esposa — justificou Althorp. — A mãe de Susan sempre a tratou como a filha perfeita. Saber que Susan era uma viciada em drogas a teria matado.

— Quando suspeitou pela primeira vez de que Susan estava usando drogas?

— Logo depois de ela ter retornado para casa no final de seu primeiro ano na faculdade. Havia algo de diferente nela naquele verão. Susan ficava irritada, ou chorava com facilidade, e isso era totalmente inusitado para ela. Eu não sabia em que acreditar, mas então, uma noite, quando ela estava fora, passei pelo quarto e vi que ela havia deixado todas as luzes acesas. Entrei para apagá-las e notei algo estranho no chão. Era uma pequena embalagem de alumínio com um pó branco dentro dela. Parecia ser cocaína. Foi então que eu soube o que estava acontecendo. Quando Susan voltou para casa, eu a esperava e perguntei onde ela conseguia a droga. Ela se recusou a dizer. Isso foi um mês antes de minha filha desaparecer.

— Se houvesse procurado a polícia para falar sobre o problema de Susan, a natureza da investigação teria sofrido uma modificação imediata, e o traficante que fornecia a droga para ela poderia ter sido preso. Por que sua esposa me contratou há seis meses? Para encontrar alguma coisa que pudesse levar o suposto assassino de Susan, Peter Carrington, a julgamento. A prisão e o indiciamento do assassino de Susan certamente teria dado a ela paz e conforto. — Greco sabia que estava alterando o tom de voz. — O que acha que é melhor? Deixar sua esposa sofrer todos os dias de sua vida, como aconteceu? Essa foi sua ideia de misericórdia? Ou essa foi só uma desculpa confortável para seu silêncio? Não é verdade que esperava ser indicado para outra embaixada e não queria nenhum escândalo ligado ao seu nome? A bela debutante supostamente assassinada por um rapaz rico despertou a piedade da opinião pública e o apoio à família. Então, por que mudar a situação? Ficou contente com as coisas como estavam.

— Essa é sua opinião, e não vou me dar o trabalho de responder ao que diz — disse Althorp. — Afinal, por que veio me procurar, Sr. Greco? Que diferença isso pode fazer agora?

Nada vai trazer Susan de volta, e como meu filho disse ontem, se há um museu no céu, Susan e a mãe dela já devem estar lá, discutindo as pinturas. Esse é um cenário no qual encontro conforto.

— Pode até encontrar conforto em seu cenário, Sr. Althorp, mas tem realmente a coragem de perguntar que diferença a verdade pode fazer agora? Não pensou que Susan pode ter sido assassinada por um traficante de drogas, não por Peter Carrington?

— A camisa de Peter desapareceu. Achei que ele podia ter tido uma discussão com Susan. Sabe como são essas coisas... As pessoas se descontrolam.

— Ou foi um traficante de drogas, ou foi Peter Carrington... E qualquer resposta é satisfatória! Eu tenho outra teoria, Sr. Althorp. Talvez tenha ouvido Susan tentando sair de casa sem ser vista naquela noite. Pode ter ficado suficientemente zangado para tê-la machucado. Era meio-dia do dia seguinte quando sua esposa percebeu que ela não estava no quarto. Teve tempo de sobra para esconder o corpo até poder se livrar dele permanentemente.

Charles Althorp agarrou os braços da cadeira.

— Isso é absolutamente ridículo, Sr. Greco! E insultante. Seus 15 minutos terminaram. Saia!

— Estou saindo, embaixador Althorp — respondeu Greco, enfatizando o título com desprezo na voz. — Mas eu vou voltar — afirmou ele. — Pode estar certo de que eu vou voltar.

70

Falei com Maggie algumas vezes nos dias seguintes, e sabia que ela estava fazendo um grande esforço para lembrar o nome do homem que meu pai ouvira assobiando aquela melodia tão nostálgica para ele. Então, algo me ocorreu.

— Maggie, você disse que papai estava deprimido quando falou sobre isso. O carro dele foi encontrado logo depois dessa história, e você deduziu que ele havia cometido suicídio. Acha que pode ter conversado sobre esse incidente com suas amigas?

— Certamente conversamos sobre o quanto ele sentia falta de sua mãe. Provavelmente falei com elas sobre isso também. Era mais um exemplo de como seu pai sofria com a morte da esposa.

— Então, existe uma chance de ter mencionado o nome do homem, porque disse que papai mencionou esse nome quando conversou com você.

— É possível, Kay, mas tudo isso aconteceu há 22 anos. Se não consigo lembrar, por que acha que alguém vai conseguir?

— Eu não acho. Mas é só uma coisa que você pode fazer sem grande dificuldade, e que pode ser útil para nós.

Quero que converse com suas amigas sobre meu pai. Diga a elas que, de certa forma, tem sido muito bom, para mim, saber que ele não me abandonou, que não escolheu me deixar. Então, você pode lembrá-las dessa história, e pode dizer que tem estado irritada por não conseguir lembrar o nome do homem que ele disse ter ouvido assobiando aquela canção no dia da festa. Mas fale sobre isso *apenas* com suas amigas, por favor!

— Kay, é muito improvável que alguém lembre um nome depois de todos esses anos, mas vou fazer tudo que puder para ajudar. Hoje é dia de visita na penitenciária, não é?

— Sim, é.

— Pode dar meus parabéns a seu marido... quero dizer, Peter... pelo bebê?

— Obrigada, Maggie. Ele vai ficar muito feliz com isso.

Duas horas depois, eu estava na sala de visitas da penitenciária de Bergen County, olhando para Peter através do vidro. Queria muito tocá-lo, entrelaçar meus dedos nos dele. Queria levá-lo para casa e fechar a porta para o resto do mundo. Queria nossa vida de volta.

Mas, é claro, dizer essas coisas agora só tornaria tudo ainda mais difícil para ele. Havia muitas coisas que eu não podia dizer. Não podia falar sobre a camisa que acreditava que Gary Barr havia roubado de Elaine, e que agora havia sido roubada por Vincent Slater. Vincent continuava negando ter encontrado a camisa no dia em que vasculhara a casa e o carro, mas eu não acreditava nele.

Eu não podia falar sobre o dinheiro que havia transferido para a conta de Elaine, e, certamente, não podia contar a Peter que havia contratado Nicholas Greco.

Em vez disso, falei com meu marido sobre o berço antigo que encontrara no terceiro andar da mansão, sobre como eu ia pesquisar a vida de Eli Fallow, o artesão, e tentar saber mais sobre ele.

— O terceiro andar é como uma caça ao tesouro, Peter.

Conversa amena. Insatisfatória. Do tipo que se tem com um paciente no hospital quando sabe que não pode falar sobre coisas realmente importantes, porque isso perturbaria o enfermo. O rosto de Peter se iluminava sempre que eu fazia qualquer referência ao bebê, mas ele não escondia a preocupação comigo. Notava minha perda de peso, e eu afirmava que o obstetra tinha dito que essa era uma ocorrência comum no primeiro trimestre.

Ele me perguntou se eu tinha visto Elaine e Richard recentemente. Evitei uma resposta direta dizendo ter ficado chocada quando Elaine me contou que Richard fecharia a galeria e se mudaria para Londres.

— Parece que ele decidiu enfrentar o problema com o jogo. Além do mais, a galeria estava sempre dando prejuízo — concluí.

— Acredito que ele escolheu uma boa direção a seguir — respondeu Peter. — Richard está envolvido com os cavalos desde que meu pai e Elaine ainda namoravam. Quem conheceu meu pai sabe que para ele isso era absolutamente imperdoável. Acho que um dos motivos pelos quais meu pai fazia questão de ver cada conta que chegava em casa durante a reforma era esse, certificar-se de que Elaine não estava sustentando o vício do filho. Não com o dinheiro dele, pelo menos. Acho que seria bom você convidar Elaine, Vincent e Richard para jantar antes de Richard ir embora, Kay.

Eu não podia dizer que essa era a última coisa que eu queria fazer. Em vez disso, ignorei a sugestão e perguntei:

— Quanto ganhava de mesada quando era menino? Seu pai era generoso com você?

Peter ainda parecia um menino quando sorria.

— Bem, ele era normal. Felizmente para nosso relacionamento, nunca tentei seguir o caminho do filho mimado do milionário. Gostava de ir ao escritório nas férias de verão e nos intervalos da escola. Sempre fui fascinado pelo mundo das finanças. Sou bom nisso. Meu pai ficava satisfeito com meu interesse. E, honestamente, ele era um coração mole quando se tratava de pessoas com reais necessidades. O cheque que ele deu a Maria Valdez foi exatamente o tipo de gesto característico de meu pai. Ele fez o mesmo por muitas outras pessoas. — A expressão de Peter tornou-se repentinamente sombria. — Mas tente convencer alguém disso — concluiu ele.

Eu sabia que só tínhamos mais alguns minutos. Estava segurando o interfone.

— Jogo de adivinhação — propus, assobiando a melodia que ouvira na capela. — Reconhece o ritmo? — perguntei.

— Acho que não. Não, tenho certeza de que não reconheço.

— Tive um amigo que era um excelente assobiador. Ninguém mais faz isso, não é? Conhece alguém que sabe assobiar? Quero dizer, alguém próximo de você? Alguém como Vince, talvez?

Peter gargalhou. Percebi que aquela era a primeira vez que eu ouvia sua risada desde que havíamos retornado de nossa lua de mel.

— Kay, é tão fácil imaginar Vince assobiando quanto apresentando um espetáculo de circo! Vincent Slater, o carrancudo, assobiando alto? Nunca!

O guarda caminhava em minha direção. A visita chegava ao fim. Peter e eu beijamos o vidro que nos separava e, como sempre, tentei não chorar.

— Como eu amo você? — perguntei.

— Vou ter de fazer uma lista — sussurrou ele.

Essa se tornara nossa despedida habitual depois das visitas.

Mas, dessa vez, Peter acrescentou:

— Kay, organize um jantar para Richard antes de ele partir para Londres. Eu ficaria muito feliz com isso. Ele sempre teve seus problemas, mas *é* como meu irmão, e Elaine sempre foi muito boa para mim.

71

Quanto mais eu descubro, menos eu sei, Nicholas Greco pensou enquanto dirigia o carro pela alameda da propriedade Carrington. O guarda havia sido informado de sua chegada e o cumprimentou com ar casual quando Greco passou pelos portões.

Ele telefonou no dia anterior para marcar um encontro com Gary Barr, e havia deixado claro que não queria que essa conversa acontecesse na presença de Jane.

— Não sei quanto sua esposa sabe sobre suas atividades — ele tinha dito a Barr. — Mas, a menos que tenha compartilhado todas as suas experiências com ela, sugiro que encontre uma boa razão para marcar nossa conversa num horário em que ela não esteja por perto.

— Estarei fora resolvendo problemas da casa até o meio-dia — respondeu Barr. — Jane está sempre na mansão nesse horário. — Com um tom de voz que era ao mesmo tempo hostil e preocupado, ele acrescentou: — Não sei por que quer se incomodar comigo. Já disse tudo que sabia sobre a morte daquela garota, e não estava nem trabalhando aqui na época em que o paisagista desapareceu.

Espero que minha estratégia de desequilibrá-lo concedendo tempo e espaço para ele se preocupar com o motivo daquela conversa tenha surtido efeito, Greco pensou enquanto estacionava o carro e caminhava até a casa da entrada.

A casa era uma estrutura acanhada erguida com pedras e com janelas muito largas. Quando Gary Barr abriu a porta e, carrancudo, o convidou a entrar, Gary ficou surpreso e impressionado com o interior daquela residência. O limitado espaço foi ampliado ao máximo com a transformação do primeiro andar em uma sala com cozinha, sala de jantar e sala de estar fluindo numa sucessão harmoniosa de ambientes. A belíssima lareira de pedras e o teto alto de vigas de madeira davam ao lugar uma atmosfera atemporal. Quantas gerações viveram ali nos quatro séculos desde que a casa fora construída em Gales? Era o que Greco imaginava.

Uma residência confortável para um casal de empregados domésticos, ele concluiu — muito mais agradável do que os aposentos que muitos criados tinham em seus empregos. E era fácil notar a impecável limpeza e a organização do lugar. Em sua experiência como investigador, já havia conhecido empregadas domésticas cujas casas estavam longe de ser exemplos de limpeza.

Sem ser convidado, ele escolheu uma cadeira de encosto reto perto do sofá, sentou-se, e com um tom deliberadamente frio, disse:

— Sr. Barr, acho que não devemos perder tempo. Vamos direto ao ponto: estava vendendo drogas para Susan Althorp.

— Isso é mentira!

— É mesmo? Quando cumpria o papel de motorista para aquelas moças, e Susan sentava no banco da frente a seu lado, fez tudo para se tornar o "parceiro" da filha dos Althorp. Mas havia outras garotas no banco de trás. Uma delas, Sarah Kennedy, era a amiga mais próxima de Susan. Acreditou realmente que Susan não faria confidências à melhor amiga?

Era o tipo de pergunta capciosa que Greco gostava muito de formular. Sempre resultava em uma resposta verdadeira.

Gary Barr não respondeu, mas olhou em volta com evidente nervosismo, como se temesse que alguém por ali ouvisse a conversa. Bisbilhoteiro crônico e adepto a ouvir atrás das portas, ele vivia com medo de ser vítima da mesma invasão de privacidade, Greco pensou com desprezo.

— Você e sua esposa trabalhavam regularmente para os Althorp durante os anos em que não eram empregados dos Carrington. Eu mesmo testemunhei a atitude do embaixador Althorp com seus empregados. Deve ter se ressentido muito contra aquele tipo de tratamento, não é verdade, Sr. Barr? Que doce vingança teria sido para você atrair a jovem filha da família para o mundo das drogas, depois se negar a fornecê-las, a menos que ela pagasse pelo produto imediatamente. Depois de voltar para casa naquela noite, ela saiu novamente porque você ia encontrá-la. Não foi isso que aconteceu?

Gary Barr limpou, impaciente, o suor que se acumulava em sua testa.

— Não pense que vai conseguir me assustar. Conheço a lei. Mesmo que tenha vendido para ela um pouco de cocaína, isso foi há mais de 22 anos. A lei afirma que, se houve um crime, ele já prescreveu. Informe-se, Sr. Greco.

— Não preciso me informar mais, Sr. Barr. Tenho amplo conhecimento das leis, e você está correto. Infelizmente, não pode mais ser processado por vender drogas àquela pobre garota, mas espero que também saiba que a lei não se aplica a crimes de assassinato.

— *Assassinato?* Você só pode estar brincando! Eu não...

Greco o interrompeu.

— Se eu for procurar a promotoria para contar o que sei, eles vão abrir uma investigação e levar o caso ao grande júri, sem dúvida. Você vai ser intimado, citado, e não vai poder recorrer à lei. Não pode se negar a testemunhar, porque eles não podem processá-lo. Mas pode ser, e certamente será, processado por perjúrio se mentir ao grande júri sobre seu envolvimento com Susan e tudo que sabe sobre o desaparecimento da garota, por isso é melhor abrir o jogo de uma vez.

— Tudo bem! Eu estava lá — começou Barr, com a voz nervosa e hesitante. — Foi como você disse. Ela queria um pouco do produto, mas eu disse que só forneceria com pagamento à vista, e ela disse que teria o dinheiro para me dar. Combinamos que eu esperaria por ela do lado de fora da casa à 1h45, e eu falei que ela não deveria se atrasar.

— Peter Carrington deixou Susan em casa à meia-noite. Por que marcar um encontro tão tarde?

— Ela queria ter certeza de que o pai estaria dormindo.

— Por que não forneceu a cocaína enquanto estavam na festa?

— Porque ela não tinha o dinheiro quando saiu da festa. Caso contrário, eu teria dado a cocaína a ela ali mesmo.

Greco olhou para Barr com desprezo e rancor. Ao recusar entregar o produto que a jovem queria, ele havia assinado a sentença de morte de uma menina de 18 anos. Alguém mais se encontrou com ela, supostamente com o dinheiro.

— Eu saí da mansão por volta de 1h30 da manhã e fui a pé até a casa dos Althorp — contou Barr. — Cortei caminho passando pelo gramado dos vizinhos que moram atrás da casa deles, e esperei ao lado da árvore frondosa no quintal lateral. Ninguém poderia me ver ali. Ela não apareceu no horário que combinamos. Então, cerca de dez minutos mais tarde, ouvi um carro se aproximando. Queria descobrir o que estava acontecendo, porque imaginei que alguém estava ali para levar o dinheiro das drogas, alguém que se atrasara.

Barr levantou-se, caminhou até a pia da cozinha e se serviu de um copo de água. Ele bebeu metade do conteúdo do copo, deixou-o sobre a pia e voltou.

— Reconheci o carro. Era de Peter Carrington. Ele desceu do automóvel, contornou-o pela frente, abriu a porta do passageiro, por onde pegou alguma coisa do assento.

— Podia vê-lo com clareza suficiente para saber o que ele estava fazendo?

— Há um poste de iluminação na calçada, bem na frente da casa dos Althorp. Por isso marquei o encontro com Susan no quintal lateral.

— Continue.

— Peter desceu do carro e atravessou o gramado. De repente, ele se ajoelhou. Eu me aproximei um pouco da casa, e pude perceber que ele se debruçava sobre alguma coisa. Havia luz suficiente para eu poder notar alguma coisa, talvez até alguém, no chão. Então, Peter voltou para o carro e partiu. Eu não sabia o que estava acontecendo, mas saí de lá correndo e voltei para casa.

— Não foi ver se alguém precisava de ajuda?

— Carrington havia ido embora. *Ele* não ajudou ninguém.

— E não viu mais ninguém?

— Não.

— Tem certeza de que não encontrou Susan, discutiu com ela porque não recebeu o dinheiro como esperava e ela ameaçou contar ao pai sobre você, caso não desse a ela a cocaína? Você a estrangulou, depois ouviu o carro de Peter se aproximando e foi se esconder. Quando ele foi embora, você escondeu o corpo. Não foi isso que aconteceu, Sr. Barr?

— Não, não foi. Posso me submeter a um teste com um detector de mentiras, se quiser. Eu cheguei em casa às 2h20. Até acordei minha esposa e disse a ela que não me sentia bem.

— Entendo. Queria garantir um álibi, só por precaução. É um indivíduo muito autocentrado, Sr. Barr. Eu me lembro de que sua esposa também se ofereceu para fazer o teste com o detector de mentiras quando jurou que você havia ficado em casa naquela noite.

— Ela acredita que eu não saí de casa.

— Muito bem, vamos parar por aqui. A propósito, o Sr. Slater encontrou a camisa manchada de sangue depois de tê-lo atraído para Nova York para vasculhar sua casa, Sr. Barr?

Foi com satisfação que Greco viu a expressão perplexa no rosto de Gary Barr.

— Então foi *ele*! — exclamou Barr, furioso. — Eu devia ter imaginado.

72

Richard partiria para Londres na noite de domingo. Eu marquei o jantar de despedida para a noite de sábado, mais para fazer a vontade de Peter do que para homenagear Richard, mas não medi esforços para preparar a ocasião. Sou uma boa cozinheira, e trabalhei com Jane para planejar alguns pratos realmente especiais: aspargos com queijo derretido para os aperitivos, filé de linguado, salada de agrião com maçãs, sorvete de framboesa e uma variedade de queijos com o vinho da sobremesa.

— Vamos tomar os coquetéis na sala de estar, depois do jantar o café deverá ser servido na biblioteca do Sr. Carrington — eu disse a Jane.

— Vou mandar Gary acender a lareira da biblioteca — prometeu ela.

Gary Barr se tornara desconfortavelmente solícito comigo, e em pouco tempo compreendi que teria de dispensá-lo. Lamentava profundamente que, para isso, tivesse de demitir Jane também, mas sabia que não tinha escolha, e estava certa de que minha intuição não falharia dessa vez.

Eu havia conversado com Nicholas Greco várias vezes, e ele mesmo confirmou minhas suspeitas com relação à camisa desaparecida. Ele me disse que Barr a havia roubado de Elaine e Slater a encontrara na casa dos Barr. Era de se presumir que ele ainda tivesse a camisa suja em seu poder. Greco me preveniu sobre a premente necessidade de eu não dizer nada que pudesse indicar que eu sabia que a camisa havia sido recuperada.

— Mas fui eu quem pôs Gary ao telefone com Vincent — protestei. — Eu o ajudei a mandar Gary a Nova York naquele dia.

— Meu palpite é de que Barr, provavelmente, está pensando que Slater a enganou por motivos próprios — respondeu Greco. — Você precisa agir como se Gary Barr ainda fosse um empregado de sua confiança, e sugiro que, quando falar com o Sr. Slater, peça desculpas por ter duvidado da palavra dele na questão da camisa. Gary Barr não vai se atrever a interrogá-lo diretamente.

Sempre que eu falava com Greco pelo telefone, ele repetia o aviso:

— Você precisa ter cuidado com Garry Barr e Vincent Slater. É possível que haja uma aliança secreta ali. Elaine Carrington é uma chantagista, e o filho dela está sempre desesperado por dinheiro. Acrescente esse ingrediente à receita e vai ter uma situação potencialmente explosiva.

Eu disse a ele que Richard ia morar em Londres.

— Duvido que a distância sirva para resolver os problemas dele — opinou Greco. — O problema não está na localização; está no homem.

Greco me perguntou se eu havia levado a cópia da página da revista *People* para mostrar a Peter. Confessei que não.

— Tenho certeza de que ele não viu Grace mostrando aquela revista aos convidados — argumentei. — Todos afirmam que ele subiu imediatamente após a cena da bebida no tapete.

— Entendo que não queira causar ainda mais aborrecimentos a seu marido, Sra. Carrington, mas alguém pegou a revista naquela noite. Acredito que ela foi levada porque a pessoa em questão não percebeu que Grace tinha arrancado a página onde havia o artigo sobre aquela atriz. É muito importante. Confie em mim e em meu instinto. Isso *é* muito importante.

— Vou mostrar a página a Peter na próxima visita — prometi. Depois perguntei a Greco se ele estava fazendo algum progresso para provar a inocência de Peter. Sua resposta não me animou.

— Estou descobrindo por que toda essa tragédia aconteceu. Agora eu vou ter de juntar as peças e montar o quebra-cabeça completo da história. Ainda é cedo demais e seria injusto alimentar esperanças que podem não se concretizar, Sra. Carrington.

Eu não queria saber de palavras amenas.

— Existe alguma esperança de que consiga encontrar novas evidências, alguma prova que possa contribuir para a absolvição de Peter no julgamento?

— Pode haver esperança, Sra. Carrington — disse-me Greco. — Mas, enquanto eu não puder apresentar provas que se sustentem na corte, é impossível prometer mais do que isso: uma pequena esperança.

Por enquanto eu tinha de me contentar com isso. O problema era que eu sentia muita falta de Peter, e precisava ter certeza de que ele voltaria para casa, mesmo que para isso fosse necessário um milagre.

Planejar o jantar de despedida para Richard foi uma diversão, e enquanto eu escolhia os queijos no supermercado, me obriguei a acreditar que um dia eu estaria ali novamente comprando o queijo preferido de Peter para servir em nosso jantar.

Naquela semana ocupei boa parte do tempo de Gary Barr delegando a ele a tarefa de mudar de lugar os móveis da sala de estar. Minha impressão daquela sala havia sido inteiramente favorável — era um cômodo muito bonito. Mas passei a perceber que a disposição das peças refletia o gosto pessoal de Elaine. Ela escolhera tudo que havia ali, e embora já me houvesse habituado a morar na mansão, ainda me sentia desconfortável em alguns aposentos. A sala de estar era um deles. Tudo parecia muito formal, muito preciso. Faltava no ambiente aquela sensação de vida, de espaço habitado, aquela atmosfera necessária para dar a um espaço qualquer um pouco de calor e conforto.

Comecei a trocar os abajures que Elaine escolhera por adoráveis lamparinas antigas de porcelana que havia encontrado no terceiro andar. De acordo com Jane Barr, Elaine as removera da sala na época em que coordenara a redecoração da mansão. Coloquei fotos emolduradas sobre o console da lareira, e adornei a superfície do piano de cauda com álbuns de fotografias que tinham mais de um século.

Certa vez ouvi uma famosa jornalista dizer que na casa dela os livros eram os objetos de decoração. As estantes ao lado da lareira na sala de estar continham brochuras muito caras, mas modernas. Eu guardei a maior parte delas e as substituí por alguns de meus livros, que havia levado para a mansão antes do casamento. Peter e eu costumávamos brincar sobre aquelas caixas conterem meu dote. Quando Elaine chegasse à mansão no sábado, veria pela primeira vez as mudanças que eu fiz. E eu estaria atenta a sua reação.

Pedi aos convidados que estivessem ali às 19 horas. Tinha a impressão de que anos haviam transcorrido desde que Peter e eu jantamos com aquelas mesmas pessoas na semana seguinte a nossa lua de mel. Decidi usar a mesma blusa de seda e a calça de veludo que vestira naquela ocasião. Era evidente que não voltaria a usar aquela calça novamente até o bebê nascer. Deixei o cabelo solto, caindo sobre os ombros. Sabia que me vestia para meu marido, não para aquelas pessoas.

Havia deixado a cópia da página da revista *People* sobre a cômoda do meu quarto, esperando que olhar para ela constantemente me ajudasse a encontrar a informação que Greco afirmava haver ali. Quando já me preparava para descer, peguei a página e, num impulso, levei-a comigo. Deixei-a sobre a mesa da biblioteca de Peter, onde seria fácil vê-la quando fôssemos para lá tomar o café depois do jantar. Eu tinha dito que queria atrair para a luz o verdadeiro assassino — se ele ou ela estivesse entre o pequeno grupo que compareceria à minha casa naquela noite. Se havia realmente algum significado naquela página, talvez um deles reagisse ao artigo. Francamente, eu acreditava que Greco estava apostando muitas fichas naquele pedaço de papel.

A campainha soou pontualmente às 19 horas, e o primeiro de meus convidados chegou.

73

— Vá com calma, Richard — Elaine Carrington preveniu o filho ao vê-lo se servir de uma segunda dose de vodca. — Vamos tomar aperitivos na mansão e depois haverá um bom vinho à mesa do jantar.

— Como se eu não soubesse — respondeu Richard irritado.

Elaine olhou para o filho com evidente ansiedade. Ele estava agitado e tenso desde que chegara, o que significava que, provavelmente, havia feito algumas apostas nas dicas quentes fornecidas por algum banqueiro do jogo. Talvez não, ela refletiu, tentando se acalmar. Ele sabe que não posso mais cobrir esses prejuízos.

— O que acha que vai acontecer depois que Peter for condenado? — perguntou Richard repentinamente. — Kay vai ficar arrastando correntes pela mansão sozinha?

— Ela está esperando um bebê — respondeu Elaine em tom seco. — Não vai ficar sozinha por muito tempo.

— Eu não sabia disso. Você não havia me contado.

— Kay também não me contou. Eu descobri porque a filha de Linda Hauser encontrou Kay no consultório do Dr. Silver.

— Isso não prova que ela está grávida.

— Confie em mim. Ela está. Na verdade, vou perguntar a ela hoje à noite, e aposto que ela vai admitir a gravidez.

— Então, teremos um herdeiro para a fortuna Carrington — Richard comentou com ironia. — Não é maravilhoso?

— Não se preocupe. Pretendo ser a melhor das avós, mesmo sendo apenas madrasta do pai da criança. Kay já sabe que escondi aquela camisa suja para salvar Peter, e é grata por isso. Não ter dado a camisa a ela foi um terrível engano. Ela teria contraído uma dívida eterna comigo. Agora ela me considera uma chantagista que não entrega o que vende.

— E é exatamente o que você é — afirmou Richard.

Elaine deixou sobre a mesa a taça de vinho que estava bebendo.

— Não se atreva a falar comigo nesse tom! Se não fosse por você, eu estaria vivendo dos juros dos 10 milhões de dólares e ainda teria mais 1 milhão todos os anos. Mas, graças a seu hábito de jogar e aos péssimos investimentos que fez, não tenho mais nada, Richard, e você sabe disso. Você me submeteu às torturas dos condenados, e agora ainda me ofende! Vá para o inferno, Richard! Vá para o inferno!

Ela já tinha o rosto contorcido pelo sofrimento quando o filho atravessou a sala com passos largos, aproximando-se dela.

— Ei, ei, não é nada disso! — disse Richard suavemente, de modo controlado. — Somos você e eu contra o mundo, incluindo os malditos Carrington, todos eles. Certo, mamãe? — A voz dele ganhou um tom de provocação debochada. — Vamos, mamãezinha, faça as pazes comigo.

— Oh, Richard — disse Elaine com um suspiro profundo. — Você me lembra muito seu pai. Basta ligar o charme e acha que pode resolver tudo. Ele fazia a mesma coisa.

— E você era maluca por meu pai. Eu me lembro bem disso.

— Sim, eu era — confirmou Elaine em voz baixa. — Mas, mesmo quando se é maluca por alguém, em algum ponto é preciso dar um basta. Lembre-se disso, Richard. Para tudo existe um limite. E esqueça a segunda dose de vodca. Espere para beber na mansão. É hora de irmos. Somos esperados às 19 horas.

74

Vincent Slater foi o primeiro a chegar para o jantar. Como sempre, ele estacionou o carro na alameda atrás da mansão e usou sua chave, pretendendo entrar pela varanda da sala onde instalara seu escritório.

A chave não funcionava. A fechadura havia sido trocada.

Maldita! Ele estava furioso. *Maldita!* Kay Lansing, a filha do paisagista... Ela agora limitava seu acesso à casa de Peter Carrington. Ele, a única pessoa que havia protegido Peter desde a infância. E continuava a protegê-lo, Slater pensou de maneira sombria. Se ela soubesse!

Se desse a camisa a Kay, ela a teria mostrado ao detetive, e isso teria sido o fim de tudo. Ela finge ser completamente apaixonada por Peter, mas, a julgar por como tudo se desenvolvia, ele acabaria apodrecendo na prisão, enquanto ela desfrutava da fortuna dos Carrington.

Talvez. Mas, por outro lado, talvez não, ele pensou.

Com a raiva crescendo a cada passo que dava, Slater contornou a mansão, cumprimentou com um gesto o guarda de plantão e se dirigiu à porta da frente. Pela primeira vez em quase 30 anos ele tocou a campainha e esperou para ser convidado a entrar.

75

— Era Slater — disse Gary Barr à esposa ao entrar na cozinha. — O homem nunca recusa um convite e nunca se atrasa para nenhum evento na mansão. O relógio acabou de soar as sete badalas, e lá estava ele tocando a campainha.

— Por que está tão irritado com Slater? Ele sempre foi muito gentil com você. — Jane Barr estranhou, atenta aos pedaços de queijo que colocava no forno. Ela fechou a porta e se virou para encarar o marido. — Precisa mudar sua atitude, Gary, embora seja, provavelmente, tarde demais para isso. É evidente que a Sra. Carrington não se sente confortável quando você está perto dela. Por isso ela passou a nos dispensar antes do jantar, alegando ser capaz de se servir sozinha.

— Foi ela quem me chamou para ir atender ao telefonema de Slater quando ele me mandou ir a Nova York. Ela participou do truque para vasculharem nossa casa. E mandou você ficar aqui atendendo aos telefonemas e anotando os recados porque assim não poderia ir até nossa casa por uma razão qualquer. — Tarde demais, Garry Barr percebeu que falou o que não devia. Jane não sabia nada sobre a camisa de Peter

Carrington, nem tinha conhecimento de que a casa onde morava com o marido havia sido vasculhada.

— Do que está falando? — perguntou ela, chocada. — Quem vasculhou o quê? E por quê?

A campainha soou novamente. Salvo pelo gongo, Gary Barr pensou, saindo apressado para ir abrir a porta. Dessa vez era Elaine Carrington, e ela chegava acompanhada pelo filho Richard.

— Boa noite, Sra. Carrington. Sr. Walker.

Elaine ignorou o cumprimento e entrou como se não houvesse ninguém na porta.

Walker fez uma pausa.

— Sugiro que, para seu próprio bem, devolva o objeto que levou da casa de minha mãe. Sei mais do que você imagina, e não tenho medo de usar essas informações.

76

Barbara Krause e Tom Moran ficaram no escritório por muito tempo depois de os outros membros do gabinete da promotoria terem se despedido e ido para casa. Todos estavam ansiosos pelo final de semana. Depois de receber o telefonema, Barbara ordenou que Moran pegasse o arquivo de Susan Althorp de forma que pudessem rever os depoimentos que o embaixador Althorp tinha dado por ocasião do desaparecimento da filha.

O embaixador havia telefonado para Barbara solicitando uma oportunidade de conversarem pessoalmente, e dissera que só poderia comparecer à noite, porque seu advogado o acompanharia e só estaria disponível nesse horário.

— Sempre consideramos a possibilidade de o embaixador ter alguma culpa nessa história — comentou Moran —, mesmo tendo sido apenas uma possibilidade remota. Mas, agora que a esposa dele está morta, talvez o homem sinta a necessidade de abrir o jogo. Caso contrário, por que se incomodaria em vir acompanhado do advogado?

Pontualmente às 20 horas Althorp e seu advogado foram conduzidos à sala da promotora. A primeira impressão de Krause foi de que Althorp tinha uma aparência doentia. A face rude de que se lembrava do último encontro agora era pálida, e seu rosto ganhara uma certa flacidez.

Ele parecia ter acabado de levar um soco no estômago, ela pensou.

— Minha esposa foi sepultada — começou o embaixador Althorp repentinamente. — Não posso mais protegê-la. Depois do funeral, contei a meus filhos algo que havia mantido em segredo por 22 anos. Em troca, um deles me disse algo que Susan havia confidenciado ao irmão no Natal anterior à sua morte, e essa nova informação muda tudo. Acredito que houve um terrível erro judicial, e assumo minha parte da responsabilidade por esse erro.

Krause e Moran olhavam para Charles Althorp num silêncio perplexo.

— O embaixador Althorp quer dar um depoimento — anunciou o advogado. — Estão prontos para ouvi-lo?

77

Elaine não comentou as mudanças que eu fiz na sala de estar, o que interpretei como um sinal de que ela não estava satisfeita com o que via. Mas ela se portava de maneira impecável, embora eu pudesse entender o que devia estar sentindo. Há seis meses ela nem tinha conhecimento de minha existência. Vivera na mansão por cinco anos casada com o pai de Peter, e continuara na casa depois da morte do marido, administrando tudo por ali até Peter se casar com Grace Meredith. Agora a mansão era minha.

— Foi então que as coisas mudaram. A Sra. Elaine se mudou para a outra casa, e Peter nos convidou a voltar. — Jane Barr havia me contado. — A Sra. Grace Carrington selecionou os empregados de que mais gostava e os levou para o apartamento. Era lá que ela realmente morava e onde se divertia. Por isso, embora houvesse uma nova dona na casa, a Sra. Elaine continuou administrando a mansão, mesmo que não vivesse mais nela realmente.

Após a morte de Grace, Elaine se tornara uma espécie de dona da casa de fato. E, então, eu aparecera para estragar tudo.

Eu tinha plena consciência de que sem minha presença ela era a pessoa mais próxima que Peter tinha como parente, e teria sido natural que ele recorresse a ela em busca de conforto, caso fosse preso. E Peter era um homem generoso.

Vincent Slater se comportava de modo estranho. Ou me tratava com uma repentina frieza, ou estava com medo de mim. Eu não sabia em qual das duas opções devia apostar. Não podia decidir se ele pensava que eu havia traído Peter contratando Nicholas Greco, ou se temia que Greco descobrisse algo que o incriminaria. Greco sugeriu a possibilidade de uma "aliança" entre Vince e Barr. Eu realmente não tive muito tempo para considerar essa possibilidade.

Por Richard, tudo que tenho a dizer é que ele salvou a noite. Contou histórias divertidas sobre os anos em que trabalhou na Sotheby's, quando ele tinha pouco mais de 20 anos, e falou muito sobre o amigo, um especialista em obras de arte, que o havia contratado agora.

— Um homem encantador — elogiou Richard o novo empregador. — E esse é o momento perfeito para fazer uma mudança em minha vida. Posso entregar o imóvel onde funciona a galeria, deixar de pagar o aluguel e até ganhar um reembolso por ter cedido o espaço a outro locatário. Meu apartamento está nas mãos de um corretor, e já recebi ofertas por ele.

Evitamos falar sobre Peter, pelo menos por algum tempo, mas, depois, durante o jantar, foi impossível ignorar o fato de estarmos ali, jantando na casa dele, enquanto ele era mantido na cela de uma penitenciária.

— Levei boas notícias para meu marido — contei. — Peter já sabe que vamos ter um filho.

— Eu sabia! — exclamou Elaine, triunfante. — Disse a Richard há algumas horas que pretendia mesmo perguntar sobre uma possível gravidez. Estava desconfiada.

Elaine e Richard me abraçaram com aparente alegria.

Restava apenas o terceiro convidado, Vincent Slater. Nossos olhos se encontraram, e vi nos dele um brilho que me amedrontou. Não conseguia entender aquela expressão, mas por um instante a imagem da outra esposa de Peter, grávida, encontrada no fundo da piscina, passou por minha mente.

Às 21 horas estávamos na biblioteca tomando café. Àquela altura não tínhamos mais nada para dizer uns aos outros, e pairava sobre o grupo uma espécie de atitude de civilidade forçada. Eu sentia tanta hostilidade no ar que decidi nunca mais levar aquelas pessoas ao espaço que Peter considerava especial. Podia perceber que os três desprezavam Gary Barr. Sabia que Elaine suspeitava de que ele havia roubado a camisa de Peter. Greco confirmara que Barr havia admitido o roubo, e nós sabíamos que Vincent, posteriormente, encontrara a camisa e a mantinha em seu poder.

Eu não podia confirmar se um deles, Barr inclusive, havia notado a cópia da página da revista *People* no canto da mesa de Peter. Coloquei a folha sobre a mesa de tal forma que era difícil não vê-la. Ainda não entendo como aquilo pode ser importante, mas, se conseguisse provocar uma reação em qualquer um dos meus convidados, então poderia ter alguma ideia.

Às 21h30 todos se levantaram para ir embora. O estresse da noite começava a me cansar. Eu me sentia exausta. Se um daqueles homens era a pessoa que eu ouvira ser ameaçada por Susan Althorp há 22 anos na capela da mansão, eu não poderia descobrir esta noite.

Ficamos na porta da frente por um instante enquanto Vincent e eu desejávamos boa sorte a Richard em sua nova vida em Londres. Ele me disse que, se fosse possível, voltaria para estar presente no julgamento de Peter, para dar apoio moral.

— Adoro aquele cara, Kay — concluiu Richard. — Sempre amei Peter como meu irmão. E sei que ele ama você.

Há muito tempo Maggie me disse que você pode amar uma pessoa sem amar tudo naquela pessoa.

— Monsignor Fulton Sheen era um grande orador e apresentador de um programa de televisão há mais ou menos 50 anos. — Ela havia me contado. — Um dia ele disse algo que realmente me impressionou. Ele disse: "Odeio o comunismo, mas amo o comunista."

Acho que essa era uma boa comparação com o que Peter sentia por Richard. Ele amava a pessoa, mas desprezava suas fraquezas.

Depois de me despedir de Richard, Elaine e Vincent, fechei a porta e fui até a cozinha. Os Barr se preparavam para ir embora.

— As xícaras já foram lavadas e guardadas, Sra. Carrington — disse Jane ansiosa ao me ver.

— Sra. Carrington, se precisar de alguma coisa durante a noite, sabe que estaremos aqui em um minuto — falou Gary Barr.

Eu ignorei o comentário, mas disse que acreditava que todos haviam gostado muito do jantar. Desejei boa-noite aos dois e esperei que saíssem pela porta da cozinha; então, usei todas as trancas daquela porta.

Eu havia adquirido o hábito de me sentar por algum tempo na biblioteca de Peter ao final do dia. Era como se isso me fizesse sentir mais próxima dele. Eu podia recordar o momento em que havia entrado naquele cômodo pela primeira vez e encontrado Peter sentado em sua cadeira. Podia sorrir ao me lembrar de como os óculos de leitura haviam escorregado sobre seu nariz quando ele se levantara para cumprimentar-me.

Mas naquela noite não demorei muito. Estava exausta, tanto no sentido físico, quanto no emocional. Começava a temer que Nicholas Greco não pudesse encontrar nada capaz de ajudar na defesa de Peter. Ele foi muito cauteloso quando eu perguntei sobre suas descobertas. Talvez tivesse novas informações que pudessem *prejudicar* Peter.

Eu caminhei até a mesa da biblioteca. Queria me certificar de levar a cópia da página da revista para o quarto comigo. Não queria esquecê-la. Greco havia insistido muito para que eu mostrasse o artigo a Peter na próxima visita.

Eu havia colocado o magnífico peso para papéis de Peter sobre a folha, e o objeto de cristal encobria uma seção do fundo da foto de Marian Howley.

Parte daquela área ampliada pela esfera transparente incluía um quadro na parede atrás de Howley. Curiosa, peguei a lente de aumento na gaveta para observar o quadro atentamente. Era uma cena pastoral idêntica àquela que eu havia substituído na sala de jantar. Levando comigo a cópia da página e a lente de aumento, corri ao terceiro andar. Havia mudado várias telas pela casa, e tive de procurar aquela que eu queria em uma pilha que tinha deixado no chão, cada tela cuidadosamente coberta e embalada.

A moldura era pesada, e tomei cuidado para não exagerar na força, mas finalmente encontrei o que queria. Apoiei o quadro contra uma parede e me sentei no chão diante dele de pernas cruzadas. Usando a lente de aumento, comecei a examinar a pintura cuidadosamente.

Não sou especialista em obras de arte, por isso não me espantei quando não vi nada de interessante naquela tela. Havia uma assinatura em um canto — Morley — com o mesmo floreio da assinatura do quadro que agora adornava uma parede da sala de jantar. As duas telas eram essencialmente idênticas em conteúdo. Mas a outra chamava mais atenção; esta diante de mim, não. A data deixada junto da assinatura era 1920.

Em 1920, Morley havia pintado aquela cena, e depois se dedicara a criar outras semelhantes, mas com maior capricho e mais habilidade? Era possível. Mas então eu vi o que só podia ser visível em um exame muito minucioso: havia outro nome sob a assinatura de Morley.

— O que acha que está fazendo, Kay?

Eu me virei assustada. Vincent Slater estava parado na porta, olhando para mim, o rosto pálido, os lábios comprimidos numa linha fina. Ele começou a caminhar pelo aposento, na minha direção, e eu me encolhi como se assim pudesse escapar do ataque.

— O que pensa que está fazendo? — perguntou ele novamente.

78

No gabinete de Barbara Krause um estenógrafo do tribunal havia sido convocado para tomar o depoimento do embaixador Charles Althorp. Mais composto agora do que quando chegara, há algum tempo, sua voz era firme e ele falava num ritmo estável, constante.

— Na época do desaparecimento de minha filha, não revelei que havia descoberto que Susan era usuária de cocaína. Como o investigador Nicholas Greco me fez ver há alguns dias, se houvesse revelado na época essa informação à polícia, a investigação certamente teria se desenvolvido em outra direção.

Ele baixou os olhos para as mãos entrelaçadas. Depois, continuou falando:

— Acreditei que controlando com rigidez a vida de Susan, e cortando sua mesada, eu a forçaria a parar de usar drogas. É claro que estava enganado. Greco me contou que na tarde que antecedeu a festa na mansão dos Carrington a atual Sra. Carrington, na época apenas uma criança de 6 anos, ouviu uma mulher fazendo chantagem com um homem e exigindo dinheiro. Greco acredita — e agora eu também acredito — que essa mulher era Susan. Horas mais tarde, Susan desapareceu.

A promotora e seu assistente ouviam atentamente.

O embaixador prosseguiu com seu depoimento:

— Passei anos guardando segredo sobre o vício de Susan. Só falei com meus filhos sobre esse assunto quando estávamos juntos à beira da sepultura da mãe deles. Se houvesse revelado tudo antes, uma grande injustiça poderia ter sido evitada. — Althorp fechou os olhos e balançou a cabeça. — Eu devia... — A voz dele perdeu força e desapareceu.

— O que exatamente contou a seus filhos, embaixador? — perguntou Tom Moran.

— Disse a eles que acreditava que Susan havia começado a usar drogas quando voltou da faculdade no início daquele último verão em que esteve viva, e que ela podia ter feito chantagem com alguém para conseguir o dinheiro de que precisava. Minha confissão promoveu uma reação imediata. Eles se abriram comigo, revelando coisas que sabiam sobre a irmã, coisas que adquirem um novo significado no contexto dos desdobramentos mais recentes.

— A que se refere, embaixador? — insistiu o assistente da promotoria.

— Meu filho David estivera em casa para o Natal antes do desaparecimento de Susan. Susan então passava muito tempo na mansão dos Carrington. David me disse que ela havia comentado com ele que notara que várias telas na área social da mansão haviam sido substituídas por cópias. Ela estudava arte, como deve saber, e conhecia muito sobre o assunto. Ela tinha certeza de que alguém estava fazendo as cópias, porque, em uma ocasião, essa pessoa convidara uma jovem artista para uma festa na mansão, e Susan a vira tirando fotos de vários quadros.

— Prossiga, embaixador, por favor.

— David aconselhou Susan a esquecer o que descobrira e jamais dizer uma palavra sobre isso a ninguém. Ele disse que sabia o que aconteceria se o Sr. Carrington, pai de Peter, descobrisse toda essa história. Tudo acabaria na corte como um terrível e feio escândalo, e Susan poderia ser intimidada a depor. David disse a ela que nossa família já havia sofrido bastante por causa de meu romance com Elaine Carrington, então já terminado.

— Então, Susan seguiu o conselho do irmão, mas, naquele verão, quando precisava de dinheiro, ela pode ter usado esse conhecimento sobre o roubo das telas e a falsificação para tentar obter a quantia que queria — Krause sugeriu.

— É exatamente o que penso que ela fez — confirmou Althorp.

— Era Peter Carrington, embaixador? — perguntou Moran sem rodeios. — Ele estava roubando o próprio pai e falsificando as obras?

— Não. É claro que não. Não percebe por que isso me atormenta tanto? Peter está preso pelo assassinato de Susan. Ele não tinha motivo nenhum para matá-la. David me disse que acredita que se Susan houvesse pedido o dinheiro a Peter, ele teria dado a ela a quantia sem fazer perguntas, e depois teria tentado ajudá-la de alguma outra forma. Mas Susan jamais teria pedido esse valor a Peter, porque estava apaixonada por ele. David me acusou de ter condenado Peter com meu silêncio. Quando conversei com meu filho hoje à tarde, ele disse que, se eu não viesse procurá-la imediatamente, ele nunca mais falaria comigo.

— Então, embaixador, quem estava roubando as telas originais?

— O filho de Elaine Carrington, Richard Walker.

79

Pat Jennings deixou de lado o livro que estava lendo, pegou o controle remoto da televisão e ligou o aparelho para assistir ao noticiário das 22 horas.

— Preciso saber o que está acontecendo no mundo — disse ela ao marido, que cochilava em cima de uma revista. Sem esperar por uma resposta, Pat voltou sua atenção para a tevê.

— Hoje trazemos uma história chocante que vai estar nas primeiras páginas de amanhã — dizia o apresentador do Fox News. — O corpo de Alexandra Lloyd, de 46 anos, foi encontrado boiando no East River. A vítima foi esfaqueada diversas vezes. Um vizinho e amigo muito próximo a descreveu como uma professora de arte que recentemente havia perdido o emprego em um colégio local em virtude de cortes no orçamento da escola. Qualquer um que tenha alguma informação que possa ajudar a polícia nesse caso deve telefonar para o disque-denúncia.

— Alexandra Lloyd! — exclamou Pat um segundo antes do toque do telefone.

Era Trish.

— Pat, estava aqui assistindo ao telejornal e...

— Já sei — interrompeu-a Pat. — Também estava assistindo ao boletim da noite.

— Vai ligar para o disque-denúncia e contar sobre os telefonemas dessa mulher para Richard Walker?

— É claro que sim! E vou ligar imediatamente!

— Pobre mulher! Isso tudo é horrível! Ser esfaqueada e jogada no rio! Meu Deus, acha que pode ter sido ele?

— Não sei, Trish. A polícia vai ter que descobrir.

— Mantenha-me informada — pediu Trish antes de desligar.

80

CHARLES ALTHORP CONCLUIU SEU DEPOIMENTO E PARTIU acompanhado pelo advogado. Barbara Krause e Tom Moran permaneceram no gabinete, no escritório da promotora, discutindo o impacto do que haviam acabado de ouvir, analisando como as novas informações afetavam o caso contra Peter Carrington.

— Mesmo que Walker tenha roubado os originais e substituído as telas por cópias, isso não significa que ele matou Susan. E muito do que Althorp declarou aqui é história, boato, rumores... — Barbara Krause opinou com seu jeito frio.

— E ainda não explica por que Peter Carrington escondeu a camisa que usava naquela noite, e por que o pai dele deu a Maria Valdez um cheque de 5 mil dólares antes de mandá-la para fora do país — apontou Moran. — De qualquer maneira, a lei já isentou Walker de qualquer ameaça de processo por roubo, mesmo que possamos provar que ele era um falsário.

Barbara Krause se levantou.

— Estou cansada — disse. — Vamos dar uma pausa e deixar a poeira assentar.

O telefone dela tocou.

— Minha família deve estar pensando que fugi com você — disse ela a Moran antes de atender. Depois, enquanto ouvia, sua expressão foi se transformando, e ela começou a crivar o interlocutor de perguntas: — Quando a encontrou?... A secretária tem certeza de que ela o ameaçava?... Ele vai para Londres amanhã?... Tudo bem, obrigada.

Barbara desligou e olhou para Moran.

— O nome de Richard Walker voltou à baila. O corpo de uma mulher que telefonava frequentemente para Walker em sua galeria de arte foi encontrado boiando no East River. De acordo com as informações, ela deixou vários recados furiosos, alguns até ameaçadores, há alguns dias, em seus últimos telefonemas para Walker. O nome da mulher era Alexandra Lloyd. A informação sobre Lloyd ter telefonado para Walker foi fornecida pela secretária dele na galeria de arte. Meu Deus, fico me perguntando se os dois, o filho de Carrington e o filho de Elaine, são assassinos.

— Como ela morreu? — quis saber Moran.

— Foi esfaqueada pelo menos umas doze vezes — resumiu Krause.

— A mãe de Walker, Elaine Carrington, mora em uma das casas na propriedade da família. Ele pode estar lá agora — sugeriu Moran.

— Vamos alertar a polícia de Englewood e mandar uma viatura policial para lá imediatamente — decidiu a promotora, preocupada. — Sei que eles mantêm segurança particular fora da propriedade e até dentro dela, mas Kay Carrington fica sozinha na mansão à noite.

81

— O QUE ESTÁ FAZENDO AQUI? — PERGUNTEI A VINCENT Slater, tentando me levantar do chão. — Como conseguiu entrar?

— *Como eu entrei?* Não consigo nem descrever a indignidade com essa sua pergunta. Como eu entrei. Francamente! Depois de 30 anos de posse da chave do meu escritório dentro desta casa, depois de todos os anos que passei protegendo Peter, inclusive de um processo judicial, chego aqui hoje e descubro que as fechaduras foram trocadas.

— O que quer dizer com isso? Por que protegeu Peter de um processo? — Eu estava perdendo a calma. — *Peter é inocente!*

— Não, ele não é. Estava andando e dormindo na noite em que Susan desapareceu. Ele não sabia o que estava fazendo. Disso tenho certeza.

— Acredita mesmo nisso?

— O pai dele devia saber o que aconteceu — declarou Vincent. — Por isso deu o dinheiro à empregada. A camisa está comigo; há sangue nela. Por isso sei que deve ter sido ele afinal. Sabe, Kay, você realmente chegou a me enganar. No início pensei que realmente amasse Peter, de que faria bem a ele. Mas depois você contratou Greco, o mesmo homem que localizou Maria Valdez, cujo depoimento sobre um suborno pago pelo pai de Peter foi como mais um prego no caixão de seu marido. Não estava realmente esperando que Greco encontrasse mais evidências para poder sepultar Peter de uma vez por todas? Sei que teria dado a camisa a Greco, por isso a mantenho comigo. Admita, Kay. Você se casou com Peter para pôr as mãos no dinheiro. Agora que está grávida do filho dele, conseguiu tudo que queria. Quero dizer... esse filho é mesmo de Peter?

Eu estava aturdida demais para responder.

— Ou o pai é o homem a quem você deu a chave do meu escritório? Acabei de ver alguém entrando na casa por aquela porta. Ele deixou a porta aberta, e foi assim que consegui entrar. Voltei por dois motivos: um, porque precisava lhe dizer como me senti humilhado com essa história da mudança das fechaduras, por não ter sido sequer informado.

— E a segunda razão? — perguntei com desdém.

— A segunda razão — respondeu ele com o mesmo escárnio — é que, se por alguma remota possibilidade estou errado sobre Peter ter matado Susan, você estava convidando o desastre a visitá-la esta noite, quando exibiu aquela cópia da página da revista *People* na biblioteca. Não consigo imaginar por que fez isso. Não sei qual é o significado daquela página, mas suspeito de que ela seja importante, de alguma forma. Por que mais Grace a teria no bolso da jaqueta?

— Vince, você acabou de dizer que viu um homem entrando na mansão pela porta do seu escritório. Quem era? A porta estava trancada.

— Estava escuro, não consegui identificá-lo. Mas creio que você sabe bem quem ele é. Onde ele está agora? Em seu quarto?

— Não, estou bem aqui. Kay, não devia ter deixado as chaves novas na gaveta da cozinha.

Assustados, nós dois nos viramos na direção de onde partira a voz. Richard Walker caminhava para nós, e estava armado com uma pistola.

82

Os policiais de Englewood haviam decidido não usar as sirenes e as luzes da viatura policial, porque, se Richard Walker estivesse realmente na propriedade dos Carrington, seria alertado pelo barulho no meio da noite. O oficial Steven Hausenstock parou o carro diante dos portões e falou com o guarda.

— Sabe se Richard Walker está na propriedade?

— Ele chegou por volta das 17 horas — respondeu o vigia da empresa particular. — E ainda não foi embora. Às vezes ele passa a noite na casa da mãe.

— Quem mais está aqui?

— O assistente do Sr. Carrington, o Sr. Slater, partiu há cerca de meia hora, mas voltou há poucos minutos.

— Certo. Preciso falar com a Sra. Kay Carrington.

— Pode ir com o carro até a mansão e tocar a campainha. Se ela não atender, o guarda que fica na varanda tem uma cópia da chave. Ele o deixará entrar.

O policial fez o que o vigia sugeriu e dirigiu a viatura em silêncio até a frente da mansão. Podia notar que as únicas luzes acesas dentro da casa eram as do terceiro andar.

— A Sra. Kay Carrington está em casa? — perguntou ele ao guarda que fazia plantão na porta principal.

— Sim, está — respondeu o vigia. — Ela recebeu convidados para o jantar, mas todos foram embora há cerca de meia hora.

— Quem esteve aqui? — quis saber o oficial de polícia.

— A Sra. Elaine Carrington, o filho dela, Richard Walker, e Vincent Slater. O Sr. Slater retornou há pouco e entrou pelos fundos da casa, pelo escritório dele. Ele costuma entrar por lá.

— Para onde Richard Walker foi quando saiu da mansão?

— Ele acompanhou a mãe até a casa dela — respondeu o guarda apontando na direção da residência de Elaine. — Ele ainda deve estar lá, porque não o vi mais. E o carro dele está estacionado perto da casa da Sra. Elaine Carrington.

O oficial Hausenstock acionou o rádio de comunicação.

— Richard Walker está aqui — disse ele. — O guarda o viu pela última vez há cerca de meia hora, quando ele acompanhou a mãe até a casa dela dentro da propriedade. Mandem unidades de reforço, mas não usem sirenes ou luzes. Espero que ele ainda não tenha percebido minha presença. — Ainda segurando o rádio, o oficial voltou a falar com o vigia. — O escritório de Slater tem alguma passagem para o interior da casa?

— Sim — respondeu o guarda.

O oficial continuou falando pelo rádio enquanto caminhava.

— Estou indo para a área de trás da mansão. Quero ver se o assistente de Carrington, um homem chamado Slater, está lá. Se estiver, vou entrar na casa pela porta do escritório e fazer uma verificação. Não quero tocar a campainha, caso Walker tenha, de alguma forma, voltado para a mansão sem ser visto pelos guardas.

O oficial Hausenstock parou e olhou novamente para o vigia.

— Richard Walker pode ser perigoso, e pode estar armado. Mais policiais estarão aqui em breve. Se vir Walker, tente evitar qualquer contato com ele, e alerte os outros oficiais assim que eles chegarem. Ele pode tentar fugir. Informe o guarda do portão sobre o que está acontecendo e certifique-se de que ele feche todas as saídas assim que as outras viaturas cheguem.

83

FIQUEI PRATICAMENTE PARALISADA PELO MEDO ENQUANto Richard Walker caminhava em nossa direção, mas ele parou a certa distância, impossibilitando que um de nós saltasse sobre ele para desarmá-lo. Vince se colocou na minha frente; eu sabia que ele tentava me proteger. Richard apontava a arma diretamente para nós.

— Richard, não faça nada estúpido — disse Vince, calmo. — O que significa tudo isso?

— O que significa? — A voz de Richard era embargada pela emoção. — Eu vou lhe dizer o que isso significa. Significa que, no breve período de tempo em que a atual Sra. Peter Carrington esteve aqui, minha vida foi destruída. Minha mãe passou todos esses anos protegendo Peter, escondendo aquela maldita camisa. Ela o viu com a camisa suja de sangue na noite em que Susan desapareceu, quando ele voltou para casa de madrugada. Minha mãe viu as manchas de sangue, e deduziu que ele havia se metido em algum tipo de problema. Se ela a levasse para a polícia no dia seguinte, quando todos constataram que Susan havia desaparecido, Peter teria passado os últimos 22 anos na prisão.

O telefone sobre a mesa do hall perto do início da escada começou a tocar. Walker fez um gesto para que ficássemos em silêncio, porque queria ouvir o recado deixado na secretária eletrônica, embora estivéssemos no terceiro andar e o aparelho em questão ficasse no térreo.

Eu havia aumentado o volume da secretária naquela tarde para poder ouvir as mensagens dali, enquanto separava os objetos que queria usar na nova decoração. Logo ouvimos a voz assustada e ansiosa de Maggie dizendo:

— Kay, é tarde. Onde você está? Acabei de lembrar quem seu pai disse ter ouvido assobiando aquela canção. Foi Richard Walker, o filho de Elaine. Kay, ele não ia jantar em sua casa hoje à noite? Por favor, tome cuidado. Estou muito preocupada com você. Telefone para mim assim que ouvir este recado.

Eu podia sentir que Richard sabia que estava chegando ao fim da linha. Eu saí de trás de Vincent. Não sabia como tudo aquilo ia acabar, mas precisava do confronto com Richard.

— Você matou Susan Althorp — falei, usando um tom calmo para mascarar minhas verdadeiras emoções. — Ouvi você e Susan conversando na capela naquela tarde do jantar dançante. Não era você?

Apontei para a pintura que estava examinando e continuei:

— Você é o dono de galeria viciado em corridas de cavalos. Consequentemente, acho que foi você quem trocou as telas... Deus sabe quantas! Peter me disse que as melhores obras estavam nas paredes lá embaixo. Pois bem, esta aqui estava na sala de jantar, mas é só uma cópia. A verdadeira pode ser vista na parede atrás de Marian Howley na foto do artigo da *People*. Aquela tela pertence a esta casa, não é verdade, Richard? Grace estava atrás de você, como Susan também estivera anos antes. Susan sabia muito sobre arte. Ela o acusou de roubo, não foi? Não sei por que Susan o chantageou, em vez de simplesmente contar tudo ao pai de Peter, mas foi isso que aconteceu.

— Não diga mais nada, Kay — avisou Vince.

Percebi que ele temia que Richard perdesse o controle e atirasse, mas eu estava determinada a terminar o que havia começado.

— Sua mãe não estava protegendo Peter — falei. — Ela protegia *você*. E ainda há muito mais. Meu pai preparou um projeto de paisagismo para o lado externo da cerca, a área onde você enterrou o corpo de Susan. Ele entregou o projeto a Peter para que fosse levado ao pai dele, mas Peter estava fora, na escola, e não teve tempo para estudar o desenho. Sua mãe encontrou os desenhos e os mostrou a você. Juntos, você e ela perceberam que era preciso se livrar de meu pai. Não bastava que já o houvessem demitido. Tinha medo de que ele ainda se comunicasse com o pai de Peter sobre o projeto, e não podia permitir que isso acontecesse. Você fez a morte de meu pai parecer suicídio, e depois o enterrou aqui na propriedade, porque pensou que nunca mais alguém viria vasculhar o terreno novamente.

Vince havia agarrado meu braço; eu podia perceber que ele estava desesperado para me fazer parar. A mão de Richard tremia. Eu sabia que ele, provavelmente, acabaria atirando contra nós, mas precisava continuar falando. Estava dominada pela emoção de todos aqueles anos longe de meu pai, sentindo falta dele e, pior, muito pior, acreditando que ele me abandonara. Estava torturada pelas semanas que passei vendo meu marido algemado e com os pés acorrentados, e tudo por causa daquele homem.

Naquele momento tomei consciência de uma sombra se movendo no corredor atrás de Richard. Imaginei de repente se poderia ser Elaine Carrington ou Gary Barr, os cúmplices de

Richard que chegavam para ajudá-lo. Mesmo que Maggie houvesse decidido chamar a polícia quando eu não atendi ao telefone, ainda era cedo demais para que os oficiais já estivessem ali. Quem quer que estivesse no corredor, eu queria que essa pessoa ouvisse o que eu ainda tinha a dizer a Richard Walker.

— Você não só matou Susan Althorp e meu pai, mas matou Grace, também — continuei. — Ela tinha a página da revista no bolso da jaqueta quando foi encontrada na piscina. Deve ter percebido que o Morley original era o mesmo que havia sido roubado desta casa. E, Richard, talvez queira saber que a pessoa que você contratou para fazer a cópia era suficientemente orgulhosa de seu trabalho para ter assinado o próprio nome sob a falsificação da assinatura de Morley.

Apontei mais uma vez para o quadro que estivera examinando.

— Diga-me, Richard: quem é Alexandra Lloyd?

Com um suspiro de resignação, Richard olhou para mim e esboçou um sorriso. A mão dele parou de tremer.

— Na verdade, Alexandra Lloyd era uma artista, mas agora está morta. Acabei de ouvir no telejornal das 22 horas que o corpo dela foi encontrado no East River. Como Susan, a adorável jovenzinha que morava na casa vizinha e era viciada em drogas, Alexandra não entendeu que tentar fazer chantagem comigo é um movimento estúpido. Você também cometeu alguns erros graves, Kay, e agora vou ter de cuidar de você como cuidei delas.

Richard olhou para Vince e falou diretamente com ele.

— Eu sinto muito, Vince. Não vim até aqui com a intenção de lhe fazer mal. Você sempre foi muito decente comigo e com minha mãe. Mas, infelizmente, apareceu na hora errada. Para mim, está acabado. Minha sorte acabou. A polícia vai acabar ligando meu nome ao de Alexandra, e, depois, eles vão deduzir o restante rapidamente. Porém, ainda tenho uma pequena chance de escapar, e por isso não posso permitir que fique aqui para avisar a polícia.

Richard olhou novamente para mim.

— Mas se eles me pegarem, terei a satisfação de saber, enquanto estiver mofando na cela da prisão, que vocês não vão desfrutar do dinheiro dos Carrington. — Ele apontou a pistola para minha cabeça. — Primeiro as damas, Kay.

Eu sussurrei o nome de Peter. A sombra que eu havia visto no corredor explodiu dentro da sala na forma de um policial armado. O oficial chutou o braço de Richard, arrancando a pistola da mão dele, e o jogou no chão.

— Polícia! — gritou ele. — Não se mova! Não se mova!

Enquanto o policial lutava para conter Richard Walker, Vince chutou a arma para longe do alcance de Richard, tentando ajudar. Momentos depois, ouvi passos na escada e outros dois policiais surgiram diante de meus olhos atônitos. Quando os viu, Richard desistiu de lutar e começou a chorar.

Como se estivesse em transe, vi Richard ser algemado e posto em pé. Um dos oficiais recuperou a arma com que ele nos ameaçara, e o outro, aquele que chegou primeiro, olhou para mim.

— Eu ouvi tudo, Sra. Carrington — disse ele. — Fique tranquila. Eu ouvi tudo.

84

ÀS 13H30 DO DIA SEGUINTE MEU MARIDO, COM OS TORnozelos acorrentados e vestindo um cintilante macacão laranja, foi posto diante do juiz Smith. Mais uma vez, Barbara Krause falaria em nome do Estado e Conner Banks defenderia Peter. Mais uma vez a sala do fórum estava repleta de espectadores e agentes da mídia. Mais uma vez, eu me sentei em um banco na frente da sala. Vince Slater sentou-se a meu lado, e Nicholas Greco estava atrás dele. Maggie estava do meu outro lado, segurando minha mão.

A promotora Krause dirigiu-se à corte.

— Excelência, eventos extraordinários ocorreram nas últimas 15 horas. Richard Walker, filho de Elaine Carrington, confessou os assassinatos de Susan Althorp, Jonathan Lansing e Grace Carrington. Meu gabinete acusou formalmente o Sr. Walker por esses três crimes, e vai trazê-lo para a audiência de acusação amanhã. Ele também confessou ter assassinado há três dias a artista Alexandra Lloyd, cujo corpo foi encontrado boiando nas águas de East River, na cidade de Nova York.

O Departamento de Polícia de Nova York já registrou queixa-crime acusando-o nesse caso.

O juiz a ouviu com atenção e evidente perplexidade.

— Excelência, se me permite, quero me dirigir também ao Sr. Carringto. Lamentamos profundamente que esse erro crasso da Justiça tenha ocorrido. Nosso único conforto é saber que o engano foi descoberto a tempo de ser corrigido, e, assim, um mal maior foi evitado. Estamos tomando as providências para retirar as acusações e relaxar o indiciamento do Sr. Carrington. Retiramos as acusações feitas contra ele no caso do assassinato de Susan Althorp e no de Jonathan Lansing. Pelo bem da Justiça, também estamos retirando a solicitação de cobrança de fiança desrespeitada feita recentemente. Quero ressaltar que ainda não havíamos acusado formalmente o Sr. Carrington pelo assassinato de Grace Carrington. A única queixa que poderia ser mantida, Excelência, seria pelo ataque a um policial quando o Sr. Carrington retornou à propriedade dos Althorp, aparentemente durante um episódio de sonambulismo. Conversei pessoalmente com o policial que sofreu a agressão, e ele me pediu para retirar essa queixa também. Esse oficial da polícia de Nova Jersey é absolutamente solidário com o Sr. Carrington, como nós também. Estamos certos de que ele já sofreu demais. Sendo assim, solicito formalmente a retirada de todas as acusações contra ele.

O juiz Smith olhou para Conner Banks.

— Há alguma coisa que queira acrescentar em nome do Sr. Carrington?

Banks e Peter se entreolharam, e Peter balançou a cabeça.

— Excelência — manifestou-se Peter, estendendo as mãos algemadas —, por favor, autorize a retirada das algemas. Quero ir para casa com minha esposa.

O juiz Smith, visivelmente emocionado, disse:

— Estou deferindo imediatamente a solicitação da promotoria para a retirada de todas as queixas formais contra o Sr. Peter Carrington. Raramente faço comentários pessoais, mas nunca testemunhei uma situação semelhante a sua, Sr. Carrington. Lamento imensamente que tenha sido vítima dessa tragédia. Será solto imediatamente.

Enquanto a sala eclodia em aplausos, eu corri para Peter e o abracei. Estava emocionada demais para falar, por isso ele disse as primeiras palavras da nova fase de nossa vida em comum:

— Acabou, meu amor. Acabou. Vamos para casa.

Epílogo

UM ANO DEPOIS

Um ano se passou desde que Peter ouviu na sala do fórum a promotora solicitando a retirada de todas as queixas formais contra ele. As rodas da Justiça continuaram girando para as pessoas responsáveis por Peter ter vivido aquele sombrio período.

Richard Walker confessou sua culpa pelo assassinato de Susan Althorp, de meu pai, de Grace Carrington e de Alexandra Lloyd. Ele foi condenado à prisão perpétua tanto em Nova Jersey quanto em Nova York. O gabinete da promotoria me garantiu que ele nunca será libertado.

Vince Slater entregou a camisa de Peter ao gabinete da promotoria. As manchas de sangue eram compatíveis com a confissão de Richard e seu relato sobre o que havia acontecido a Susan na noite do jantar. Ele havia prometido ir encontrá-la na frente da casa dos Althorp à 1h30. Susan havia insistido no horário, porque queria ter certeza de que o pai estaria dormindo. Quando Richard e Susan se encontraram, ela garantiu que ia parar de usar drogas e que aquela seria a última vez que o procuraria para pedir dinheiro. Mas Richard não acreditou na promessa de Susan. Temendo que ela o delatasse pelo roubo das obras de arte, Richard decidiu matá-la. Para impedi-la de gritar, ele a golpeara na boca, o que provocou o sangramento que manchou o vestido branco. Depois, ele a estrangulara. Antes que pudesse levar o corpo para o porta-malas de seu carro, Richard viu o automóvel de Peter parando na calçada diante da propriedade dos Althorp.

Em pânico, Richard se escondeu atrás de uns arbustos, e de lá vira Peter descer do carro, pegar alguma coisa no banco do passageiro e depois atravessar o gramado até o local onde Susan estava caída. Ele ainda vestia a camisa branca do smoking, mas tirara o paletó. Richard viu Peter deixar cair um objeto — a bolsa de Susan — e depois se ajoelhar e apoiar a cabeça no peito dela, aparentemente para ouvir seus batimentos cardíacos. Foi quando ele sujou a camisa com o sangue da vítima. Peter, então, retornara para o carro e partira.

Richard havia admitido que durante esse período Peter dera sinais de estar num estado de torpor consistente com o sonambulismo.

Elaine Carrington negou qualquer conhecimento prévio de que Richard pretendia fazer algum mal a Susan Althorp, mas admitiu que o filho havia contado a ela tudo que fizera naquela noite. Richard dissera à mãe que havia perdido a cabeça e matara Susan porque ela resistira a suas investidas, embora houvesse saído de casa escondida para ir encontrá-lo.

Elaine confessou ter aconselhado Richard a esconder o corpo em seu chalé de pesca em Nova York, e mais tarde ela o ajudou a enterrá-lo no terreno do lado de fora da cerca, depois de a polícia ter dado as buscas por encerradas. Ela também admitiu que havia sido dela a ideia de Richard, usando um nome diferente, atrair meu pai para a propriedade que estava à venda em Nova York sob o pretexto de contratá-lo como paisagista.

Depois de Richard ter assassinado meu pai, Elaine novamente o ajudou a enterrar o corpo na propriedade dos Carrington. Richard levou o carro de meu pai para o local onde ele havia sido encontrado, à margem do rio Hudson, e Elaine o seguira no carro dela. Depois, ela o levou para casa.

Elaine negou todo e qualquer envolvimento nas mortes de Grace Carrington e Alexandra Lloyd. Também alegou ignorância no caso dos roubos das telas originais.

Gary e Jane Barr estão divorciados, e é com grande alegria que relato que Jane continua trabalhando para nossa família.

Nicholas Greco tornou-se comentarista de notícias sobre crimes na rede Fox News. Serei eternamente grata por sua perseverança em ajudar-nos a encontrar a verdade.

Vince Slater e eu percebemos que, de maneiras muito diferentes, estávamos ambos tentando desesperadamente proteger Peter. Jamais esquecerei como ele se colocou na minha frente quando Richard nos ameaçou com aquela arma. Vince ainda é o assistente mais confiável de Peter, e agora é também meu querido amigo.

O mais novo Peter Carrington tem seis meses de vida. Não posso dizer que ele é "Junior", porque ele é, na verdade, Peter Carrington Quinto. E é a imagem do pai dele, e a luz dos nossos olhos.

Maggie está adorando o papel de bisavó. Ela e Peter, agora, são muito próximos. Ela se convenceu de que, no fundo, sempre acreditou na inocência de meu marido.

Peter é novamente presidente e CEO da Carrington Enterprises, e a companhia continua prosperando. Ele sempre vai precisar da medicação para impedir os episódios de sonambulismo, mas não houve mais nenhuma ocorrência desde o início do tratamento.

Um fator preponderante nos quadros de sonambulismo é o estresse, e faço minha a obrigação de tornar nossa casa um porto seguro para Peter em todos os sentidos. Quando ele passa pela porta à noite e encontra o bebê em meus braços esperando por ele, posso ver por sua expressão e pelo sorriso que ilumina seu rosto que estou conseguindo alcançar meu objetivo.

Nota da autora

Dormir: talvez sonhar: É aí que bate o ponto...

Dormir: talvez *sonambular*: É aí que bate o ponto...

Pedindo desculpas a Shakespeare por ter parafraseado sua obra, o conceito de escrever uma história sobre uma pessoa que sofre de sonambulismo crônico e pode ter cometido crimes nesse estado me intrigou tanto que acabou se tornando uma realidade.

Minha gratidão à enfermeira Jane O'Rourke por sua bondade em me acompanhar pelos corredores do Centro de Desordens do Sono do Hospital Pascack Valley e explicar seus serviços. Também sou grata às revistas e aos sites que me ofereceram tanta informação sobre sonambulismo, particularmente aos seguintes autores de artigos sobre o assunto: Marion Howard; Rosalind Cartwright, Ph.D.; e Fumiko Konno.

Este livro foi composto na tipologia Minion Pro,
em corpo 11,5/15, e impresso em papel off-white,
no Sistema Cameron da Divisão Gráfica
da Distribuidora Record.